新 潮 文 庫

転落・追放と王国

カ　ミ　ュ
大久保敏彦
窪田啓作　訳

目次

転落・追放と王国

転落

大久保敏彦 訳

失礼でなければ、あなた、ひとつお手伝いさせて頂けませんか？ この店を切り回しているあの立派なゴリラ君には、あなたの言葉が分からないんじゃないかと心配になったものですから。というのも彼はオランダ語しか話さないんですよ。わたしに弁護させてくださらない限り、あなたがジュネバー（訳注 オランダ・ジン）をご所望だということが、やっこさんには見抜けますまい。ほら、これで通じたと考えてよいでしょう。頷《うなず》いているのが、わたしの弁論に従うと言う意味に違いありません。ほら、取り掛かっているでしょ。手早いけれど、慌《あわ》てないところは心得たものです。やっこさん唸《うな》りませんでしたよね。酒を出すのが嫌だとなると、一声唸るだけで充分なのです。誰も言うことをきかせるなんてことはできはしません。気の向くままに動くことは、図体《ずうたい》の大きな動物の特権ですな。さて、これで引き下がることにします。お役に立って幸運でした。これは申し訳ありません。本当にお邪魔でなければ、お受けいたしましょう。ご馳走《ちそう》さまです。それではわたしのグラスをあなたのグラスの傍《そば》に置くとしましょう。

ごもっともです。あいつの無口ときたら耳があーんとなるほどです。原始林の静寂といったところで、喉元《のどもと》まで静寂が詰まっているんですな。われわれの寡黙《かもく》な友が、文明諸国の言葉にたいして執拗《しつよう》に不信感を抱くことに、わたしもときどき驚いているんですよ。アムステルダムのこのバーに、いろんな国籍の船乗りたちを迎えるのが、やっこさんの仕事で、しかも、どういうわけか知りませんが、「メキシコ・シティー」なんて名前をつけているのにね。このような商売をしているのに、これほど言葉を知らないと困るんじゃないかと思うんですが、いかがでしょう？　バベルの塔にクロ・マニョン人が下宿したと想像してごらんなさい！　少なくとも、彼は郷愁に駆られるでしょうに。とんでもないんですよ。あいつときたら追放感を感じるどころか、わが道をいくで、屁《へ》とも思いはしないんです。わたしがやっこさんの口から聞いた数少ない言葉はきっぱりしていて、取るか、捨てるかどちらかだというものでした。なにを取るか、捨てるかしなければいけなかったのかですって？　おそらくわれわれの友自身をですよ。白状しておきますが、わたしはあのように一枚岩みたいな人間に引かれるんです。商売柄、あるいは使命感から人間についてじっくり考えてみるとき、粗野で無知な男に郷愁を感じることがあります。彼らには、とにかく底意というものがありませんからね。

実を言うと、ここの主人にも、いくらか底意はあるんですが、ひそかに腹の中にしまってあるんです。目の前で話されていることが分からないせいで、警戒心の強い性格が身についてしまいました。そこからあの疑り深そうな重々しい顔立ちが生まれたんですよ。まるで、少なくとも、人間たちの間では物事は順調に運ばないのではないかと疑っているかのようです。この気性からして、自分の職業とは関係のない話となると、簡単にはいかなくなってしまうのです。例えば、彼の頭の上をごらんなさい。奥の壁の上に長方形の跡があるでしょう、あれは絵を外した跡です。実際に絵が掛かってたんですよ。それも飛びきり面白い、真の傑作がね。ところで、この店の主人がそれを購入したときも手放したときも、わたしは立ち会っていました。どちらの場合とも、同じような警戒心をみせて、何週間も思い悩んだあとで決めたのでした。この点に関しては、認めてやらなければいけませんが、社会があの男本来の飾り気のない単純な性格を歪《ゆが》めてしまったんですな。

わたしはなにも彼を批判しているわけではありませんよ。彼の警戒心はもっともですし、ご覧のようなわたしのひとなつこい性格と矛盾しなければ、喜んで彼と見解をともにするところなんですが。残念ながらわたしはおしゃべりなもんで！　誰とでもすぐに親しくなっちまうんです。必要な距離を置くことは心得てはいるんですが、機会さえあればすぐに飛びついてしまうのです。フランスで暮らしていた頃、誰か気のきいた人と出会うと、すぐお仲間に加えて貰《もら》わずにはいられませんでした。おや！　わたしが接続法半過去（訳注　現在では回避されることの多いきざな言い回し）を使ったので、眉《まゆ》をひそめられましたね。白状しますけど、わたしはこの接続法といわゆる上品な言い回しってやつに目がないんです。自分でもいけないと思っている欠点なんですがね、本当ですよ。上等の下着を好むひとが必ずしも足が汚いわけではないということは分かっています。それでもやはり、上品な言い回しにはポプリンと同じで、その裏には湿疹《しっしん》が隠されていることがよくあるものですから。それに、もごもご話す人がみんな純粋なひとであるわけでもないと自分に言い聞かせて、慰めとしているんです。ええ、もちろん、ジュネバーのお代わりを貰いましょう。

アムステルダムには長くご滞在になるのですか？　美しい町でしょ？　魅惑的な町ですって？　これはまた久しく耳にしなかった形容詞ですな。まさしくパリを離れて以来のことです。あれからもう何年もたちますがね。でも心が記憶していて、わたしは美しい首都や河岸通りのことはなにひとつ忘れてはいません。パリは正真正銘の騙《だま》し絵のような街で、四百万人もの影法師が蠢《うごめ》く壮大な舞台装置です。約五百万ですって、最近の人口調査では？　してみると、彼らは子供を作ったんですな。べつに驚きはしませんがね。いつも思えてならないんですが、わが同胞諸君は二つの欲望をもっているようですな。つまりさまざまな思想と姦通《かんつう》、それもいわば無分別にですよ。それでもまあ彼らを糾弾することは控えておきましょう。なにも彼らだけがそうなのではなく、ヨーロッパ全体がそんな状態なんですから。未来の歴史家がわれわれについてなにを言うか、ときどき考えてみることがあるんです。現代人はたった一行で片づけられてしまうでしょうよ。つまり、姦淫《かんいん》の罪を犯しさまざまな新聞を読んでいた、とね。これほどきっぱりと定義づけられたら、あとのテーマは品切れだと言ってもよいでしょう。

オランダ人ですか、おお、それは違います、彼らは現代人にはほど遠い！　見てごらんなさい、彼らは暇なんですよ。なにをしているのかですって！　それがね、こちらの殿方たちはあちらの奥方たちを食いものにしているんですよ。それに男も女も極めて俗物で、いつものように恰好《かっこう》をつけに、あるいはまた悪さをするために、ここに集まってきているんです。要するに想像力がありすぎるか想像力が足りないかのどちらかでしょう。ときどきこの殿方たちはピストルを振り回したり刃傷《にんじょう》に及んだりしますが、でもやりたくてやっているのではないことを分かってやってください。看板を背負っている以上そうせざるをえないだけなんです。それに最後の弾丸を撃ちつくしてしまうと、怖くてへなへなになっちまうんですよ。それはさておき、わたしはほかの連中、つまり徒党を組んで少しずつ人を殺す連中より、彼らの方が道徳的だと思っています。われわれの社会はそんな風に決着をつけるべく組織されているということにお気づきになりませんでしたか？　ブラジルの川にいる小さな魚のことは、むろんお聞きになったことがおありでしょう。やつらは何千と群れをなして、不注意な泳ぎ手に襲いかかり、小さな口でせかせかと食いちぎって、またたくまにきれいにし、真っ白な骨だけにしてしまう。いいですか、それこそまさしく彼らの組織なんですよ。「あなたはまともな生活をもちたいですか？　みんなと同じように？」あなたはもちろん然《しか》りとおっしゃるでしょう。どうして否《いな》といえましょう？「よろしい。ではあなたをきれいにしてあげましょう。ほら職業だ、ほら家族だ、ほら御仕着せのレジャーだ」というわけです。そして小さな歯が肉に、それから骨にまでくらいついてくる。しかしそう言ってしまっては片手落ちですな。それが彼らの組織だと決めつけてはいけない。要するにそれはわれわれの組織なのであって、誰もが先を争って相手をきれいにしようとしているんですから。

やっとジュネバーがきました。あなたのご発展のために。ええ、ゴリラ君は口を開いてわたしをドクターと呼びましたね。この国ではみんなドクターかプロフェッサーなんですよ。彼らは人の良さから、また謙虚さから、他人を尊敬するのが好きなのです。彼らにあっては、少なくとも、悪意が国家の制度にまではなっておりません。でもわたしは医者ではありませんよ。お望みなら申しあげますが、ここに来る前は弁護士をしていました。いまは裁き手にして改悛者《かいしゅんしゃ》といったところです。

しかしまあ自己紹介をさせてください。ジャン・バチスト・クラマンス（訳注　荒野で叫ぶ洗礼者ヨハネをもじった名前）といいます。なんなりとご用を承ります。お近づきになれて光栄です。あなたはおそらく商用でこちらに？　ほぼそのようなものですって？　見事なお答えだ！　適切な答えでもある。われわれはすべてのことにおいてほぼそのようなものでしかないのですからな。さてと、探偵の真似《まね》をさせて戴《いただ》きますよ。あなたはほぼわたしと同年輩で、物事の綾《あや》というものをほぼ知りつくした四十代の分別のある眼差《まなざ》しをもっていらっしゃる。まあまあ立派な服、つまりわれわれの祖国にいるときと同じ服を着ておられるし、すべすべした手をおもちだ。してみると大体のところ、ブルジョワですな！　それも洗練されたブルジョワだ！　実際、私が接続法半過去を使ったので眉をひそめられたことはあなたの教養を二重に証明するものです。だって第一に、あなたはそれをご存知なのだし、第二にその使用に苛立《いらだ》っていられるからですよ。さらに言わせて頂ければ、わたしがあなたの興味を引いたということは、自惚《うぬぼ》れるわけではありませんが、あなたにはある種の心の広さがあるに違いありません。してみると、あなたは大体において……でもこんなことは埒《らち》もないことですな。わたしは職業よりもどんな人間に属するかの方に興味があります。二つばかり質問したいのですが、ぶしつけでないと判断されるならお答えください。財産をお持ちですか？　いささかですって？　結構。それを貧乏人に分けてやったことはおありですか？　おありにならない。するとあなたはわたしがサドカイ派（訳注　ファリサイ派と並ぶユダヤ教の宗派で、イエスに敵対した）と呼んでいる人物ですな。もしあなたが福音書の教えを実行したことがないとすれば、そんなことは何の意味もないことでしょうね。意味がおありになる？　するとあなたは福音書をご存知でいられるんですね？　本当にあなたは興味しんしんの方ですな。

わたしの方は……いや、ご自分で判断してください。身長や、肩や、しばしば凄味《すごみ》があると言われたこの顔からして、むしろわたしはラグビー選手のように見えはしませんか？　しかし会話から判断して頂けるなら、わたしに少しばかり垢抜《あかぬ》けたところがあると認めざるを得ないはずです。わたしのオーバーの毛皮を提供したラクダはおそらく皮膚病を患《わずら》っていたんですな。そのかわり、爪《つめ》はきれいにしていますよ。わたしにだって分別はあるんですが、それでもあなたの顔を見るとそれだけで、なんの警戒心もなく、信用してしまうんですよ。洗練された物腰や気取った言葉遣いをしてはいても、所詮《しょせん》わたしはジーダイク（訳注 アムステルダムの歓楽街）の水夫相手のバーの常連にすぎません。さあ、探偵ごっこは止《や》めにしましょう。わたしの職業は、人間と同様に二重である、ただそれだけのことです。さっきも申しましたが、わたしは裁き手にして改悛者なのです。わたしの場合、ひとつだけはっきりしていることがあります。いまのわたしは無一文だということ。ええ、かつては金持ちでしたが、でも他人にそれを分けてやったことはありません。それがなにを証明するかって？ わたしもまたサドカイ派だったということ……ほら、港のサイレンが聞こえるでしょう？ 今夜は、ゾイデル海（訳注 現在のアイセル湖）の上には霧が出るでしょう。

もうお帰りですか？ お引き止めしたようで、申し訳ありません。もしよろしければ、ここはわたしに払わせてください。「メキシコ・シティー」はわたしの家同然でして、あなたをここにお迎えするのがとても嬉《うれ》しいのです。毎晩そうですが、明日も間違いなくここにきております。ご招待を喜んでお受けいたしましょう。あなたの道順は……ええと……港までお送りしてはいけませんでしょうか、その方が簡単だと思いますので。そこからユダヤ人街を迂《う》回《かい》すれば、ごうごうと音を立てて花電車が走る美しい並木道に出ます。あなたのホテルはそのうちのひとつ、ダムラック通りにあります。どうぞお先に。わたしはユダヤ人街、もしくはわれわれの兄弟であるヒトラー主義者たちがちょっとした空き地を作ったときまでそう呼ばれていたところに住んでおります。なんという大掃除だったんでしょう！　七万五千人のユダヤ人が収容所に送られるか、虐殺《ぎゃくさつ》されるかしたんです。クリーン・アップ作戦というやつですな。これほどまでの熱心さ、方法的忍耐力というものは立派なもんですな！　性格をもたないものは、方法を身につける必要があります。ここではその方法がいかんなく効果を発揮したというわけです。ですからわたしは歴史上最大の犯罪のひとつが犯された場所に住んでいることになります。おそらくそのことが、ゴリラ君と彼の猜疑心《さいぎしん》を理解する助けになったのかもしれません。そうだからこそわたしはまた、逆らいようもなく人を信用してしまう自分の性向と戦うこともできるのです。誰か初対面の人の顔を見ると、わたしの心のなかの何者かが警報を鳴らします。「スピードを落とせ。危ないぞ！」ってね。信用する気持ちの方が強いときでさえ、わたしは身構えています。レジスタンスにたいする報復が行われていた頃、わたしの住んでいた小さな村で、一人のドイツ人将校が老婆《ろうば》に向かって、二人の息子さんのうち人質としてお一人を銃殺したいと思いますがどちらをお選びになりますかと、慇懃《いんぎん》な口調で迫ったという話をご存じですか？　選ぶなんてこと、想像できますか？　あちらにするか？　いや、こちらの方だ。そして連れ去られていくのを見送っている。それ以上はよしましょう。

でも本当に、あなた、どんなことが起こるか分かったものじゃない。知人に猜疑心を嫌う純粋な心の持ち主がいました。彼は平和主義者にして自由主義者で、人類全体と動物たちを分け隔てなく愛していました。エリートの指導者、そうです、まさしくそうでした。さて、ヨーロッパにおける、この間の宗教戦争のとき、彼は田舎に引き籠《こ》もりました。そして家の戸口に、「どこから来られようと、なかにお入りください。歓迎いたします」と書いておきました。この立派な招待に応じたのはいったい誰だとお思いになりますか？ 民兵たちですよ。やつらは自分の家のようにずかずか入ってきて、彼の腸《はらわた》を抉《えぐ》り取ってしまったのです。

おっと、ごめんなさい、奥さん。でも言葉が分からないんだっけ。こんなに遅く、しかも何日も前から雨が降り続いているというのに、これほどの人出とはね！ 幸いジュネバーがあります。闇《やみ》のなかの唯一《ゆいいつ》の光ですな。ジュネバーが、あなたの身体《からだ》のなかで、金色で、赤銅色《しゃくどういろ》の光を放っているのをお感じになっていますか？ わたしはジュネバーで身体を温めながら、夜の街を徘徊《はいかい》するのが好きです。幾晩も幾晩も、歩き回りながら、夢想に耽《ふけ》ったり、果てしなく自分と対話を交わすんですよ。そう、今晩のようにね。あなたをうんざりさせてしまったのではないかと少し心配なのですが。ありがとう、礼儀正しい方だ。でも、いっぱいに詰まりすぎているんですよ。口を開けば、言葉がどんどん流れ出ていく始末です。その上この国はいろいろな着想を与えてくれるんでね。歩道に犇《ひし》めきあい、家と運河との間の小さな空間に押し込められ、霧や冷たい地面や湿った洗濯物みたいに煙っている海に取り囲まれた、この国の人たちをわたしは愛しています。彼らは二重だから好きなのです。ここにいると同時によそにいるからです。

そうですとも！　湿った歩道を歩く彼らの重たげな足音を聞いたり、また金色の鰊《にしん》や枯れ葉色の宝石でいっぱいの店の間をのろのろと歩き回っている彼らの姿を見たりすれば、今晩彼らはここにいるとおそらく思っておいででしょう？　あなたも外の人たちと同じですな。やはりこの正直な人たちのことを、永遠の生を授かる機会をうかがいながら銭勘定をしている組合の調査官や商人の一族と同じだと考えておられるんでしょ。彼らの唯一の楽しみといえば、ときどき鍔広《つばびろ》の帽子を被《かぶ》って、解剖学の講義を聞くことだけだとね。違いますよ。彼らはわたしたちの傍を歩いています。それはそうなのですが、でも、顔がどこにあるか見てごらんなさい。つまり赤や緑の看板から下りてくるネオンとジュネバーと薄荷水《はっかすい》からなるこの霧のなかにあるんですよ。オランダは夢ですよ、あなた、昼間はもっと煙ったく、夜はもっと黄金色に映える、黄金と煙からなる夢なんですよ。そしてこの夢は、夜となく昼となく、ハンドルの高い黒い自転車を夢見がちに走らせているあのローエングリン（訳注　聖杯伝説の主人公）たちで満たされています。国中を、海の周囲を、運河沿いの道を、休みなくぐるぐる回っている不吉な白鳥といったようなローエングリンたちですよ。彼らは赤銅色の雲のなかに頭を突っ込んで夢想に耽り、ぐるぐると回り歩き、霧の金色の香りのなかで、夢遊病者のように祈りを捧《ささ》げているのであって、もはやこの地にはおりません。彼らは何千キロも離れた遠くの島ジャワに向けて旅立ってしまったのです。彼らはショーウインドーを飾っているあのインドネシアの奇面の神々に祈りを捧げるのです。この神々はいままるで豪奢《ごうしゃ》な猿のように看板や階段状の屋根に止まる前に、われわれの頭上を飛び回りながら、郷愁に駆られる入植者たちに、オランダがただ商人のヨーロッパであるだけではなく、海でもあること、それも、人びとが狂おしくまた幸福に死んでいく島々やジパンゴに運んでくれる海でもあることを思い出させるのです。

でもおしゃべりが過ぎました。これではまるで弁論だ！　ご勘弁を。でもね、あなたにこの町と事物の中心をすっかり理解して頂くことが、わたしの習慣であり、天命であり、欲望でもあるんですよ！　というのも、われわれがいまいるところが事物の中心だからなんです。アムステルダムの同心円状の運河が地獄の輪に似ていることに気がつかれましたか。もちろん悪《あ》しき夢に満ち満ちたブルジョワの地獄です。よそからやって来て、この輪をひとつひとつ踏み越えていくにつれて、人生が、従ってその罪がより分厚く、より不透明になるのです。われわれがいまいるここは最後の輪です。その輪は……ああ！　あなたはそれを知っていられるんですね？　まいったな、あなたという人はよけい分類しにくくなってしまった。でも、するとあなたは、大陸の端にいるにもかかわらず、事物の中心がここにあるとなぜ言いうるのかを理解していることになる。勘のよい人間ならこうした不思議なことも理解できるんですな。いずれにしても、さまざまな新聞の読者や姦淫の罪を犯す人たちはここで行き止まりです。彼らはヨーロッパのさまざまなところからやって来て、内海の色褪《いろあ》せた海岸に足を止める。彼らはサイレンを聞き、霧を透かして虚《むな》しく船影を求め、それから再び運河を幾つも渡り、雨のなかを戻っていく。そして寒さに縮みあがって、さまざまな言葉を操りながら、「メキシコ・シティー」にジュネバーを求めにやってくるのです。そこで、わたしが待ち受けているというわけ。

それではまた明日お目にかかります、お国のお方。いえ、あなたはもう道がお分かりでしょう。あの橋の傍《そば》でお別れします。夜はけっして橋を渡らないことにしているんです。願をかけてるからなんですよ。いずれにしても、誰かが水に飛び込んだと仮定してごらんなさい。答えは二つ。一つは後を追って飛び込んで水から引き上げること。そうなると寒い季節には、最悪の結果を引き起こす羽目にもなる。あるいは見殺しにしておく。すると今度は飛び込まなかったことがときどき妙に気になってしょうがない。お休みなさい！　なんですか？　飾り窓のなかにいるこの奥方たちですか？　夢ですよ、あなた、僅《わず》かな金で買える夢、インドへの旅ですよ。あの女たちは東洋の香水をつけています。中に入れば、カーテンが引かれて、航海が始まります。神々が裸の肉体に舞い降りてきて、風にそよぐ椰子《やし》の葉のようにぼさぼさの髪をして、途方もなく、島が漂流を始めます。試してごらんなさい。

裁き手にして改悛者《かいしゅんしゃ》とはなにかですって？　ああ、あの話はあなたの興味を引いたようですね。ちっともふざけた話ではないんです。本当ですよ。もっとはっきり説明することだってできます。ある意味では、それがわたしの職務の一部でもあるわけですからね。でもその前に出来事をいくつかお話ししておかなければなりません。そうすればきっとわたしの物語をもっとよく理解して頂く助けになるでしょうから。

数年前まで、わたしはパリで弁護士をしていました。確かにかなり名の知れた弁護士でした。むろん昨夜あなたに申し上げたのは本名ではありません。わたしには気高い訴訟事件という得意の分野がありました。いわゆる寡婦《かふ》と孤児という事件ですが、どうしてそれがそうなのかは分かりません。なぜって亡夫の名声を利用する未亡人もいるし、凶暴な孤児だっているじゃありませんか。とはいえ、被告からどんなに微《かす》かでも犠牲者の匂《にお》いを嗅《か》ぎつけると、それだけでもうわたしの弁護服の袖《そで》が活動を始めたものです。しかもなんと激しい活動だったことか！　嵐《あらし》のようでした！　袖に血が通っていたのです。正義が毎晩わたしと一緒に寝ていると、実際にみんな信じていたほどでした。あなただって、わたしの正確な口調、的をえた感動、弁論の説得力と熱意、それに胸に秘めた怒りには感心されたに違いないと思いますよ。体格の点でも、自然が味方してくれました。努力せずとも、自《おの》ずから気品ある態度を取ることができました。その上、わたしは二つの真摯《しんし》な感情に支えられていたのです。つまり弁護士としての自分は法廷内では正義の味方であるという満足感、それに判事一般にたいする本能的な軽蔑《けいべつ》です。この軽蔑は、結局、さして本能的ではなかったのかもしれません。いまでは分かっているのですが、その軽蔑にはいろいろな理由があったのですから。でも、外から見ると、それはむしろ情熱に似ていました。目下のところ、少なくとも、判事が必要であるということは否定するわけにいきませんよね？　とは言っても、一人の人間があのような驚くべき職務を実行するべく志願するなどということは理解できなかったのです。目の前に存在しているものですから、わたしは判事を認めていました。でもそれはいささかイナゴの存在を認めるのと似ていました。ただこの直翅類《ちょくしるい》がいくら襲来してもわたしには一文ももたらさないのに、自分が軽蔑している人たちと対話をすることによって、わたしは生計を立てていたという点に違いはありますがね。

　でもいいですか、自分が正しい側にいるということ、それだけで良心の平静を保つことができたんですよ。義務感、自分が正しいという満足感、自分自身を評価しうる喜び、そういったものが、あなた、われわれが背筋をぴんと伸ばして立ったり、前に進むための強力なバネになるんでしょうな。反対に、もしそれらを人間たちから取りあげてごらんなさい、あなたは彼らを口から泡《あわ》を吹く狂犬に変えてしまうことでしょう。自分が過《あやま》ちを犯していることに耐えられないというだけの理由で、どれほど多くの罪が犯されたことでしょう！　昔、知人の実業家で、みんなから褒め称《たた》えられる完《かん》璧《ぺき》な妻をもった人がいましたが、彼の方は妻を裏切っていました。その男は過ちのなかに、つまり、人から操行賞を貰《もら》ったり、あるいは自分で自分を褒めてやったりなんてできないようにすることに、文字通り熱中していたのです。彼の妻が完全ぶりを発揮すればするほど、彼はのめり込んでいったのです。終《しま》いに、彼は己の過ちに耐えることができなくなりました。そこでどうしたと思いますか？　妻を裏切るのを止《や》めたかですって？　いいえ。殺してしまったんです。それでわたしが彼を知るようになったというわけです。

わたしの立場はますます人から羨《うらや》ましがられるものになりました。たんにわたしが犯罪者の仲間入りをする危険がないばかりか（とりわけ独身だったので、妻を殺す機会はまったくありませんでした）、彼らの弁護をしたからです。他の者が善良な野蛮人である場合と同様に、ただ彼らが善良な殺人者でありさえすれば、弁護してやりました。わたしがそうした弁護に用いた方法そのものも深い満足感を与えてくれました。わたしは自分の職業においてはまさに完璧でした。言わずもがなのことですが、けっして賄賂《わいろ》を受け取りませんでしたし、かといって、裏取引をして身を貶《おと》めるようなことも一切しませんでした。もっと機会は少なかったとはいえ、自分が有利になるように、新聞記者に媚《こ》びることも、役人との友情を役立てるようなことも一度もなかった。二、三回レジヨン・ドヌール勲章を受賞する機会さえあったのですが、それも固辞してしまいました。慎ましい誇りの気持ちからだったのですが、そこにわたしは真の報酬を見出《みいだ》していました。最後に言えば、貧乏人から弁護料を貰ったことはなかったけれど、それを吹聴《ふいちょう》することなどはしなかった。こんなことをお話ししているからといって、あなた、わたしが自慢話をしているなんて思わないでくださいよ。わたしの功績などまったくなかったんですから。つまりわれわれの社会においては、ふつうは野心の裏には貪欲《どんよく》さが隠れているものですが、わたしはいつもそれを嘲笑《あざわら》っていました。わたしはもっと上を目指していたのです。わたしに関するかぎり、この表現は的を得ているということがじきにお分かりになるでしょう。

しかしわたしの満足ぶりはもうお察しのことと思います。わたしは生来の性格を楽しんでいたのです。それにわれわれはみんな承知していることですが、お互いに安心するために、そうした喜びをときとしてエゴイズムだと言って糾弾する振りはしますが、じつはそこにこそ幸福があるのです。少なくともわたしは、寡婦と孤児にあまりにも正確に反応するというわたしの性格の一面を楽しんでいたんですよ。それは訓練の結果、終いにはわたしの生活のすべてを支配するに到《いた》りました。例えば、わたしは道路を横断する盲人を助けることが大好きでした。歩道の端を探っている杖《つえ》を見れば、どんなに遠くからでも駆けつけ、時にはすでに差し延べられた親切な手にわずかに先んじて、その盲人にわたし以外に頼る者がいないようにして、優しく手を引き、交通の障害物の間を縫い、しっかりと横断歩道に導き、歩道の安全な場所に連れていって、そこで互いに感動しながら別れるといった具合です。同じように、通りで通行人に道を教えたり、煙草《たばこ》の火を貸したり、重すぎるほど荷を積んだ車の後押しに手を貸したり、パンクした車を押したり、救世軍の女兵士から新聞を買ったり、モンパルナスの墓地から盗んできたことを知りながら、老婆《ろうば》から花を買ったりすることがいつも好きでした。また、ああ、これはもっと言いにくいことですが、施しをすることも好きでした。友人の熱烈なキリスト教徒は、乞食が家にやってくるのを見たときの最初の感情は不快感であることを認めていました。ところが、わたしの場合はもっと始末が悪く、大喜びしたものです。でもこの話はこれくらいにしておきましょう。

むしろわたしの慇懃《いんぎん》ぶりについてお話しすることにしましょう。それはもう有名でしたが、そのうえ一点非の打ちどころのないものでした。礼儀正しさは実際わたしに多くの喜びをもたらしてくれました。ときどき朝、バスか地下鉄のなかで、明らかにそれに値するような人に席を譲ってあげるとか、老婦人が落としたなにかを拾ってあげて、自分でもよく心得ている笑顔でそれを返してあげるとか、あるいはただわたしより急いでいる人にタクシーの順番を譲ってあげたりすると、その日はそのために輝いていたものです。これはぜひ言っておかなければならないのですが、交通機関がストの日にはわたしはそれを喜びさえしました。バスの停留所で、家に帰れない不幸なパリっ子たちの何人かを、自分の車に乗せてあげる機会があったからです。さらに、劇場でカップルが並んで座れるように席を譲ったり、旅行のとき、高すぎて手の届かない網棚に若い娘のトランクを上げてやったりすることは、他の人以上に頻繁に行った善行でした。というのも他の人以上にわたしの方がそうする機会をねらっていましたし、そこからより大きな喜びを味わっていたからです。

わたしはまた気前のよい人間とみなされてきましたし、実際にその通りでした。公的にも私的にも、多くのものを与えてきました。しかもなにか品物なり、かなりの額の金を手放さなければならなくなったときでも、それを苦痛に思うどころか、そこから確かな喜びを引き出していたのです。どんなに些細《ささい》な喜びであっても、そうした贈り物が不毛に終わり、その結果として恩知らずなことをされても、ときとして心のなかに生まれるあのやり切れなさとは違うものでした。わたしは与えることにははなはだ大きな喜びを味わっていたものですから、与えるよう強制されることは大嫌いでした。金銭問題に几帳面《きちようめん》なのにはほとほと嫌気がさしていましたし、それに同意するときはいつもいやいやだったのです。主人として気前のよい施し物をすることが必要でした。

今度は些細な事柄ですが、それでもわたしが自分の人生において、またとりわけ職業において、絶えず味わっていた快楽をお分かり頂く助けにはなるでしょう。例えば、裁判所の廊下で、ただ義憤に駆られて、あるいは同情から、つまり無報酬でという意味ですが、弁護をしてやった被告の妻に引き止められたとします。こんなことをして頂けるなんてまったく信じられませんと呟《つぶや》くのを耳にし、そんなことは当たり前で、誰でもそうしただろうと答え、来たるべき苦しい日々を乗り越えるに足るだけの贈り物さえして、お涙頂戴《ちようだい》をぱたっと止め、まさしくその余韻が残るようにして、最後に可哀《かわい》そうなその妻の手に接吻《せつぷん》をし、そこに置き去りにする、これこそ、いいですか、あなた、ありふれた野心家以上に高みに到達できるし、相手の感謝の気持ちがひとりでに大きくなるような最高点にまで上りつめることなのです。

そうした高みに足を止めようではありませんか。これであなたは、わたしがもっと上を目指すと言った意味がお分かりになったでしょう。わたしはまさしくそうした最高点についてお話ししたのでして、それがわたしの生きうる唯一《ゆいいつ》の場所なのです。そうです。高い所にいないとまったく寛《くつろ》げなかった。人生の細々した事柄に至るまで、なにかの上にいる必要があったのです。地下鉄よりバスの方が、タクシーより馬車の方が、中二階よりもテラスの方が好きでした。空中で顔をあげていられるスポーツ飛行の愛好家でもあったし、また船に乗るとき歩き回るのはいつでも船尾楼甲板。また山では、峠や高台を作りだす険しい谷間は避けていました。少なくともわたしは高原に近い場所に向いていた。もしも運命が職人、つまり旋盤工か屋根屋を選ぶよう強いたら、わたしは屋根を選んで、眩暈《めまい》と折り合いをつけたことでしょう。船倉や船底や地下や洞窟《どうくつ》や深淵《しんえん》はまっぴらご免でした。洞穴学者にたいしては特別な嫌悪《けんお》を感じてさえいました。やつらは図々《ずうずう》しくも新聞の一面を飾りますが、その記録には胸糞《むなくそ》の悪さを覚えるほどでした。頭を海溝の岩の間（あの無分別なやつらの言うサイフォンってやつですが）に挟まれる危険を冒して、水面下八百メートルぐらいまで潜る努力をするなんて、わたしには倒錯者かあるいは病的な性格の持ち主の手柄にしか見えません。その裏にはきっとなにかしら犯罪が隠されていたに違いない。

眼下に夕暮れ前の海が光を浴びながら広がっているような海抜五、六百メートルの自然のバルコニーは、反対に、わたしがもっとも楽に呼吸ができる場所でした。蟻《あり》のような人間を一人で見下ろしているときにはなおさらそうでした。説教や心に沁《し》みる訓話や火の奇跡が、なぜすぐに登れるような高台でなされているか、そのわけは容易に納得できます。わたしに言わせれば、地下室とか刑務所の独房のなかでは瞑想《めいそう》なんてできはしない(独房が塔の中にあっても、広々とした光景を目の前にしていれば別ですがね)。黴《かび》が生えちまいますよ。ですからわたしには、教団に入ったものの、自分の部屋が、予期していたように、広々とした風景に面しているのではなくて、壁に面していたために司祭職を捨てた男の気持ちが分かりました。わたしに関する限り、黴なんて生えなかったと信じてください。一日中、わたし自身の中でも、他人の間でも、わたしが高みに登り、そこに赤々と火を灯《とも》し続けると、蟻のような人間どもから嬉々《きき》とした祝福がわたしの方に立ち登ってきたものです。少なくとも、そのようにして、わたしは人生と自分の優越感に喜びを見出していたのです。

幸いなことに、わたしの職業は頂点を目指すというこの性向にぴったりでした。職業柄わたしはわが隣人に対して失望を覚えることはまったくなかったんですよ。なぜって、こちらは何の負い目もないのにひたすら恩恵を施してやっているんですからね。

弁護士という職業はわたしを判事の上に置いて、今度はわたしが判事を裁くようにしてくれると同時に、被告の上にも置いてくれ、被告がどうしても感謝せずにはいられないようにしてくれました。ここが大切な点ですよ、あなた。つまりわたしは裁きを受けずに生きていたのです。いかなる裁きにもまったく関係なく、裁判の場から掛け離れたところ、つまり舞台の天井裏のどこかに隠れていて、ときどき機械仕掛けで舞台に舞い降りてきて、話を引っくり返し、しかるべき道筋を示すあの神様のようなものでした。とにかく高みに生きることは、最大多数の人の視線を浴び、尊敬を受けるために残された唯一の方法なんですよ。

それにわたしの善良な犯罪者たちのうちの幾人かも、人殺しをしたとき、同じ感情に突き動かされていたのです。いま悲惨な状況にいても、犯罪を報ずる新聞を読むと、おそらく彼らは一種の不幸な報奨を手にするのでしょう。多くの人間と同様に、彼らはもはや無名であることに耐えられなくなり、その苛々《いらいら》が、ある程度は、はなはだしい暴虐《ぼうぎゃく》行為へと導く原因になったのです。名前を知られるためには、要するにアパートの管理人を殺してしまえばよい。しかし不幸にして、そんな名声は一日限りのものでしかない。ナイフで刺されるに値する管理人なんて山ほどいるんですから。犯罪はいつも舞台の前面で行われるけれど、犯罪者は一瞬そこに姿を現すだけで、すぐにお後と交代してしまう。そんな束の間《つかま》の勝利を得るにしては代償が大きすぎます。ところが名声に憧《あこが》れる不幸な人間を弁護すれば、同じ時と同じ場所で、しかももっと安上がりで真の名声を得ることができる。わたしはそれに勇気づけられて、彼らの代償ができるだけ少なくなるように、賞賛に値するような努力を続けたというわけです。つまり彼らは代償の一部をわたしに代って支払っているわけですからね。その代わり、わたしがふんだんに見せた義憤と才能と感動は彼らにたいする負い目をそっくりわたしから取り除いてくれました。判事は判決を言い渡し、被告は罪の償いをする一方で、このわたしは一切の義務から解き放され、判決も制裁も免れて、自由に、エデンの光を浴びて君臨していたのです。

ねえあなた、エデンて実際そのようなものではないでしょうか、つまり自分と人生の間になにも介在していないこと。それこそわたしの人生でした。わたしは生きることを学ぶ必要などまったくなかったのです。その点に関しては、生まれながらに知っていました。周囲の人たちから身を守ったり、あるいは少なくとも、彼らとうまく折り合いをつけることを問題とする人間もいます。でもわたしにとっては、折り合いは最初からついてたんです。必要なときは親しげに、不可欠とあれば沈黙し、磊落《らいらく》にも深刻にもなれる、そんなわたしはまさに融通無碍《むげ》でした。そんなわけでわたしの人望は大変なものだったので、世間的な成功などもはやものの数にも入らなかった。体型も不細工ではないし、疲れを知らぬ踊り手であると同時に控えめな碩学《せきがく》として振る舞うこともでき、生易しいことではないけれど、女と正義を同時に愛することもでき、スポーツや絵画もたしなみ、要するに……いやここで止めておきましょう。思い上がりと思われてもいけませんからね。でもどうかひとつ考えてみてください。働き盛りにあり、しごく健康で、ありあまるほどの才能をもち、肉体と同様に知力を鍛えることに巧みで、貧乏でも金持ちでもなく、良く眠り、心底から自分自身に満足をし、それを巧みな社交性によって発揮するだけ、というような人間を。ここまでくれば、成功した人生だと言っても、まだ謙遜《けんそん》しているということを認めていただけることでしょう。

そうです、わたしより屈託のない人間なんてほとんどいやしません。わたしと人生とはぴったり一致していました。あるがままの人生にそっくりそのまま同意し、その皮肉も偉大さも束縛もひっくるめて一切拒むことはなかった。とくに愛や孤独においては多くの人間を落胆させたり、勇気づけたりする肉体というか、物質というか、いわゆる形而下《けいじか》的なものは、恋愛においても孤独においても、多くの人間を狼狽《ろうばい》させたり落胆させたりするものです。わたしはそれに支配されるどころか、いつも同じような喜びをも感じていました。わたしは生まれつき立派な肉体をもっていたので、そこから調和や自由自在な抑制力がわたしのなかに生まれてきて、人びとに感慨を与えるものですから、ときとしてそれが彼らの生きる助けになるとさえ言われました。それでみながわたしと交際したがりました。例えば、しばしば初対面の人が以前わたしと会ったことがあると思ったほどです。人生と、そこに生きる人間と、人生の楽しみがひとりでにわたしのところにやってきたのでした。わたしはそうした賛辞を厭味《いやみ》にならないほどの誇りをもって受け取っていました。実際、これほど満ち足りていながらさっぱりとした人間であるので、わたしは自分をいささか超人のように思っていたのです。

わたしは良家の出ですが、でも名家ではありません（父は将校でした）。とはいえ、おそれながら白状してしまいますが、朝方は、自分が王の息子か燃える柴（訳注　神のこと。『出エジプト記』参照）であるような気がすることがありました。でもね、念を押しておきますが、問題は誰よりも利口だという確信をもって生きていたというようなことではありません。その上、そんな確信には、どんな愚か者でももっているわけですから、さして価値がありません。そうではなくて、あまりにも満たされていたので、言いにくいことだけれど、自分が選ばれた人間だと感じていたのです。大勢のなかから、わたしだけがこのような長期の安定した成功に向けて選ばれたんだとね。要するにそれこそ謙虚さの賜物《たまもの》でね。わたしはこの成功をわたし一人の手柄にはしませんでしたが、一人の人間のうちにこれほど多様で、飛び抜けた長所が集まっていることは、ただ偶然のなせる業であるとも考えられなかったのです。ですから、幸福に暮らしながら、なにかしら天からの命令によって、自分はこの幸福に甘んじるべく定められているのだとうすうす感じていました。それにわたしはいかなる宗教をももっていないと申し上げたら、わたしの確信が異常なものであることを、もっとよくお分かり戴《いただ》けるでしょう。普通のものであろうとなかろうと、その確信があったればこそ、わたしは日常的歩みの上をいき、何年もの間、文字通り飛翔《ひしょう》していたのです。今でもまだそのときのことが惜しくてなりません。飛翔を続けていたのはあの晩まで……いや違う、それは違う話ですし、忘れなければいけない。そのうえ、少し大袈裟《おおげさ》な話をしてしまったらしい。いずれにしても、わたしがなにごとにおいても苦労しなかったことは事実です。でも同時になにものにも満足していなかったのです。一つの快楽を味わうとすぐに他の快楽を求める始末でした。次から次へとお祭り騒ぎでした。幾晩も夜を徹して踊ることもあり、ますます人間や人生にのめり込んでいきました。ときどき、ダンスやほろ酔い加減やわたしの熱狂や周囲の人間の我を忘れたはしゃぎぶりとが相まって、倦怠《けんたい》と充足感の入り雑《ま》じった陶酔にわたしを追いやり、疲れ切ってしまったときなど、やっと人間と世界の秘密を摑《つか》んだぞと一瞬思うような晩もありました。でも翌日、疲れが取れると、世界の秘密もともに消え去ってしまうのでした。そこで再び突進するというわけです。かくしてわたしはつねに満たされてはいても、けっして満腹感を覚えることなく、音楽が途絶え、光が輝きを失ったあの日まで、いやむしろあの晩まで、どこで立ち止まったらよいか分からぬままに走り続けていました。あのお祭り騒ぎの頃は幸福だったなあ……ここらで、われわれの友であるゴリラ君を呼んでもよろしいですか？　頷《うなず》いてありがとうと言ってください。一緒に飲んでくださいね。なによりもあなたの同情が欲しいんですから。

同情なんて言ったんで驚かれたようですな。相手の同情とか助けとか友情とかがふいに欲しくなったことはありませんか？　あったでしょう、もちろん。このわたしは、同情だけで満足する習練を積みました。同情の方は簡単に見つかりますし、それになんの束縛もないからです。「心からお悔み申し上げます」と言っておきながら、心のなかではすぐに「さて次の議題に移ろうか」というわけです。それは議長の感情ってやつですよ。つまり災難のあとなら、安く手に入ります。友情となると、それほど単純にはいかない。友情は獲得するまで手間も掛かるし容易なことではありません。その上いったん獲得すると、もはやそれを振り払う手立てはない。面と向き合っていなければいけない。しかしこうはお考えにならないでくださいよ。あなたのお友達が、まるでそうするのが義務であるかのように、毎晩電話をしてきて、まさしくその夜あなたが自殺をする決心をしているのではないか、あるいはもっと単純に誰か相手が欲しくないかとか、さらには外出する気はないかと尋ねるといったようなことを。とんでもありませんよ。彼らが電話してくるのは、あなたが一人でいないときとか、人生が楽しいときでしょうから、ご心配はいりません。自殺といえば、むしろ彼らはあなたを唆《そそのか》すでしょうよ。あなたはなんでも一人で抱え込んでしまうからいけないとかなんとか言ってね。友人連中から、あまり高く祭り上げられないよう、神のご加護を！　われわれを愛することを職務とする人たち、つまり両親とか親類（なんて大げさな表現でしょう！）は別の話です。彼らの方は、言うべき言葉を知っています。でもそれはむしろぐさりと突き刺さる言葉なんですよ。彼らはまるでカービン銃を撃つように電話を掛けてきます。しかも的を外さずにね。ああ！　彼らはバゼーヌ（訳注　十九世紀フランスの元帥）と同じですよ！

なんですって？　いつの夜かですって？　じきにお話ししますよ。それまでどうかわたしにお付き合いを。それにある意味では、友人と親類の話をしたとき、もうその話題に入っていたのです。いいですか、人から聞いた話ですが、ある男は友人が投獄されたので、愛するその男から奪われた安楽を自分が楽しんではいけないと思って、寝室の床の上に毎晩寝ていたということです。誰が、あなた、誰がわれわれのために床に寝てくれるでしょう？　わたしにもできますかね？　いいですか、そうしたいと思えば、いつかはできるでしょうよ。そうです、われわれには誰にでもいつかはそれができるでしょうし、それが救いです。でもそれはたやすいことではない。なぜなら友情とはうわの空、あるいは少なくとも無力なものなのですから。友情はしたいと思うことをすることができない。結局、友情には是非ともそうしたいという気持ちはないのでしょうね。われわれは人生をあまり愛してないのでは？　われわれの同情を掻《か》き立てるのは死だけだということに気がつかれましたか？　亡《な》くなったばかりの友がどれほどいとおしいかというのと同じですよ、そうでしょう？　先生たちのうち、口のなかに泥《どろ》を一杯つめこまれて、もはや話のできない人たちをわれわれはどれほど尊敬していることか！　そんなとき賛辞はごく自然に口をついて出ますが、その賛辞こそ多分彼らが生きている間にわれわれの口から聞きたがっていたものなのでしょう。しかしなぜわれわれが死者にたいしてはつねにより正しく、より寛大であるか、お分かりですか？　理由は簡単！　死者にたいしては義務がないからですよ。死者はわれわれわれを自由にしておいてくれるし、われわれは自由に自分の時間を作って、カクテル・パーティーのときとか、愛人と会っているときに、つまり暇なときに賛辞を片づけてしまう。彼らがわれわれになにかを強いるとするなら、それは記憶にたいしてでしょうが、われわれは記憶が悪いときている。違うんですよ、われわれの友人たちのなかでわれわれが愛しているのは最近死んだ者、痛ましき死者、自分の感動、要するに自分自身なんです！

友人に、こちらが始終避けていた男がいました。彼には少しうんざりだったし、それに道学者ぶったところがあったんです。でもご心配なく、臨終のときにはわたしの友情をとり戻したんですから。わたしは一日損をしたわけではありません。彼はわたしに満足して、わたしの手を握りながら死んでいったのですからね。わたしにしょっちゅう付きまとってきたけれども、相手にしなかった女もいましたが、その女がうまく若死にしました。とたんに、なんと大きな穴がわたしの心に空いたことでしょう！　それもとりわけ自殺だときている！　忙がしい忙がしいと言いつつ大喜び！　電話が鳴り、思いのたけをぶつけ、意図的に言葉を短くするがその裏に深い意味をこめて、悲しみを抑える。それに、ええ、そうなんです、少しばかり自分を責めて見せさえする！

人間なんてそんなものですな、あなた、二つの顔があるんですよ。つまり自分を愛さずに人を愛することなんてできはしない。たまたまアパートのなかに死人がでたら、近所の人たちを観察してごらんなさい。彼らは自分たちのつましい生活のなかで眠り込んでいる。とそこへ、例えば管理人が死ぬ。たちまち彼らは目を覚まし、そわそわし、情報を交換しあい、哀れんだりする。そら人が死んだ、これでやっと見せ物が始まる。彼らは悲劇に飢えている。だってしょうがないではないですか、それが彼らのささやかな優越性、つまりアペリチフなんですから。偶然かな、いま管理人の話をしたのは？　わたしのところにも一人管理人がいましたが、それがまったく嫌なやつ、まるで悪意の塊、取るに足りないが恨みっぽい怪物のような男でして、彼ならフランシスコ会の司祭をも手こずらせたことでしょう。わたしは彼とは口もききませんでした。彼がそこにいるだけで、わたしのいつもの満足感は消えてしまいそうでした。でもその彼が死んだときには、埋葬に立会ってやりました。なぜだとおっしゃるのでしょう？

葬式に先立つ二日間は、その上、まことに興味深いものでした。管理人のかみさんは病気で、一間きりの部屋に寝ていて、その傍《かたわ》らに架台に乗せた柩《ひつぎ》が横たえられていました。郵便物は自分で取りに行かなければなりません。みんなドアを開け、「今日は、「奥さん」と言うと、管理人のかみさんが指差す故人の礼讃《らいさん》をひとしきり聞かされてから、自分の郵便物をもっていくという具合でした。こんな話はちっとも面白くないでしょう? しかしアパート中の人たちがフェノールの匂《にお》いのするその部屋にぞくぞく押し掛けてきました。しかも間借り人たちは召使を取りにやらせないで、自分自身でこの思わぬ授かり物を利用しようとやってきたのです。召使たちの方もやはり同じだったのですが、こちらの方はこっそりとやってきていました。埋葬の日、柩が大きすぎて、部屋のドアから出せない。「ああ、あなた」とかみさんがベッドから悲喜こもごもの叫び声をあげる。「なんて大きな人だったんでしょう!」「ご心配はいりませんよ、奥さん」と葬儀屋が答える。「いったん横に倒してから、立てて通しましょう」実際、柩を立てて通して、また平らにした。墓場までついていって柩の上に花を投げたのはわたし一人でしたが(故人と毎晩ペルノを飲んでいた元キャバレーのボーイも一緒でした)、その柩が立派なのには驚きました。それからかみさんのところに戻って、この悲劇の女主人公からお礼を言って貰《もら》いました。ねえ、そんなことにどんな意味がありますかね? なんの意味もありゃしません、ただのアペリチフです。かなり弁護士会で前から一緒に働いていた書記の埋葬に立会ったこともあります。もっとも、軽んじられていた男でしたが、わたしはいつも握手をしてやっていました。

自分が働いているところでは、わたしは誰とも握手をしたし、それも一回ではなく二回握ってやっていたものです。このような心のこもった飾り気のなさのおかげで、わたしはほとんどただで、みんなの共感を得ていました。そうでなくては晴れやかな気分になれませんものね。その書記の埋葬のために、弁護士会長はわざわざ出席することはしませんでした。ええ、でもわたしは出席したんです。しかも、ここが大事なところですが、それは旅行の前日のことでした。もちろん、わたしの出席が人目を引き、好意的に取り沙汰《ざた》されるだろうということは承知していました。そこですよ、お分かりでしょう、その日は雪が降っていましたけど、尻込《しりご》みなどしなかったんです。なんですって？　じきにその話になります、ご心配なく。しかも、もうその話に入っているんですよ。しかしその前に申し上げておきたいんですが、例の管理人のかみさんは自分の悲しみをより深く味わうために、十字架だの、立派な樫《かし》の柩だの銀の把手《とって》だのに金を使い果たしてしまい、一カ月後には美声の伊達男《だておとこ》と一緒になっちまいました。彼は女を殴りつけ、恐ろしい叫び声が聞こえたかと思うと、今度は窓を開けて、彼は大好きな歌を唄《うた》いだすといった始末。「女よ、女よ、なんと美しいものよ！」近所の人たちは、「やっぱりね」と言ってました。やっぱりどうだっていうんですかね、よく分かりませんが。さてと、そのバリトン先生は天は二物を与えずっていうような男でしたが、かみさんの方だって似たようなものだったんです。しかし二人が愛し合っていなかったという証拠はなにもありません。彼女が亡夫を愛していなかったという証拠だってありゃしません。結局、伊達男が声にも腕にも力が入らなくなってどこかに行ってしまうと、かみさんはまた故人を褒め称《たた》え始めたんですよ、まったく貞女の鑑《かがみ》ですな！　いずれにしても、いくら自分を良くみせかけたところで、それほど忠実でも誠実でもない連中なんてざらにいますよ。また知り合いのある男は、二十年もの人生を粗忽《そこつ》な女に捧《ささ》げ、彼女のためにすべてを、友情も、仕事も、世間の評判も犠牲にしてきて、ある晩はたと自分が彼女を少しも愛していないことに気づいたんです。彼はうんざりした、それだけのことですよ。たいていの人間と同様にうんざりしたんです。要するに彼はこれまで自分のために、悲劇的でややこしい生活をでっちあげていたんですよ。だからなにかが起こらなければならない、大部分の人間の関わりあいを説明するのはそれです。たとえ愛のない屈従であろうと、戦争であろうと、死であろうと、なにかが起こらなければいけない。ですから埋葬だって万歳ってわけですな！

このわたしには、少なくとも、そんな口実は必要なかったのです。わたしはうんざりなんてしていませんでした。だって君臨していたんですからね。これからお話しする例の晩だって、わたしはかつてないほど退屈など感じていなかったと言ってもいいくらいでした。いや、本当に、なにかが起こって欲しいなどとは望んでいなかったのです。とはいえ……いいですか、あなた、それは秋の美しい夕方のことで、町はまだなま温かく、セーヌ河にはすでに靄《もや》がかかっていました。夜になっても、空はまだ西の方が明るかったけれど、すでに薄暗くなって、街灯がかすかに輝いていました。わたしは左岸の河岸通りをポン・デ・ザールの方に向かって登っていきました。箱型にたたまれた古本屋の屋台の間から、河面《かわも》が光るのが見えました。河岸通りにはほとんど人影がなく、パリっ子たちはもう夕食をとっていた頃でした。わたしは夏の名残の黄色く埃《ほこり》っぽい枯れ葉を踏み締めていきました。空には少しずつ星が姿を見せ、街灯から街灯へと移る間に、ちらりとその姿が目に入りました。わたしは再び訪れた沈黙と穏やかな宵《よい》と人気《ひとけ》のないパリとを満喫しておりました。満足でした。その日は一日良い日だったのです。つまり盲人を助け、望んでいた通りの減刑を獲得し、依頼人と心のこもった握手をし、いくらか施しをし、それに午後は、数人の友を前にして、支配階級の堅苦しさと選良たちの偽善をテーマに、即興で演説をぶつといった具合でした。

その頃は人気のないポン・デ・ザールにさしかかり、いまや帳《とばり》をおろした夜の闇《やみ》のなかで、微《かす》かに見分けられる河面を眺めておりました。アンリ四世像に面して、わたしはシテ島を見下ろしていました。身内に、自分は強いんだという、またなんと言ったらよいか、やり遂げたんだというような気持ちが湧《わ》き上がってきました。それがわたしの心を晴れやかにしていたんです。背筋を伸ばして、満足しきって一服するために、煙草《たばこ》に火をつけようとしました。そのとき、背後で笑い声が響いた。不意を突かれて、急いで振り返ったけれど、誰もいない。欄干の方に行ってみても、いかなる平底船も、いかなるボートも通っていない。シテ島の方に向き直るやいなや、まるで河面を下ってくるかのように、再び背後に笑い声が聞こえた。わたしはそこにじっと立ちつくしてしまいました。笑い声は次第に小さくなっていきましたが、でも背後にまだはっきりと聞こえていました。水面からくるのでなければ、どこから聞こえてくるか分からなかったのです。同時に、心臓の鼓動が激しくなるのを感じました。よく聞いてくださいよ、その笑いには神秘的なところはまったくなかったのです。それは諭すような、楽しげで、自然で、ほとんど友好的な笑い声でした。そのうえ、間もなく、なにも聞こえなくなりました。再び河岸通りに出て、ドーフィーヌ通りに入り、そこでまったく必要のない煙草を買いました。茫然《ぼうぜん》としていたし息苦しくもあったのです。その晩、友人に電話をしましたが、留守でした。外出したものかどうか迷っているとき、突然窓の下で笑い声が聞こえました。窓を開けてみました。すると実際に、歩道の上で若者たちが楽しそうに別れの挨拶《あいさつ》を交わしているところでした。肩をすくめながら、窓を閉める。いずれにしてもわたしには調べなければいけない書類があった。水を一杯飲もうと浴室に行く。鏡に映った顔は微笑を浮かべていたけれど、その微笑は二重に見えました……

なんですか？　これは失礼、他のことを考えていました。多分また明日の夜お目にかかれますね。明日、ええそうですよ。だめだめ、もうこれ以上お相手できません。それに、あそこに見える褐色熊《ぐま》君から相談を受けているんですよ。もちろん正直な男ですが、警察からひどく、それも酷《ひど》い悪意をもって、いじめつけられているんです。あれが人殺しの顔に見えますかね？　商売柄ああいう顔をしているのにきまってます。彼は強盗もやります。犯罪集団にいるあの男が絵画の取引の専門家であると知ったら、あなたも驚かれるでしょう。オランダでは、誰もが絵画かチューリップの専門家なんですよ。こっちの方にいる男は、おとなしそうな顔をしていますが、誰でも知っている絵画の盗難事件の犯人なんです。どの絵かですって？　あとで多分申し上げることになるでしょう。わたしが裏の事情に通じていることに驚かないでください。わたしは裁き手にして改悛者《かいしゅんしゃ》ではありますが、ここでは余技をもっているんです。つまりあの実直な手合いの法律顧問なんですよ。この国の法律を勉強して、免許なんて必要ないこの界隈《かいわい》で客を見つけたというわけ。容易なことではないけれど、わたしは信用されるんですな、そうでしょ？ くったくのない健全な笑い声をしているし、握手にも心がこもっている。こつはそこですよ。それに幾つかの難事件を片づけてやりました。初めは欲得ずくでも、その後は信念をもってね。もし女衒《ぜげん》や泥棒たちが必ず、どこでも罰せられるとするなら、まっとうな人間はみんな自分は絶えず無実だと思うでしょよ、ねえ、あなた。またわたしに言わせれば――はい、はい、すぐ行きますよ！

――とくにそれだけはあってはなりません。さもなければ、とんだお笑い草ですよ。

これほど興味をもっていただけるとは本当にありがたいことですな。でもわたしの話には特別変わったところなんて少しもありゃしません。それほど気になさるなら言いますけれど、数日の間は少しばかりあの笑い声のことを考えましたが、そのうち忘れちまいました。ときどきわたしのなかのどこかで、笑い声が聞こえてくるような気はしました。しかしほとんどの時間、無理をせずとも他のことを考えていられたのです。とはいえ、これは認めなければいけないことですが、その後わたしはパリの河岸通りに足を踏み入れないことにしていました。車なりバスなりでそこを通るときには、心のなかに沈黙が生まれました。待っていたんだと思います。でもセーヌ河を横切ってもなにも起こらないと、ほっと息をついたものです。その頃わたしは少し健康を害していました。はっきりしたことはまったく分かりませんでしたが、なんなら神経衰弱といってもかまいません、とにかく以前のように楽しい気分を取り戻せない一種の障害のようなものでした。何人もの医者に診て貰《もら》いましたが、強壮剤をくれるだけでした。気分が良くなるかと思うと、また落ち込んでしまう。人生は前ほどたやすいものではなくなりました。肉体が病むと、心まで憔悴《しょうすい》するものなんですね。これまで一度も学んだことはなくても良く知っていたもの、つまり生きるということですが、それを少し忘れかけているように思えたのです。そうです、すべてはそんなときに始まったのに違いありません。

しかし今夜も、気分が優れません。言葉を操るのに苦労するほどです。しゃべりがまずいような気がします。論旨も前ほど確かではない。多分、天気のせいでしょう。息苦しくて、空気もたいそう重苦しいので、肺に負担がかかりそうだ。ねえ、あなた、外に出て、少し町の中を散歩してもかまいませんか？　ありがとう。

なんて綺麗《きれい》なんでしょうね、夜の運河は！　わたしは黴《かび》くさい水の息吹《いぶき》や運河に漬かっている枯れ葉の匂いや花を満載した小舟から漂ってくる物憂《ものう》い匂いは好きですね。

いえいえ、こんなものが好きだからと言ってなにも決して病的ではありません。それどころか、わたしの場合には、思い入れと同じでね。無理に運河を好きになるようにしているというのが真相です。世界のうちで、いちばん好きなところはシチリアなんですよ、お分かりでしょう。それも光を浴びたエトナ火山の上から、島と海とを見下ろせるという条件つきでね。ジャワ島も好きですよ。でも貿易風の吹く頃のね。ええ、若い頃に行きました。概して、わたしは島というものが好きなんです。島では君臨することがたやすいですからね。

素敵な家でしょ？　あそこに見える二つの顔は黒人奴隷《どれい》の顔ですよ。看板です。この家は奴隷商人の家だったんだな。ああ！　あの頃はみんな手のうちを隠さなかった！　みんな勇気があって、こう言ってたんですよ。「いいか、わたしは町なかに立派な家を構える奴隷商人で、黒い肉体を売ってるのさ」とね。今どき、自分の職業が奴隷売買だなんて公言するようなやつがいますかね。大変なスキャンダルになっちまう！　パリにいるわたしの同業者たちの声がここまで聞こえてくるようだ。なにしろ彼らはこの手の問題に関しては妥協しませんからね。彼らは二つか三つ、あるいはもっと沢山の声明文を出すことすら躊躇《ちゆうちよ》しません。よく考えたうえで、わたしだって彼らの名前に自分の名前を連ねることでしょうよ。奴隷制度だって、ああ、とんでもない、われわれは反対だ。自分の家か工場ならまだよい、それは物事の道理、しかしそれをひけらかすのは、やり過ぎだとね。

支配するかあるいは服従させられるかのどちらかでしかないことはよく心得ています。人間は誰でも、きれいな空気を求めるのと同じように、奴隷を必要としているのですから。指揮をするということは息をするのと同じですよ、この意見に賛成ですか？　それにどんなにひどい不具者にだって息をする余裕はある。社会的階層のいちばん下にいるものでもまた配偶者なり子供なりをもっています。もし独身者なら、犬がいます。要するに、大切なのは相手が口答えをする権利がないままに、こちらが腹を立てうることなんですよ。「父親には口答えをしない」、御存知でしょうこの言い回しを？　ある意味では、これはおかしいですな。この世で、愛する者にたいしてでなければ誰に答えればいいのでしょう？　でも別の意味では、この言い回しには説得力があります。誰かが最後の一言を言わなければいけない。そうでなければ、一つの理由に別の理由が対立することになって、結局は切りがなくなってしまう。反対に、権力はなんでもずばりと断ち切ることができる。随分と時間が掛かったけれど、われわれはやっとそのことに気づいたのです。例えば、あなたもお気づきになったに違いありませんが、われわれの古いヨーロッパはやっと確かな方法で哲学するようになったんですよ。素朴な時代のように、今や、「われわれはこのように考える。あなたはどのように反論するのか？」などと言いはしません。われわれは利口になったのです。「君たち対話をコミュニケに変えてしまった。「これが真理だ」とわれわれは言います。「君たちが反対を唱えるのは自由だ。しかしそれはわれわれが関知するところではない。数年のちには、正しいのは当方であることを警察力によって君たちに知らしめるだろう」

ああ、いとしきかな地球よ、ってとこですか。今ではすべてが白日のもとにさらされている。今やわれわれは己を知り、自分になにができるかを知っている。ところで、このわたしはどうでしょう、話題ではなく例を変えて言うなら、わたしはいつも微笑を浮かべながら給仕して貰うことを願ってきました。女中が悲しそうな顔をしていると、わたしの一日も暗くなったものです。恐らく、陽気にしていないのは彼女の勝手でしょう。でも心のなかでわたしは、泣きながら給仕をするよりも、笑いながらする方が彼女にとっても良いことである、と考えていました。実際、その方がわたしにとってよかったんです。とはいえ、自慢ではありませんが、わたしの考えだってそれほど馬鹿《ばか》げたものではなかったんですよ。同じような考えから、わたしは中国料理屋で食事するのをいつも嫌ってきました。なぜかですって？　アジア人は、黙っているときや白人の前にいるときには、よく人を軽蔑《けいべつ》するような表情を浮かべているからですよ。もちろん、彼らは給仕するときでもそんな表情のままなんですから！　そんなとき、どうして北京《ペキン》ダックが賞味できますか！　なによりも、彼らを見ながら、どうして自分が正しいと思えますか！

まったくここだけの話ですが、だから奴隷制度、とくににこやかな奴隷制度ってやつはなくてはいけない。しかしわれわれはそれを公《おおやけ》に認めるわけにはいかない。だから奴隷をもたざるを得ない人間は、奴隷を自由人と呼んだ方がよいのではないでしょうか？ 先《ま》ず原則的に言ってそうだし、また奴隷たちを絶望させないためにもそうなのですよ。奴隷たちは確かにこのくらいのことはして貰《もら》ってしかるべきでしょう。このようにすれば、奴隷たちは微笑をし続けるし、われわれだって良心というものを保っていけますよ。奴隷たちの微笑がなければ、われわれは自分自身に立ち戻るのを余儀なくされるでしょうし、苦痛で気が狂いそうになるか、あるいは引っ込み思案になってしまう。いずれにしても心配の種ですな。だから、看板はなし。看板はスキャンダルの種になるんですから。それにまた、もしみんなが口を割って、本当の職業や身分を詳《つまび》らかにしたら、どこに顔を向けていいか分からなくなっちまう！ こんな名刺を想像してごらんなさい。デュポン、すなわち臆病《おくびょう》者の哲学者、キリスト教徒の地主、あるいは不倫好きのヒューマニスト、本当に種はつきません。しかしそうなったら地獄ですな！ そう、地獄はそのようなものであるに違いない。つまり看板を掲げた通りが幾つもあって、自分を説明する方法がない。みんな一度限りで永久に分類されてしまう。

ねえ、例えばあなただって、ご自分の看板がどういうものか少しは考えていらっしゃるんでしょう。だんまりですか？ それではあとで伺いましょう？ いずれにしても、わたしは自分の看板は承知しています。つまり二つの顔をもつ愛想のよいヤヌス、そしてその上に家訓が書いてある、「信用するなかれ」とね。名刺にはこう書き込みます。「ジャン・バチスト・クラマンス、喜劇役者」さてと、前にお話しした例の晩の直後に、あることを発見しました。盲人を助けて歩道に連れていって別れるとき、わたしは挨拶をしていたのです。帽子をちょいとあげる仕種《しぐさ》は明らかに彼にたいするものではなかったんです。彼には見えるはずがないんですから。それでは誰にたいしてだったんでしょう？　公衆にですよ。役目が終わったらご挨拶というわけ。悪くはないでしょう？　同じ頃のある日のこと、手伝ってやったのでお礼を言った運転手に、わたしは誰もこんなことまでしてくれませんよ、と答えたものでした。もちろん誰でもする、と言おうとしたのですが。しかし不幸にも口が滑ったために、心に引っ掛かるものがありました。慎ましさにかけては、まったく誰にもひけをとらなかったのに。

このことは頭を低くして認めねばなりませんがね、あなた、わたしはいつも虚栄心の塊でした。わたし、わたし、わたし、これがわたしの愛《いと》しい人生のルフランで、口を開けば、それが響きわたる始末でね。話をすれば自慢話になってしまった。人目を引く遠慮深さというやつを見せびらかすときにはとくにそうでした。その遠慮深さがなにに由来するのか、わたしには分かっていました。確かにわたしはいつも自由に、力強く生きてきました。自分と肩を並べる者がいないという結構な理由のために、誰からも自由でいられるものと単純に考えていました。前にも申しましたけれど、わたしは自分が誰よりも利口であるとみなしてきたのですが、同時にまた、誰よりも感受性豊かで、誰よりも器用で、射撃の名手で、抜群に達者な運転者で、最良の愛人であるとも思っていました。自分の劣性をすぐに確認できるような分野ですら、例えばまずまずのパートナーでしかなかったテニスのような場合でも、もし練習する時間があったら、A級の選手に格段の差で勝つだろうと思わずにはいられませんでした。自分の長所しか認めないことによって、愛想のよさと平静さを保てたのです。他人のためになにかをしてやるときには、まったく自発的な純粋の親切心でするので、貸しがそっくり帰ってきました。つまり自己愛を一段上に押し上げたというわけです。

昨夜お話しした例の夜のあとに、ほかの幾つかの真理と一緒に、少しずつわたしはこうした明らかな事実を発見していったのです。一挙にというわけではありません、そうではないし、またたいそうはっきりと把握していたわけでもない。先ず、記憶を掘り起こす必要がありました。徐々に、物事を前よりはっきりと見るようになり、自分がなにを知っているかを少し認識するようになったのです。それまでは、いつも驚くべき忘却の助けを借りていたわけです。自分の決心を初めとしてなにもかも忘れていたのです。結局、大切なものは何もなかったんですよ。戦争、自殺、愛、貧困、状況に応じては、そんなことにも注意を払ったことはあります。でも行き掛かり上、上辺だけの注意を払っただけでね。ときどき、わたしはもっとも平平凡凡な生活とは懸け離れた訴訟事件に情熱を燃やす振りをしました。しかし心の底では、そんな訴訟には上の空でした。もちろんわたしの自由が妨げられる場合は別ですが。なんと申しあげたらよいのでしょう？　滑っていったのです。そう、すべてがわたしのうちで滑り出したのです。

しかしそう決めつけてはいけない。忘れっぽさが役に立ったことだってあったのですから。あなたもお気づきになったでしょうが、あらゆる侮辱をことごとく赦《ゆる》すことを信条としながら、けっしてその侮辱を忘れない人たちがいるものです。わたしは侮辱を赦すほどお人好《ひとよ》しではありませんが、いつも終いには忘れちまいました。ですからわたしから憎まれていると思っていた人間は、にこにこ顔で挨拶《あいさつ》されるのを見て呆《あっ》気《け》にとられたものでした。そのような人間は、それぞれの性質に応じて、わたしの心の広さに感心したり、あるいはわたしは臆病だと言って軽蔑したりしました。いずれにしてもわたしの理由がもっと簡単なこと、つまり相手の名前すら忘れてしまっていたということを考えもせずにね。わたしを無関心な、あるいは恩知らずな人間にしてしまう忘れっぽさそのものが、そのような場合には、かえってわたしを心の広い人間にみせてくれたというわけです。

ですから、わたしの暮らし振りは、来る日も来る日も、もっぱらわたし、わたし、わたしの連続以外のなにものでもありませんでした。来る日も来る日も、女、女、来る日も来る日も、善玉か悪玉を演じ、来る日も来る日も、犬みたいな生活をしてはいても、毎日、わたし自身はしぶとく生き残っていました。このようにわたしは人生の上《うわ》っ面《つら》を、けっして現実のなかではなく、言葉のなかを進んでいたのです。本はみなちょこっと読み、友だちもちょこっと愛し、町もちょこっと見物し、女ともちょこっと関係を結ぶといった具合！　退屈しのぎに、あるいは気晴らしから、いろいろな仕種をしていただけ。多くの人間がわたしについてきて、取っ掛かりを見つけようとしましたが、なにもありはしない。それは不幸でした。彼らにとってね。というのも、なにしろこちらは忘れちまうんですからね。覚えているのは自分のことだけ。

そのうち、少しずつ、記憶が蘇《よみがえ》ってきました。というよりもむしろ、私のほうが記憶に立ち戻ったんですよ。そして記憶のなかでわたしをうかがっていた出来事を思い出すことになりました。それについてお話しする前に、記憶を探っているうちに発見したこと（きっとあなたのお役に立ちますよ）をいくつか例をあげてお話しさせてください。

ある日、車を運転していたとき、信号が青になったのに一瞬発車するのが遅れてしまいました。その間、辛抱強いパリっ子たちが躊躇なくわたしの背後でクラクションを鳴らし始めました。そのとき突然、同じような状況のもとで起こったもうひとつの事件が脳裏に蘇ってきたのです。鼻眼鏡をかけ、ゴルフ用のズボンをはいた、痩《や》せた小男の運転するバイクがわたしを追越し、赤信号で、わたしの前に止まりました。止まった拍子にエンジンが止まってしまったので、その小男は懸命になってエンジンを掛け直そうとするがうまくいかない。青信号になったとき、わたしはいつもの礼儀正しさでもって、わたしが通れるようバイクを脇《わき》に寄せてくれと頼んだんです。小男はまだエンジンが言うことをきかないので、苛々《いらいら》している。それで彼は、パリっ子の礼儀正しさを発揮して、わたしに出直してきやがれと言う。わたしは相変わらず丁寧に、しかし声にやや苛々した調子をこめて、繰り返し頼んだんです。すると相手はすかさず、お前なんか屁《へ》でもない、ときた。この間に、背後では、幾つかクラクションが鳴り始める。今度はもっと力を込めて、わたしは相手に失礼な言葉を慎め、交通の邪魔になっているのが分からないのかと言う。短気な男は、エンジンが言うことを聞かないことがはっきりしたので、かっときて、ボコボコにされたいなら、喜んでお見舞いするぞとのたまう。こうした無礼にわたしは本気になって怒り、この口汚いやつをこっぴどく殴りつけてやろうと思って、車から降りる。わたしは自分が臆病とは思っていない(でも誰だってそうでしょ!)、相手より首ひとつ背が高かったし、筋肉もつねに鍛えてあった。いまでもわたしは、殴り合いになればパンチを貰ったのは相手で、わたしではなかっただろうと思っていますよ。しかしわたしが歩道に降りるやいなや、集まり始めた野次馬のなかから一人の男が進み出て、わたしの方に駆け寄り、おまえは下《げ》の下《げ》だ、バイクに跨《また》がっているため不利な状態にある男を殴るなんておれが許さない、と言ってきた。わたしはこの銃士君の方に振り向いたけれど、実際には顔を見てる暇なんてなかった。そっちの方を振り向くとほとんど同時に、バイクのエンジンが唸《うな》る音が聞こえ、耳のところにきつい一発をお見舞いされた。なにが起こったのかを確認する前に、バイクは走り去ってしまった。茫然《ぼうぜん》として、わたしは機械的にダルタニヤン君の方に足を踏み出すと、その瞬間、いまや長々と連なった車の列から、苛苛のクラクションが一斉に鳴り響いた。また青信号になるところだった。そこでまだ少しぼっとしながら、わたしに声をかけた馬鹿者を叱《しか》りつける代わりに、わたしはおとなしく車に戻りました。わたしが発車すると、その馬鹿者は通りすがりに、「情けない野郎だな」とどなったんですが、その声はいまでも忘れません。ただね、この事件をたわいもない話だとおっしゃるんで?　そうかもしれません。

忘れるには長くかかりました。それが大切なところなんですよ。言い訳は幾つもありました。殴られっぱなしでお返しをしなかったけれど、臆病だと責められるいわれはなかったんです。不意を打たれたのだし、両側から挟み打ちにあってすっかり混乱していたし、さらにクラクションがその当惑に拍車をかけたのでしたから。とはいえ、まるで名誉を失ったかのように、惨《みじ》めな気持ちでした。わたしがとても優雅なブルーの服を着ていたので、よけい喜んだ野次馬の皮肉な視線を浴びて、お返しもせず、おとなしく車に乗り込んだ自分の姿を何回も思い返していました。わたしが耳にした「情けない野郎！」という言葉は当然のように思えたのです。要するにわたしは公衆の前で怖気《おじけ》づいたわけです。それにいろんな状況が重なったのも事実ですが、状況というやつはいつだってあるものですからね。遅ればせながら、わたしはこうすべきであったとはっきり悟ったのです。ダルタニヤン君を強烈なフックでぶっ倒し、自分の車に乗って、わたしを殴った下司《げす》野郎を追い掛けて捕まえ、バイクを歩道ぎわに追いやり、引きずりおろし、当然の報いとしてめった打ちを食らわせる、といった自分を思い描いてみました。多少の違いはあっても、わたしは何度も何度もこの短いフィルムを頭のなかで撮影していたものです。でも遅すぎました。そしてその度に、数日間は畜生めという気になりました。

おや、雨がまた降りだしましたな。よろしかったら、このポーチの下で休みませんか。これでよしと。どこまでお話ししましたっけ？　ああ！　そうでした、名誉のことでしたね！　さてと、あの事件の記憶が蘇ったとき、それがどんな意味をもつかを悟ったのです。要するに、わたしの夢想は事実の試練に耐えられなかった。今でははっきりしていますが、わたしは完全な人間になることを夢見ていたんですな。人間的にも、職業上でも、尊敬されることになりますからね。なんなら半ばセルダン（訳注　フランスのプロボクサー。元ミドル級世界チャンピオン）、半ばド・ゴールのような人間と言ってもかまいません。つまり、すべての事柄において支配したかったんですよ。だからこそ、わたしは尊大な振る舞いをしたり、自分の知的能力よりも肉体的能力を発揮しようと策を弄《ろう》していたんです。しかし公衆の面前で、お返しもせずに殴られたあとでは、自分についてのそうした立派なイマージュを温めることはもうできなくなってしまいました。もしわたしが自分で主張している通りの真理と知性の友であったなら、目撃した人たちからとうに忘れられてしまっているあの事件になんの意味があったのでしょう？　せいぜいのところ、つまらぬことに腹を立てた、また腹を立てたばかりに、冷静さを欠いてしまい、かっとして後のことに対処できなかった自分を責めたことでしょう。ところがそうではなく、わたしは復讐《ふくしゅう》し、打ちのめし、勝ち誇りたくてうずうずしていました。あたかもわたしの本当の願いがこの地上でもっとも知的で、あるいはもっとも寛大であることではなく、ただ望む相手と戦い、もっとも強い人間、それももっとも初歩的な手段でそうなることであるかのようにね。あなたもよくご存知のように、インテリってやつは誰でもギャングの一員になるか、あるいはもっぱら暴力によって社会に君臨することを夢見るというのが真相なんですよ。それはギャング物の小説を読んで思うほど簡単じゃないし、だから大抵は政治に頼ったり、もっとも残酷な党を当てにしたりするわけです。そうすることによって、すべての人間を支配するにいたるなら、精神を貶《おと》しめてもなんてこともないのではないですか？　とにかくわたしは自分のなかに人を弾圧したいという心地よい夢があることを発見したのです。

少なくとも、自分は罪人や被告の側に与《くみ》している、しかしそれは彼らの罪がわたしにいかなる損害をも与えないときに限るということを悟ったのです。わたしが犠牲者でないからこそ、彼らの有罪がわたしを雄弁にさせていたのです。自分が脅《おびや》かされているときには、ただたんに判事になるばかりでなく、それ以上のことまでやってのけました。つまり法律なんてみんな度外視して、犯人をぶちのめし、跪《ひざまず》かせる暴君になったのです。そのあとでは、ねえ、あなた、正義は自分に与えられた天命だとか、自分は寡婦《かふ》と孤児の擁護者となるべく定められているとか思い込むなんてことは、ひどく難しくなってしまいましたよ。

雨がまた強くなってきましたし、まだ時間がありますから、その直後に記憶のなかに新たに発見したことを、思い切ってお話ししてしまいましょうか？　雨を避けて、このベンチに座るとしましょう。何世紀も前から、多くの人間が、パイプを燻《くゆ》らせながら、こんな風にして、同じ運河の上に降る同じ雨を眺《なが》めてきたんですな。これからお話ししなければならないことの方が少しばかり難しいですよ。今度は女の話です。まずご承知おき願いたいのは、さして努力もしないのに、わたしがいつでも女をものにしてきたということです。女を幸福にすることに成功したとか、女のお蔭《かげ》でわたしが幸福になったとか言うつもりはありません。そうではなく、ただものにしただけです。望むときにはほぼいつも、目的を遂げていました。もてたんですよ、まさかですよねえ！　もてるということがどんなことかお分かりでしょう。はっきりとした約束を何もせずに、いいわと言わせる手管ですよ。当時のわたしはそうでした。驚かれましたか？　さあ、さあ、隠さなくてもいいですよ。今のこの顔からすれば、当然のことですよ。残念ながら、ある年齢を過ぎると、人間は誰でも自分の顔に責任をもたなければいけません。わたしの顔は……でもそんなことはどうでもよい！　事実はこうです。わたしはもてたし、それを利用していたということ。

しかしなんの打算も働いてはいなかった。わたしは誠実、そうほとんど誠実だったのです。女との関係は自然で、自由で、いわば安易なものでした。そこにはなんの策略も入り込んでいないか、あってもただ女たちが賛辞だとみなしてくれるようなこれみよがしの手管だけでした。普通の言い方に従えば、女たちをみな愛していたということになるけれど、でもそれは結局そのうちの誰をも愛していなかったということと同じです。わたしは女嫌いってやつは低俗で馬鹿《ばか》馬鹿《ばか》しいものだと思っていましたし、わたしが知った女のほぼみんなが、わたしより上だと判断していました。とはいえ女をそれほどまでに高く祭り上げることによって、わたしは女に仕えるというより利用していたのです。どうしてだか分かりませんがね。

もちろん、真の愛は例外的で、あっても大体一世紀に二、三回でしょう。そうでないときは、虚栄か倦怠《けんたい》しかありゃしません。わたしの場合、どんなときでも、ポルトガルの修道女（訳注　七世紀のポルトガルの修道女マリアナ・アルコフォラドのこと）のような情熱なんて持ち合わせていない。なにも冷たいのではなく、それどころか、すぐに感動する性質で、だから涙も自然に出てくるというものです。ただ、その愛の迸《ほとばし》りはいつも自分に向けられており、哀れみも自分に関するものでした。いずれにしても、わたしが一度も女を愛したことがないというのは間違いで、少なくとも、これまでの人生において、一度だけ大恋愛をしたことがあります。でもその対象もやはり自分だった。このような見解に立つことによって、ごく若い頃なら誰でも陥る煩悶《はんもん》の時期を過ぎると、すぐに恋愛観が決まってしまい、わたしの恋愛生活を支配することになったのは官能だけ。求めていたのもひたすら快楽と征服の対象だけ。それにわたしの性格も拍車をかけた。自然もわたしにたいして寛大でね。わたしはそれを誇りに思わぬわけではなかったし、そこから多くの満足感を得ましたが、今となってはそれが快楽であったのかあるいは眩惑《げんわく》であったのかは分からない。いいでしょう、わたしがまた自慢話をしているとおっしゃるつもりでしょ。それは否定しません。でもこの点、事実であったことを自慢しているのですから、それほどの自慢屋でもありませんな。

どんな場合でも、わたしの官能は、それだけに限って話をすれば、はなはだ強かったので、たとえ十分間の逢引《あいびき》のためでさえ、父や母でさえ否定してしまったことでしょう。あとでひどく後悔することになってもね。いや、それどころじゃない！　とくに十分間の逢引とくれば、それにその逢引に明日がないことが確かだとすれば、それ以上だった。もちろん、わたしにも原則はあった。例えば、友人の細君には絶対に手を出さない、というような。ただ義理堅く、数日前に、夫たちと絶交しておく。そんなことを官能と言ってはいけないのかもしれませんね？　官能自体は忌《い》まわしいものではありませんから。もっと寛大になって、それは欠点であると、つまり愛のなかに肉体的なもの以外のなにものをも見出《みいだ》せない一種の先天的無能力とでも言っておきましょう。この欠点は、つまるところ、快適なものでした。忘れっぽさに加えて、それはわたしの自由にとって都合のよいものでした。同時に、その欠点から生まれるある種のよそよそしさと侵しがたい独立心とが読み取れる表情のおかげで、また新たな成功が得られたというわけです。わたしが現実派だったため、女たちはその反動から架空の作り話を追い求めることになりました。女どもは、実際、みんなが失敗したけれど、自分だけは成功すると考える点で、ボナパルトと共通しているんですからね。

その上、こうした取引きにおいて、わたしは自分の官能以外のものを満足させていました。つまり恋愛ごっこですよ。わたしは女がもつある種の遊びのパートナーの部分を愛していました。少なくとも無邪気な味わいのする遊びのね。いいですか、わたしは退屈することに耐えられないんですよ。だから人生においては、気晴らししか評価しません。気に入った女たちと一緒のときはけっして退屈なんかしないのに、社交界となると、たとえそれがどんなに華々しいものであっても、やり切れないのです。白状しにくいことですが、一人の可愛《かわい》い踊り子との最初のデートとくれば、アインシュタインとの会見だって十回は断ってもよい。もっとも十回目のデートなら、アインシュタインの後を追い掛けたでしょうし、あるいは真剣に読書に打ち込んだでしょうがね。要するに、そうしたちょっとした放蕩《ほうとう》の合間にしか、大問題について考えなかったわけです。歩道の上で友人たちと熱烈な議論を戦わせている最中に、ちょうどそのとき通りを渡ってきた素敵な娘のせいで、話の筋が分からなくなってしまうことだって何回となくありましたよ。

ですから、わたしはお芝居を演じていたわけです。女たちがあまりに早く目的に到達することを好まないのは承知していました。まず最初に、会話とか女どもの言う甘い囁《ささや》きが必要だった。弁護士だからお喋《しゃべ》りには苦労しなかったし、軍隊で喜劇役者の見習いをしていたので、目に物を言わせることも簡単。役はしばしば変えたけれど、出し物はいつも同じ。「ぼくにはなぜか分からない」とか、「理由はないけど、ぼくは女に惚《ほ》れたくない。恋愛に飽きたんだ、云々《うんぬん》」とかいった妖《あや》しい魅力という出し物はいつでも有効でした。もっとも古いレパートリーに入るんですがね。また君以外には誰も与えてくれない不思議な幸福とか、おそらく、いや必ず未来はないけれど（なぜって身を守っておくに越したことはありませんからね）、いまはなにものにも換えがたい、という出し物もありました。とくに短い台詞《せりふ》に磨きをかけたところ、効果はてきめんでした。あなただって、拍手喝采《かっさい》なさるでしょう、絶対そうですよ。この台詞のこつは、諦《あきら》めを込めて痛ましげにこう断言することにあるんです。ぼくなんてつまらぬ男さとか、ぼくに構ってくれなくてもいいとか、ぼくの人生は余所《よそ》にあるとか、ぼくの人生は日常的な幸福、それこそなにものにも換えがたいそんな幸福を知らずにすぎていくけれど、でももう遅いんだとかね。どうして決定的に遅いのかについては秘密を明かさない。女だって神秘的な男と寝る方がいいにきまってるんですから。その上ある意味では、わたしは自分の言うことを信じていた。自分の役柄を生きていた。となれば、パートナーの方も自分の役柄を熱演したって驚くことじゃありませんよ。女たちのなかでもっとも優しい連中はわたしを理解しようと務め、そのあげくもう駄目という憂《うれ》いに満ちた諦めに移っていったんです。他の女たちは、わたしがゲームの規則を尊重し、行動に移る前に会話を交わすという心遣いをみせるのを見て満足し、即座に身を任せたものです。そのときわたしは勝った。しかも二回ね。だってわたしが彼女たちにたいして抱いた欲望を満たすほかに、その都度自分の立派な能力を確かめることによって、自己愛を満足させたのですからね。

だからこそ女のなかに平凡な楽しみしか与えてくれない者がいても、それでもときどき関係を続けるよう努めていました。おそらく離れていると欲しくなるというあの不思議な欲望に助けられていたのだろうし、また急に縒《よ》りを戻すといった二人の馴《な》れ合いがそれに続くこともありました。しかしそれはまたわたしたちの絆《きずな》がしっかりしているかどうか、さらにはその絆を引き締めるのはわたし一人に任せられていることを確認するためでもあったのです。ときどき女たちにわたし以外に男を作らないと誓わせるところまでいって、それを限りにその点に関するわたしの不安を宥《なだ》めようともした。とはいえ、そのような不安にも、想像力にさえも、心は無関係でした。事実ある種の思い上がりがあまりにもしっかりとわたしのうちに根を下ろしていたので、間違いのない事実なのに、わたしのものであった女が他の男のものになるなんていうことは想像できなかったのです。わたしだけのものでいるという誓いは、女たちをわたしに縛りつけると同時に、わたしを解放してもくれた。女たちが誰のものでもなくなったときから、わたしは手を切る決心がついたんです。そうでないと、大抵の場合、手が切れなかった。女に関する限り、最終的な確認が終わってしまえば、わたしの力は長期的に保証されるわけですよ。奇妙なことですね。でも事実その通りなんです、あなた。ある者は「ぼくを愛して!」と叫ぶし、他の者は「ぼくを愛さないで!」とくる。しかし最悪で、もっとも不幸な人種は「ぼくを愛さないで、でもぼくに忠実でいてくれ!」と言うんです。

ただ、やはり、その確認がいつまでも続くことは決してない。女が違えばひとりひとりについてやり直さなければいけない。やり直しているうちに、習慣が身についてしまう。間もなく考えもせずに言葉がひとりでに出てくるようになり、反射的に行動がそれに続くことになる。つまりいつかはそれほど欲しくないときにも、関係を結ぶようになるんです。いいですか、ある種の人間にとって、少なくとも、欲しくないものを取らないのはこの世でもっとも難しいことなんです。

ある日その通りのことが起こりました。その女が誰かを言っても意味がないでしょうから、さしてわたしの心を捉《とら》えたわけではないのに、ただ受け身で、ひたむきな様子に気を引かれた、とだけ言っておきましょう。率直に言えば、当然予期されたように、味気ない結果に終わりました。しかしわたしはけっして劣等感をもったことはなかったし、彼女のこともすぐに忘れてしまって、二度と会わなかったのです。女が何も気がつかなかったと思っていたし、彼女が意見というものを持ちうるなんて想像さえしていませんでした。その受け身の態度がわたしの目を現実から逸《そ》らさせていたんですな。しかし数週間後に、彼女がわたしの無能ぶりを第三者に打ち明けたことを知りました。すぐになんだか裏切られたような気になりました。彼女はわたしが思っていたほど受け身ではなく、判断力もあったわけです。それから肩をすくめ、笑い飛ばす振りをしました。本当に笑いさえしたのです。だってそんなことにはたいした意味がないからですよ。慎ましさを則《のり》としなければならない分野があるとすれば、それはセックスの世界ではないでしょうか？　予測しがたいものを含んでいますからね。いや、とんでもない、われわれはみな、たとえ一人でいるときでさえ、自分こそセックスにかけては右に出るものがないと思い込むことでしょうよ。肩をすくめた後で、わたしが実際にどう振る舞ったかですって？　その少し後で、わたしは件《くだん》の女と再会し、彼女をその気になるよう手立てをつくして、今度は本当にものにしてやったんです。それはさして難しいことではありませんでした。つまり女の方だってやはり失敗のままに終わらせることは嫌なんですからね。その瞬間から、はっきりそう望んだわけではありませんが、現実に、わたしはさまざまな方法で彼女を苛《さいな》み始めました。縁を切ったり、縒《よ》りを戻したり、時と場所を選ばずに体を与えるよう強いるといった具合にね。どんなことをしても、あまりにも酷《ひど》く苛《いじ》めたので、終いには彼女とわたしの関係は、わたしが牢番《ろうばん》と囚人の関係として思い描いているようなものにまでなりました。そしてその関係は、のたうちまわらざるをえない快楽のために彼女が激しく取り乱して、自分を縛りつけているものにたいして声高らかに賛辞を捧《ささ》げる日まで続いたのでした。その日から、わたしは遠ざかり始め、以来その女のことなど忘れてしまいました。

あなたは礼儀上黙っていてくれますが、この事件はあまり褒められたものではないという点では、わたしも同じように考えています。でも、あなた、あなた自身の人生を考えてごらんなさい！　記憶を掘り起こせば、おそらく似たような話が見つかるはずですから、あとでそれを話してください。わたしはどうかと言えば、この事件を思い出したとき、またもや笑い出してしまいました。でもそれは前とは違った笑い、ポン・デ・ザールの上で聞いた笑い声にかなり似ています。わたしは自分の口説きや弁論を嘲笑《あざわら》ったのです。そのうえ口説きよりも弁論の方をよけい笑い飛ばしたのです。少なくとも女たちにたいしてはあまり嘘《うそ》をつかなかった。わたしの姿勢には、本能が、脇道《わきみち》に逸れることなく、はっきりと表れていたんですからね。例えば、愛の営みは一つの告白ですよ。そこではエゴイズムがこれみよがしに叫び声をあげるか、虚栄が根をおろすか、あるいは真の寛容が現れたりします。結局、この嘆かわしい話のときだって、ほかの情事のときよりもまだましで、わたしは自分で思っていたよりも率直になれたし、自分が誰であるか、またどのような暮らしをしているかなんてことまで話したんですよ。だから見掛けと違って、わたしは私生活における方が、それもとくにいまお話ししたように振る舞っていたときには、職業柄無垢《むく》と正義に基づいて高らかに飛び回っていたときよりもずっと立派だった。少なくとも、自分が他の人間にたいしてどのように働き掛けているかを認識するなら、本来の性格を取り間違えることはなかった。快楽においては、誰も偽善的ではいられない、とどこかで読んだ気がします。あるいは自分で考えたのかもしれませんがね。

こんな風に考えると、女と最終的に手を切るときの難しさ、これは同時に多くの女と関係をもつことにつながりますが、その難しさを考えるときだって、自分には優しい心がないのだとは思いませんでした。しかし女の一人がわたしたちの情熱のアウステルリッツの会戦（訳注　ナポレオンがオーストリア・ロシア連合軍を破ったときの大勝利）のような勝利を待ちくたびれて、別れ話を口にするときも、それがわたしの優しい心を突き動かすことはなかった。そんなときにはわたしは一歩を踏み出して、譲歩したり、雄弁になったりする。思いやりとか心の優しさとかを女のなかに目覚めさせておいて、自分では表面的にしかそれを感じない。ただ女の拒絶に少し苛々《いらいら》し、愛想づかしを喰うかもしれないと用心しているだけ。ときどきは、本当に苦しんだこともあった。それは嘘じゃない。とはいえ、反抗する女が本当に去ってしまえば、わたしはいとも簡単に彼女のことは忘れることができたし、反対にその女が縒《よ》りを戻そうと決心したときも、その女のことはほとんど忘れてしまっていた。捨てられそうな危険があるときには、わたしの目を覚まさせるのは愛でも寛大さでもなくて、ただ単に愛されたいという欲求、わたしに言わせれば、当然自分のものであるべきものを受け取りたいという欲求だけだった。また愛されるようになるや否《いな》や、再び相手のことは忘れてしまって、わたしはまた輝きを取り戻し、最高の状態になり、感じのいい人物になったのでした。

でもね、いいですか、そうした愛情を取り戻すや、たちまちそれが重荷になってしまった。苛々しているときなど、わたしの気をひく女が死ねば、それこそ理想的な解決だと、自分に言い聞かせるときもありました。そのような死はわたしたちの絆を決定的に固定してしまう一方、他方では、その絆の束縛を奪い去ってくれるわけですからね。しかしすべての人間の死を願うわけにはいかないし、極端に言って、地球から人類を抹殺《まっさつ》してしまわない限り考えられない自由を楽しむなんてことはできない相談です。それこそわたしの感情や人類愛に反することです。

すべてが順調で、心が穏やかであるとともにくっついたり離れたりする自由が残されているとき、こうした情事のなかにわたしがときどき感じていた唯一《ゆいいつ》の奥深い感情は感謝の念でした。一人の女のベッドを離れたばかりのときは、他の女にたいしてかつてないほど親切に、陽気に振る舞えたものです。それはあたかも、そのうちの一人からいましがた受けたばかりの恩義をほかのすべての女からも受け取るのと同じようなものでした。その上どんなに感情を取り乱しているようなときでも、得られた結果はっきりしていました。つまり多くの愛人を手元に置いておいて、状況に応じてそれを使い分けていたのです。ですから思い切って言ってしまえば、この地上で、すべての人間が、あるいはできるだけ大勢の人間が、永久に縛られるものがないまま、わたしの方に向いているという条件のもとでしか、わたしは生きていけなかったわけです。彼らが永遠に主人をもたず、独立した生活ももたず、どんなときにもわたしの召集に応じようと準備をしていること、わたしが自分の光で彼らを導いてやれる日まではなにも生み出せぬよう運命づけられていることが必要でした。要するにわたしが幸福に生きるためには、わたしが選んだ人間たちは独自の生をまったく持ってはいけない。彼らはわたしの気紛《きまぐ》れによって、ときどき生を受けるだけでなければなりませんでした。

ああ！ けっして自惚《うぬぼ》れからこんな話をしているのではないことだけは分かってください。自分では一文も払わずにすべてを要求し、自分の用事のために多くの人間を動員し、彼らをいわば冷蔵庫にしまっておいて、いつか都合のよいときにそれを取り出していたあの頃のことを考えるとき、心に湧《わ》き上がるあの不思議な感情をなんと呼んだらいいんでしょうかね。それは羞恥心《しゅうちしん》ではないでしょうか、あなた。胸がちくりと痛くなりはしませんか？ その通りですって？ それでは、多分羞恥心なのでしょう、あるいは名誉と関係のあるあの滑稽《こっけい》な感情かもしれませんな。いずれにしても、そうした感情は、それを自分の記憶のなかに見出《みいだ》したあの事件以来、わたしの心からもはや去ることはないように思われるのです。いろいろ脱線や作り話をする努力をしてきましたが、その事件の話はもうこれ以上は延ばせません。作り話の方ももっともだと認めて頂きたいものですが。

おや、雨が止《や》んだ！ うちまで送ってくれませんか。奇妙に疲れたな。話をしたからではなく、まだこれから話をしなければいけないと考えただけで疲れるんです。さてと！ わたしの重大な発見を物語るには二言三言で充分でしょう。それにそれ以上お話ししようがありませんよね？ 胸像がありのままの姿を見せるためには、つまらぬ演説なんて必要なし。こうなんですよ。背後で笑い声を聞いたような気がした例の夕方の二、三年前のこと、十一月のある晩、左岸にある家に戻ろうとして、ポン・ロワイヤルを渡ったのです。夜の一時頃のことで、雨が降っていました。というより霧雨みたいなもので、人影もまばらでした。わたしは女のところから帰るところで、その頃彼女は間違いなくもう寝てしまっていたことでしょう。少々痺《しび》れたような感じで、情欲も鎮《しず》まり、落ちてくる霧雨のように温かい血に全身をうるおされたまま、そうやって少し歩くのは楽しかった。橋の上で、欄干から身を乗り出して、河を眺めているらしい人影の後ろを通りかかった。もっと近づくと、それが黒い服を着た痩《や》せた娘であることが分かった。黒っぽい髪とオーバーの襟《えり》の間に、しっとりと濡《ぬ》れた首筋がちらりと見えて、気をそそられました。しかし一瞬躊躇《ためら》ったあと、わたしは歩き続けた。橋を渡り終えてから、自分が住んでいるサン・ミッシェルに向かって河岸通りを歩いていきました。およそ五十メートルほど歩いたとき、物音が聞こえた。それは距離があったとはいえ、夜の静寂のなかではものすごく大きな音でした。誰かが河に落ちる音だった。わたしはぴたりと足を止めましたが、振り向かなかった。ほとんど同時に叫び声が聞こえた。それは何回も繰り返して聞こえ、河を下っていったのですが、突然ぱったりと止んでしまった。それに続いて、突然凝り固まった宵闇《よいやみ》のなかの沈黙は果てしないように思われました。駆けつけようと思ったのですが、足が動きませんでした。寒さとショックで震えていたような気がします。早くしなければと自分に言い聞かせるのですが、逆らい難い弱気が体中に広がるのを感じてしまいました。そのときなにを考えたかは忘れてしまいましたが、「もう遅すぎる、もう遠すぎる」とか、まあそういった類《たぐい》のことでしょう。わたしは相変わらず立ち尽くしたまま耳を澄ませていました。それから、ちょこちょこと、雨のなかを遠ざかっていったのです。そのことは誰にも話しませんでした。

やっと着きました。わたしの家はここです。明日ですか？　ええ、お好きなように。喜んでマルケン島（訳注　アムステルダム北東十キロのアイセル湖に浮かぶ島。観光名所の一つ）にお連れしましょう。ゾイデル海が見られますすよ。「メキシコ・シティー」で十一時に。なんですか？　その女ですか？　ああ、本当に知りません、知りませんよ。翌日も、その後の日々も、新聞を読まなかったものですから。

ミニチュアみたいな村、そう思いませんか？　しかしそれなりの風情《ふぜい》だってある！　でもあなたをお連れしたのはそんな景色のせいじゃない。被《かぶ》りものだの、木靴だの、漁師たちがワックスの匂《にお》いに包まれて上等の煙草《たばこ》をくゆらしているごたごたと装飾のある家だのをお見せすることなら誰にだってできますよ。そうではなくて、わたしの特技はここで大切なものをお見せすることなんです。

堤防に着きました。これに沿っていって、こうした優雅すぎる家からできるだけ離れなくては。座ることにしましょう。ご感想はいかが？　これこそ陰画的風景の最高傑作ですな！　ご覧なさい、左手にはここで砂丘と呼ばれている灰の山、右手には足元まで広がる鈍色《にびいろ》の砂浜、正面には弱い洗剤みたいな色をした海と青白い水を映す広大な空。本当にぶよぶよした地獄みたいですな！　あるのは水平線だけで、いかなる輝きもない。空間は無色で、生活は死んでいる。一面の喪失、目に見える無とでも言うべきでしょう。人っ子ひとりいない、なによりも人間がいない！　ついに人気《ひとけ》のなくなった地球にいるのはわたしとあなただけだ！　空は生きている？　おっしゃる通りですね。空は厚くなったかと思うと、へこんで、空気の層を吐き出すために口を開け、また雲の扉で閉ざされてしまう。あれは鳩《はと》ですよ。オランダの空が何百万羽の鳩に覆《おお》われていることに気がつかれなかったんですか。あまりに高いところにいるものだから目には見えませんが、羽根をはばたかせながら、同じ動作で登ったり降りたりして、空中を灰色がかった羽根の乱舞でいっぱいにして、それを風が運んでいったり、また吹き返したりしているんです。鳩たちはあの高みで待っている、一年中待っているんですよ。地上を飛び回りながら下を見て、できれば降りたいと思っている。しかしなにもありはしません。海と運河と看板だらけの屋根のほかには。それに羽根を休める人の頭もありはしません。

わたしが何を言いたいかお分かりですか？　正直に言って疲れたんですよ。話の筋も分からなくなってしまった。友人たちがわれがちに褒め称《たた》えてくれたあの頭の冴《さ》えももうなくなってしまった。それにいま友人たちと言ったのも、建前としてそう言っただけのことです。もう友人なんていません、いるのは共犯者たちだけです。その代わり、人数は増えました。人類全体が共犯者なのです。そしてその人類のうちでも、あなたが第一人者ですよ。いまそばにいる人がいつも第一人者なんです。友人がいないことをどうやって知ったかですって？　とても簡単なこと。つまりわたしがそれを発見したのは、友人たちに茶番をしかけてやるために、いわば彼らを懲《こ》らしめるために自殺してやろうと思った日のことでした。でも誰を懲らしめるって言うんでしょうね？　自殺すれば何人かは驚いたかもしれません。でも誰も懲らしめられたなどとは思いはしなかったでしょうよ。それで自分には友人がいないことを知りました。結局、たとえ私に何人か友人がいたとしても、それに助けられることもありませんがね。もしわたしが自殺したあとで、彼らの顔を見ることができたら、そのときは、そうですよ、骨折り甲斐《がい》があるってもんですが。しかし、あなた、地面の下は暗いし、柩《ひつぎ》の木は厚いし、経帷子《きようかたびら》は不透明ときている。霊魂の目、そう、多分、もし霊魂があって、それが目をもっているならねえ！　しかしそれは定かではない、決して定かではない。もし定かであれば、出口もあり、みんなやっと自分のことを真面目《まじめ》に考えられるところなんですがね。あなたが死なない限り、人びとはあなたの理屈や誠実さや苦しみの重さなんてけっして納得しやしません。生きている限り、あなたは疑わしき事例で、彼らの懐疑的態度に接するのが関の山ですよ。だからもし死後の光景を眺められるということが確かでありさえすれば、彼らが信じようとしないことを示して、あっと言わせるだけの価値もあるんですがねえ。でもあなたが自殺すれば、彼らがあなたを信じようと信じまいとどうでもいい。あなたはそこにいて彼らの驚きとか、どうせ一時的なものにせよ、後悔とかを見定めて、誰もが夢見るように、自分の葬式に立ち会うなんてことはできない相談なんですから。疑わしい状態から脱するためには、存在することを、それもきっぱりと、止めなければいけない。

結局、そんな風であってかえっていいんじゃないんですか？ さもないとわれわれは彼らの無関心にあまりにもひどく悩まされてしまうでしょう。「思い知らせてあげるから！」と、身なりに凝りすぎた伊達男《だておとこ》との結婚に反対した父親に向かって、ある娘が言ったことがあります。そして彼女は自殺してしまいました。しかし父親は思い知らされるどころではなかった。彼はリール竿《ざお》の釣りに目がなかったのです。三回目の日曜日には河に戻っていく始末。忘れるためというのが口実でした。はたして思惑どおり。その男は本当に忘れてしまったんです。まったくの話、反対のことが起こったら、驚きですよね。妻を懲らしめるつもりで死ぬ男は、結果的に彼女を自由にしてやることになる。だからそんなことは考えない方がよいのです。あなたの自殺についてみんなが並べ立てる理由が聞けるかもしれないというのなら話は別ですがね。わたしに関する限り、その理由とやらはすでに聞こえてくるのです。「彼が自殺したのは、……に耐えられなかったからだ」というやつ。ああ！ あなた、人間というものはなんと想像力に乏しいのでしょう。彼らはいつも人は一つの理由によって自殺をすると思い込んでいるのです。しかし二つの理由で自殺をすることだって充分にありうるのに。だめなんですよ、彼らの頭にはそれが思い浮かばないんです。とすれば、自分から死んだり、人からこう思われたいという理想のために自分を犠牲にするなんてことになんの意味があるんです？　あなたが死ねば、彼らはそれを利用して、あなたの行為にさまざまな愚かで、馬鹿《ばか》げた動機を与えたがるのです。殉教者はね、あなた、忘れられるか、あざけられるか、利用されるか、どれかを選ばなければいけません。理解されるなんて、あり得ないことですよ。

それに遠回しな表現は止めましょう。人生が好き。これがわたしの隠れた弱点なんですよ。あまりに好きなものだから、人生以外のものについては想像力が働かないんですよ。それほど貪欲《どんよく》に愛するのはどこか平民的だとお考えになりませんか？　貴族は自分にたいしても、自分の人生にたいしても少し距離を置いて考えるものです。彼らは、必要とあらば、膝《ひざ》を屈するよりも、命を投げ出すのですから。でもこのわたしは膝を屈してしまいます。だっていつだって可愛《かわい》いのは自分ですからね。さてと、いまお話ししたことからして、わたしの身になにが起こったとお思いですか？　自己嫌《けん》悪《お》ですって？　おやおや、他人からはしばしば嫌われましたがね。確かに、わたしは自分の欠点を知っていましたし、それを悔やんでもいました。とはいえ、かなりけなげな辛抱強さを発揮して、相変わらずそれを忘れていました。反対に、他人を裁くことは絶えずわたしの心のなかで続けられていました。きっとあなたにとってそれはショックでしょう？　それは論理的でないと考えていられるのかもしれない。しかし問題は最後まで論理的であることではないでしょ。問題はすり抜けること、なによりも、ああ！　そうです、なににもまして裁きを回避することなんですよ。罰を回避するとは言いません。なぜなら裁きのない罰なら耐えられるからです。そのうえそれはわれわれの無実を保証してくれるような名前をもっている。つまり不幸ってやつですよ。そうじゃない、問題は、反対に、裁きを回避し、裁かれることをつねに回避し、けっして裁きが宣告されないことなんです。

しかしそんなに簡単に回避できるものではありません。裁きにたいしては、現代のわれわれは、姦通《かんつう》の機会を伺っているのと同じように、いつでも心の準備はできています。姦通には失敗を恐れる必要がない点で違いはありますがね。もしお疑いなら、八月に、われわれの哀れみ深い同胞が退屈しのぎにやってくる保養地の食卓で、耳を澄ませてごらんなさい。まだそれでも結論を下すのを躊躇《ちゆうちよ》なさるなら、現代のお偉方が書いたものを読んでごらんなさい。さもなければ、あなたご自身の家族を観察してごらんなさい。真相が分かりますよ。ねえあなた、たとえどんなに些細《ささい》なものでも、彼らにわれわれを裁く口実を与えちゃいけません！　さもなければ、われわれの方が八つ裂きにされてしまいます。われわれは猛獣使いと同じような慎重さを求められているのですから。もし猛獣使いが運の悪いことに、檻《おり》に入る前に、剃刀《かみそり》で傷でも作っていたら、猛獣どものお御馳走《ごちそう》になってしまうでしょう。もしかしたら自分はそれほど立派な人物ではないのではないかという疑惑が生まれた日に、わたしは突然そのことを悟ったのでした。そのときから、わたしは警戒するようになった。少しばかり出血していたものですから、逃げ口がなくなってしまったんです。つまり彼らがわたしを喰らおうとしていたというわけ。

しかしわたしと周囲の人びととの関係は表面的には同じでも、細かいところで食い違いが生じていきました。友人たちの方が変わったわけではありません。彼らは相変わらず折りにふれて、わたしは調和のとれた安定した人物だと褒めそやしていました。しかしわたしはただ不協和音と混乱に敏感で、それだけに気を取られていたんです。そして自分が傷つきやすく、公衆から告発を受けているような気になった。いつもわたしの話を敬意をこめて聞いてくれた同業者たちも、わたしの目には、もうそう見えなくなってしまった。自分が中心だった円が壊れて、彼らはまるで裁判所にいるかのように、一列に並んでしまったのです。自分のなかに裁きに値するなにかがあるのではないかと恐れたときから、わたしはぴんときた。要するに、彼らのうちには逆らい難い裁きの使命感があることをね。そうなんです、彼らは前と同じようにそこにいたのですが、笑っていたのです。というよりはむしろ、わたしが出会う彼らは誰も内心あざ笑いながらこちらを見ているような気がしました。その当時、わたしは人から足払いをくらうような感じさえしたものです。実際、公的な場所に入ろうとしたとき、理由もなく二、三回よろめいたこともあります。一度などは、倒れてしまいました。デカルト的フランス人であるこのわたしは、すぐに気を取り直して、この一連の事件をそれしか考えられない神、つまり偶然のせいにしてしまいましたがね。それでもやはり、警戒心は残りました。

注意力が研ぎ澄まされると、わたしには敵がいることを発見するのはたやすいことでした。先《ま》ず職業上、次に社交生活においてもね。彼らのうちのある者にたいしてはこれまで親切にしてやってきたし、もっと親切にしてやるべきであった者もいました。要するに、そうしたことはごく当たり前のことであり、それを発見したときにもさほど悲しくはなかった。その代わり、自分があまりよく知らない人たち、あるいはまったく知らない人たちの間にも敵がいることを認めるのはもっと難しく、辛《つら》いことでした。わたしはもうお分かり頂けたような無邪気さから、わたしを知らない人たちだって、わたしと交際するようになれば、わたしを好きにならざるをえないと信じ込んでいました。ところが違ったのです！　とくにわたしをただごく遠くから知っている人たち、そしてわたし自身は知らない人たちの反感に出会うことになった。おそらく彼らはわたしが満ち足りた生活を送っていて、幸福に身を任せていると考えていたのでしょう。それは許されないことなのです。成功者であっても、それをどう表わすかによって、ひどく相手を怒らせることがあるのでしょう。他方、わたしの生活は破裂せんばかりに詰まっていたため、時間がなくて多くの依頼を断ってしまったのです。その後は、やはり忙しいせいで、依頼を断ったことを忘れてしまいました。しかしそうした依頼は忙しくない人たちからなされたため、他ならぬその忙しくないという理由で、彼らはわたしが断ったことを覚えていたというわけです。

ですから、一つだけ例をあげると、結局女たちは高いものにつきました。彼女たちに割いた時間を、わたしは男たちに割くことができなかったので、彼らはそのことをいつも根にもっていたというわけです。まさに出口なしですよね？　こちらの幸福や成功を気前よく分けてやらないかぎり、彼らは許してはくれない。しかし幸福になるためには、あまり他人にかかずらわっていてはいけない。となれば、逃げ道はない。幸福に暮らして裁きを受けるか、あるいは許して貰《もら》って惨《みじ》めな生活を送るかですな。わたしはどうかと言いますと、人一倍不当な扱いを受けました。なにしろ過去の幸福のせいで咎《とが》められたんですから。四方八方から裁きや矢や嘲笑《ちょうしょう》が襲いかかっているのに、長い間わたしはぼんやりして、にこにこしながらすべては無事に収まっているという幻想に生きてきたんですよ。警戒心を呼び起こされた日から、わたしは明晰《めいせき》さを取り戻すと同時にありとあらゆる傷を一身に負ったので、一遍に力をなくしてしまいました。そのとき全世界がわたしの回りで笑い始めたのです。

どんな人間だってこんなことは我慢できやしない（生きていない人間、つまり賢者たちは別ですが）。対抗策は悪意を見せることだけ。そうすると人びとは自分たちが裁かれないよう、急いで他人を裁きにかかる。しょうがないじゃありませんか。人間にとっていちばん自然な考え、まるで本性の底から無邪気に湧《わ》いてくるような考えとは、自分は無実だという考えなんですから。その点、われわれはみんな昔ブーヘンヴァルト収容所にいた小男のフランス人のようなものですよ。その男はやはり同じ収容者で彼の到着を記していた書記になんとしても異議を申し立てようとしたんです。異議申立てだって？　書記とその仲間が笑いました。「無駄《むだ》だよ、君。ここでは異議申立てはなしだ」すると小男が言うことには、「いいですか、わたしの場合は例外なんですよ。わたしは無実だ！」

われわれはどんな場合でも例外なのです。みんななにかに頼ろうとする！　各人がいかなる代償を支払っても、たとえそのために人類と天を告発することになっても、無実であることを要求している。誰かに、君は努力をしたおかげで利口になったねと言ってやっても、さして喜びはしないでしょう。反対に、寛大になったね、と言って褒めてやっても、さして喜びはしないでしょう。反対に彼の生まれつきの寛大さを褒めてやれば、大喜びしますよ。また逆に、犯罪者にたいして、君の過《あやま》ちは君の本性によるものでも性格によるものでもなく、不幸な状況によるものだと言ってやれば、彼は猛烈に感謝するでしょうよ。弁論の最中にそんなことを言ってやったら、得《え》たりやおうと泣き出しさえするでしょう。とはいえ、生まれつき正直で、賢いことは努力の結果じゃない。生まれながらにして罪深くても、状況が罪深い人間を仕立てても、結局は自分に責任があることには変わりはありません。しかしこういう悪党どもは恩寵《おんちょう》を、つまり責任逃れを望んでいるのであって、破廉恥《はれんち》にもこういう性分だからしょうがないとか、あるいは矛盾だらけでも、周りが悪いとかうそぶくのです。問題は彼らが無実であること、生まれながらの徳が疑わしいものにならないこと、また一時的な不幸から生じた過ちが仮のものでしかないことなんですよ。前にも言いましたけれど、すっぱりと裁きを断ち切ることが大切なんですよ。ところがそれは難しいし、同時に自分の本性を褒めたり、言い訳のもとにしたりするのもややこしいことなので、彼らはみんな金持ちになろうと努める。どうしてでしょうね？ それを考えたことがありますか？ もちろん権力を得るためですよ。富はなによりも差し迫った裁きを回避させてくれるし、あなたを地下鉄の群衆から引き出しピカピカの馬車や、警備の行き届いた広大な屋敷や寝台車や豪華な船室に閉じ込めてくれるでしょうからね。富というのはね、あなた、無罪放免ではないんですよ。そうではなくて、執行猶予《ゆうよ》だから、これはやってみるだけの価値はある……

とくに友人たちが、自分たちにたいしては誠実でいて欲しいと頼んできたら、本気にしてはいけませんよ。彼らは自分にたいして抱いている身勝手な考えを分かって欲しいと期待しているだけなのですから。誠実でいようと約束すれば、彼らに補足的な保証を与えてやることになりますからね。誠実さというものがどうして友情の条件になどなりましょうか？ なにがなんでも真実を求めること、これはなにものをも容赦せず、なにものも逆らえない情熱のようなものなんです。それは悪徳であり、ときとして慰めであり、あるいはエゴイズムでもあります。ですからもしあなたがそのような場合に出会ったら、躊躇することはありません。真実を述べると約束し、できるだけ上手《うま》く嘘《うそ》をおつきなさい。あなたは彼らの心底からの欲求に応《こた》えてやることになり、二重にあなたの愛情を彼らに証明することになりましょう。

だからこそ、われわれは自分より優れた人たちに打ち明け話をすることは滅多にないし、むしろそんな人たちとの付き合いを避けることになるんです。反対に、たいていはわれわれは自分の同類で、同じような欠点をもっている人間には思いのたけを打ち明けるものです。だからわれわれは自分を矯正《きようせい》することも、人から直して貰うことも望みはしません。つまり先ずは欠席裁判を受けることが必要になりましょう。われわれはただ自分が進む道で同情されたり、勇気づけて貰うことだけを望んでいるんですよ。要するに、われわれは、同時にもはや有罪でなくなり、自分を浄化する努力をしないですむことを望んでいるわけです。充分に開き直ることもできないし、充分な美徳ももちあわせていない。悪へのエネルギーも、善へのエネルギーもない。ダンテを知ってますか？　本当に？　それはすごい。それではダンテが神とサタンの抗争において中立の天使の存在を認めていることを知っておられるのですね。そしてダンテは彼らをリンボ（訳注　ダンテの『神曲』にでてくる地獄と天国の中間にある場所）、つまり地獄の玄関みたいなところに置いています。われわれはね、いまその玄関にいるんですよ、あなた。

忍耐ですって？　多分おっしゃる通りでしょう。われわれには最後の審判を待つだけの忍耐力が必要なのでしょう。しかし、ほら、われわれは忙しいときている。あまりに忙しいものだから、わたしはどうしても自分を裁き手にして改悛者《かいしゅんしゃ》にせざるをえなかったというわけです。とはいえ、わたしは先ず自分の発見をやりくりして、周囲の人間どもの笑いと決着をつけなければならなかった。わたしが呼び止められたあの夕方以来、というのも本当に呼び止められたんですから、わたしは答えるか、あるいは少なくとも答えを探す必要があった。それは容易なことではない。長い間さ迷いました。先ずこの永遠に続く笑い声と笑い手がわたしに前よりはっきりと自分を見つめさせ、結局わたしは自分で思っていたほど単純な人間ではないことを覚《さと》らせてくれる必要があったのです。笑わないでください。この真理は見掛けほど第一義的なものではないのですから。第一真理と呼ばれるものは、他のあらゆる真理のあとから発見される、それだけのことですよ。

それでもやはり、長い自己探究のあと、わたしには人間の奥底にひそむ二重性が明らかになりました。記憶を探っていった結果理解したのですが、謙虚な態度はわたしを輝かせることに、屈従は征服することに、美徳は抑圧することに力を貸していたのです。わたしは平和的な方法で戦争をし、最後に無私という手段によって、自分が欲しくてたまらなかったものを手に入れていた。例えば、みんながわたしの誕生日を忘れてもけっしてぶつぶつ言わない。この種のことにたいするわたしの遠慮深さには、みんなちょっぴり感心しながら、驚いていたくらいです。しかし無私の理由はさらにもっと深いところにありました。つまりわたしは後になって、自分でそれを悲しむことができるように、忘れられることを願っていたというわけ。自分はよく承知しており、さまざまな記念日のなかでもとりわけ輝かしいその日の数日前から、自分が失念を当てにしている人たちの注意や記憶を呼び起こすようなことはおくびにもださないように心掛けていました（ある日などアパルトマンのカレンダーに細工をしたほどです）。自分が孤独であることがはっきりするとき、初めてわたしは自分は男なのだからという悲喜こもごもの感情に身を任すことができました。

こんな風に、わたしの美徳のどれにでも表面とは違う、もっとぱっとしない裏があったのです。もっとも、ほかの意味では、欠点は有利に働きましたがね。自分の生活の汚い部分を隠さなければならないために、例えばわたしは、わざと冷たい人間の振りをしていましたが、みんなそれを美徳と取り違えてくれましたし、無関心は愛されるもととなり、エゴイズムは寛大さをいやというほど高めてくれたというわけです。ここいらで止《や》めておきます。こんな風に対照を続けていくとわたしの論証が怪しくなってしまいますからね。でもなんてことでしょう、頑張ったのに、酒と女の誘惑にはけっして逆らうことができなかった！ わたしは活動的で、精力的だという評判だったけれど、わたしの王国はベッドのなかでした。誠実を売り物にしながら、わたしが愛した者のなかで、最後には裏切られなかった者はひとりもいない。もちろん、裏切りがあっても忠誠がないわけではない。暇にまかせて、山のような仕事も片づけたし、ただ楽しいというだけで、相も変わらず隣人たちを助けるといった具合でね。しかしこうした明白な事実を並べ立ててみても役には立ちませんでした。そこからただ表面的な慰めを引き出していただけでね。朝方何回か、わたしは自分を相手にして徹底的に訴訟を行って見ました。そして自分がとりわけ人を軽蔑《けいべつ》することに秀《ひい》でていることを結論するに到《いた》ったんです。しょっちゅう助けてやった者を実はもっとも軽蔑していたのです。慇懃《いんぎん》で、感動を込めて連帯感を表しながら、毎日わたしは盲人たちの顔に唾《つば》を吐いていたのと同じだった。

はっきり言って、こうしたことに弁解の余地があるのでしょうか？　一つあるにはありますが、あまりにも貧弱なのでそれにものを言わせようとは考えていません。いずれにしても、こういうことなのです。つまり人間に関わる事柄が真面目《まじめ》なものであると心から信ずることがけっしてできない。真面目なものなんてどこにあるのか分からない。周囲に見渡せるもののなかにはないということだけは分かっている。楽しいものにしろ、厄介なものにしろ、みんな遊びみたいに見えてしまう。努力だとか信念だとかが本当にあるにはあっても、わたしにはさっぱり分からないときている。金のために死ぬとか、〈地位〉を失ったために絶望したとか、ご大層な顔をして家族のために身を犠牲にするとかいった奇妙な連中を、わたしはいつも驚いた顔をして、少々疑い深そうに眺めていたんです。わたしには禁煙しようと決心して、意思の力でそれに成功した友人の気持ちの方がもっとよく分かりました。ある日彼は新聞を広げて、最初の水爆が炸裂《さくれつ》したという記事を読んで、その恐ろしい結果を知ると、即座に煙草《たばこ》屋に入っていったものです。

わたしだって、ときどきは、人生を真面目に取る振りはしてましたよ。しかしたちまち真面目なもの自体のたわいなさが見えてきてしまって、そうなるともうできるかぎり自分の役を演じ続けることしかできなかった。わたしが演じたのは役に立つ人間、利口者、有徳の士、市民、憤慨する者、寛容な者、連帯者それに教育者……要するに、いやこの辺で止めておきます。もうお気づきのことと思いますが、わたしはここにいると同時にここにいないわたしのオランダ人と同じでした。もっとも大きな場所を占めているとき、わたしは不在だったのです。心から真剣に熱中できたのは、スポーツをしているときとか軍隊時代に楽しみのため芝居を演じているときだけ。この二つの場合はゲームの規則があった。真面目なものではないけれど、みんなが真面目なもののような振りをして喜んでいるやつです。今でもまだ、ぎしぎしいうほど観客を飲み込んだ競技場で行われる日曜日のサッカーの試合や、わたしが比類なき情熱を込めて愛していた芝居は、自分が潔白だと感じられる、世界で唯一《ゆいいつ》の場所なのです。

しかし恋愛とか死とか貧しい者の給料とかが問題となるとき、このような態度が正当であると誰が認めてくれるでしょう？　でもそれではどうしたらよいのです？　イゾルデ（訳注　ケルトの伝説の悲劇的な主人公）のような恋愛は小説か舞台の上でなければ、想像がつきかねる。瀕死《ひんし》の人間の方がときとして彼らの役割をよく演じているように見える。それに貧乏な依頼人の台詞《せりふ》だっていつも同じパターンのようだ。となれば、わたしは一緒に暮している人間たちと利益が違うので、自分がなした約束に信用がおけなくなっちまう。わたしの職業や家族やあるいは市民生活の面で彼らが期待していたものには、慇懃な無関心さで充分に答えてやりましたが、でもいつだって一種の気晴らしからそうしていたので、すべてが駄目になってしまった。生活のすべてが二重の様相を呈してきて、もっとも重大な活動は大抵わたしがもっとも上の空のときになされていたのでした。結局、馬鹿《ばか》な行動に加えて、わたしが自分を許すことができなかったのはそのためではなかったでしょうか？　自分のうちにも、周囲にも行われつつあると感じた裁きにたいして猛然と反抗し、出口を求めざるをえなくなったのもそのためではなかったでしょうか？

暫《しばら》くのあいだは、表面だけにしろ、わたしの生活はなにごとも変わらなかったかのように続いていきました。わたしは軌道に乗って、走り続けていたのです。まるでわざとしているかのように、称賛の声がわたしの周囲で増えていきました。まさしく、禍《わざわい》はそこに由来したのです。思い出してください。「すべての者が汝《なんじ》の周りで褒め称《たた》えるとき、汝に禍あれ！」ああ、これは至言ですな！　それから機械が気まぐれを起こし、説明のつかない故障が始まりました。

そのときです、わたしの日常生活のなかに死の想念が闖入《ちんにゅう》してきたのは。わたしはあと何年残っているかを数えてみました。わたしと同じ年ですでに死んでしまった人間の例も探しました。そしてわたしには自分の義務をまっとうするだけの時間がないという考えに悩まされたんです。なんの義務かですって？　分かりません。率直に言えば、わたしがしていることはさらに続けてみるだけの価値があるかというようなことでしたか？　しかし正確にはそのようなことではなかった。実際には、滑稽《こっけい》な恐怖に駆られていたんです。つまり己の嘘をすべて告白せずに死ぬことはできないというような。神に告白するのでも、神の代表者の一人に告白するのでもない。お分かりのように、わたしはそんなものは超越していました。そうではなくて、例えば、人間たちに、一人の友人に、愛する一人の女に告白することが問題でした。さもないと、人生のうちに隠された嘘がただのひとつ残っても、死がそれを決定的なものにしてしまうでしょうから。誰だってこの点に関してそれ以上はっきりと真相を知ることはできはしない。だってそれを知る唯一の者は死人であり、その秘密を抱いて眠り込んでいるんですから。ひとつの真実を完全に葬《ほうむ》り去ってしまうこと、これはわたしに目眩《めまい》を与えました。ついでに言えば、今ならむしろそれはわたしに微妙な喜びを与えてくれるのですがね。例えば、みんなが求めているものをわたしだけが知っており、わたしは自分の家に三つの国の警察を走り回らせたものをもっているというような考えは純粋に楽しいものですよ。でもそれはそれとしておきましょう。当時のわたしは妙案を見つけることができずに、苦しんでいたんです。

もちろん、気は取り戻しました。何世紀にもわたる歴史のうちで一人の人間の嘘なんてどれほどの意味をもちましょう。また海のなかの一粒の塩のような年月の大海のなかに失われている貧相な裏切りを真実の光のなかに連れ戻したいなどというのはなんという思い上がりでしょう！　わたしはまた、肉体の死は、今までに目にしてきた死から判断するに、それ自体で充分で、すべてを赦《ゆる》す罰のようなものだと、自分に言い聞かせていました。人びとはそのとき臨終の汗によって救い（つまり決定的に消滅する権利）が得られるというわけ。それでもやはり不安は募るばかりで、死はわたしの枕元《まくらもと》で忠実に待っていて、わたしは死と共に起床していたのです。すると他人のお世辞が段々耐えがたいものになっていきました。お世辞とともに嘘が膨らんでいって、わたしがもう絶対に折り合いをつけることができないほど途方もなく膨らんでいくような気がしていました。

もう我慢できない日がやってきました。わたしの最初の反応は目茶苦茶なもの。自分は嘘つきなのだから、それを表に出して、愚か者どもが気づく前に、こちらの方から自分の二重性をやつらの顔に投げつけてやろうとしたのです。実際に唆《そそのか》されたら、やってやろうじゃないかってね。だから笑いの先手を打って、自分が周囲の嘲《あざけ》りの真っ直中《ただなか》に飛び込むさまを想像してみた。要するに、ここでもまた問題は裁きを断ち切ること。嘲笑《ちょうしょう》する者を味方につけるか、あるいは少なくとも自分が彼らに与《くみ》したかった。例えば通りで盲人を突き飛ばしてやろうと考えたりもした。すると思いがけない密《ひそ》かな喜びが湧いてきて、わたしは心のどこかでいかに盲人たちを憎んでいるかを悟ることになりました。また身障者の小さな車のタイヤに穴をあけたり、職人が働いている足場の下で「貧乏人めが！」とどなったり、地下鉄のなかで乳飲み子に平手打ちを食らわせたりするところを思い浮かべてみました。しかしそんなことを想像してみるだけで、実際にはなにもしたわけではありません。あるいはたとえそれに近いことをしたとしても、忘れてしまいました。それでもやはり正義という言葉を使うとそれだけでわたしのなかに奇妙な憤激が湧き起りました。仕方なくわたしは自分の弁論のなかでその言葉を利用してはいました。しかしその代わりに、公然と人道主義を呪《のろ》うことによって、腹いせをしていたものです。また虐《しいた》げられた人間が立派な人士に加える圧力を告発する宣言文を発行したりもしました。ある日わたしがレストランのテラスで伊勢海老《いせえび》を食べていたとき、一人の乞食がうるさくわたしにつき纏《まと》ったので、追い出してもらうために主人を呼びました。そしてこの正義の士の演説に大きな拍手をしてやりました。「邪魔なんだよ、少しはこのお客様方の身にもなってごらん」と彼はのたまったものです。またわたしは機会さえあれば誰にでも、かねてからその性格を尊敬しているロシヤの領主みたいにもはや振る舞えないのは残念だと、言ってやりました。つまりその領主は彼に挨拶《あいさつ》をする農民も挨拶をしない農民も鞭《むち》で叩《たた》かせていたんですよ。どちらの場合でも大胆不敵な行為で、同じくらい不遜《ふそん》であると彼は判断したからです。

しかしもっとひどい目茶苦茶を覚えています。わたしは、〈警察に捧《ささ》げる頌歌《しょうか》〉と〈ギロチン讃歌《さんか》〉を書き始めていたんですよ。とりわけ職業的自由思想家が集まる特殊なカフェを定期的に来訪することを自分の義務としていました。もちろんそれまでの行状がよかったので歓迎されました。そこでわたしは、いかにも自然に、冒瀆《ぼうとく》的言葉を吐く。「神様のおかげで！」とかあるいはもっと簡単に「神よ……」といった具合です。居酒屋にたむろする無神論者がどれほど臆病な信者と同じであるかはご存知ですよね。大罪にあたるわたしの暴言を聞くと、彼らは一瞬呆気《あっけ》にとられ、唖然《あぜん》として顔を見合せ、それから大騒ぎとなって、ある者はカフェの外に逃げ出し、他の者は誰の言葉にも耳を貸さずに憤慨してわめき出すといった具合。みんな聖水を浴びた悪魔さながらに、身をよじって苦しんでいました。

そんなことは子供じみているとお考えでしょうな。とはいえこうした冗談にはおそらくもっと真面目《まじめ》な理由があったんです。わたしは遊戯の邪魔をしたかった。それになによりも、そう、鼻をくすぐるようなあの評判をぶちこわしたかった。それを考えるただけでも向っ腹が立ちました。「あなたのような方が……」と親切ごかしに言われる度に、青くなりました。もうわたしは彼らの尊敬が欲しくはなくなった。と言うのも、それは満場一致のものではなかったからだし、それに当のわたしがそう思っていない以上、どうしてそれが満場一致のものになるのでしょう？　そこで、裁きも尊敬もひっくるめて嘲りのマントで覆《おお》ってしまう方がよかった。いずれにせよ、わたしにとっては、息の詰まるこの感情から自由になることが必要だった。腹の中にしまってあるものを大勢の人間の目にさらすために、わたしはいたるところで見せびらかしていた自分の立派なマネキン像を打ち壊したかった。例えば若い弁護士の研修生の前でしなければならなかった話を覚えています。わたしを紹介した弁護士会長の信じがたい賛辞にいらいらして、わたしは長い間我慢をしていられなくなりました。まずみんなが期待していた通りの激情と感動をこめて話を始めました。注文通りに仕上げるのは造作もないことでした。しかしわたしは突然弁論の方法として作為的同一視を用いるよう忠告をしたのです。それは現代の裁判によって完成された方法、泥棒《どろぼう》と正直者を一緒に裁き、前者の罪は後者のせいだとするあの作為的同一視ではない、とわたしは言いました。そうではなくて正直者の罪を、この場合は弁護士ですが、明るみにだすことによって、泥棒を弁護することが問題だったのです。わたしはその点をはなはだ明確に説明してやりました。

こう言ったのです。「嫉妬《しっと》から殺人を犯した気の毒なある市民の弁護をわたしが引き受けたとしましょう。陪審員のみなさん、生来の善良さが女性の悪意によって試練にかけられたとき、激昂《げっこう》することには赦されるところがあるとお考えください。反対に一度も善良であったためしはなく、欺《あざむ》かれる苦しみを味わったこともなく、柵《さく》の手前の自分の席に腰を下ろしていることの方がずっと問題ではないでしょうか？　あなた方の厳しい裁きを免れて、わたしは自由であります。しかしこのわたしは何者なのでしょうか？ 傲慢《ごうまん》さにかけては市民の太陽王であり、色欲の雄山羊《やぎ》であり、怒りのファラオン（訳注 古代エジプト王）であり、怠惰な王であります。わたしは誰も殺さなかったでしょうか？ おそらく今のところはね！ しかしわたしは立派な人間を見殺しにしたことがなかったでしょうか？ あったかもしれません。それにおそらくわたしは同じことをまたしようとしているのでしょう。この被告を見てごらんなさい、彼が同じ過ちを犯すことはないでしょう。彼はいまありのままの自分の行為にすっかり驚いているのです」この演説は若い同業者たちを少々面食らわせました。暫《しばら》くすると彼らは笑い出すことに決めました。わたしが結論として、個人とそこに仮託されている権利とをとうとうと論じてやると、彼らはすっかり安心してしまいました。その日は、習慣がもっとも強く働いたのでした。

こうした愛すべき軽い失敗を重ねることによって、少しばかり世論を混乱させることには成功しました。しかし世論を和らげることにも、とりわけわたし自身の心を和らげることにもなりませんでした。聴衆たちのあいだに一様に見られた驚きや、あなたがいま見せているのとほぼ同じような気まずさ――いいえ、反論はいけません――に接しても、わたしの心が鎮《しず》まることはなかった。いいですか、自分が潔白であるためには自分を糾弾するだけでは不十分なのです。さもなければ、わたしは汚れなき子羊になってしまいます。それなりの方法で自分を糾弾しなければいけませんし、わたしにはそれを完成させるまでに多くの時間がかかりました。まったく孤独な状態のうちで初めてそれが発見できたのです。それまでは、わたしの周りには笑い声が聞こえ続けておりました。その間はわたしがいくら奮闘努力しても、笑い声から、その好意的な面、ほとんど優しい面、わたしには辛《つら》く思われた面を奪い取ることはできませんでした。

おや、潮が上がってきたようですね。わたしたちの船も間もなく出航するでしょう、夕方になりました。ごらんなさい、鳩《はと》どもが上の方に集まっているでしょう。鳩が互いに身を寄せあって、微《かす》かに動いていますが、暗くなってきましたな。黙ってこのかなり不吉な時間を味わうことにしませんか？　おいやですか、わたしの話の方に興味がおありで？　あなたは実にいい方だ。それではこれから本当にあなたの興味を引く話をしてあげますよ。裁き手にして改悛者《かいしゅんしゃ》について説明する前に、今度は放蕩《ほうとう》と拷問《ごうもん》部屋についてお話ししなければなりません。

そんなことはありませんよ、あなた、この船は相当な速さで走っています。しかしゾイデル海は死んでいる海、あるいはそれに近い海なんです。沿岸は平らで、しかも霧に包まれているので、海がどこから始まりどこで終わるのか見当もつかない。ですからわれわれはなんの標識もないままに航海しているわけです。それでスピードを計ることもできない。いくら前に進んでも、なにひとつ変わりはしない。これは航海じゃなくて、夢ですよ。

ギリシアの多島海の印象は、これとは逆でね。絶えず丸みを帯びた水平線上に次々と島が現れてきて、樹木のない島の背は空との境を描き出し、岸辺の岩壁は海からくっきりと突き出ていました。なにひとつ曖昧《あいまい》な点がない。その簡潔な光のもとでは、すべてが標識となっていました。そして島から島へと休みなく巡る小さな船の上にいると、実際にはゆっくりと進んでいるのに、昼も夜も、新鮮な短い波頭を泡《あわ》に包まれながら嬉々《きき》として跳ねるように進んでいくような気がしたものです。あのときから、ギリシア自体がわたしの心のどこかで、飽くことなく漂流しているんです。わたしの記憶の縁で……ああ！　わたし自身が漂流してしまう、叙情的になって！　止めてくださいよ、お願いだから。

ところでギリシアに行ったことがおありですか？　ない？　そりゃ結構なことだ！　あそこでわれわれはなにができるでしょうかね？　あそこで必要なのは純粋な心だ。知っていますか、あそこではね、男の友だちが、二人ずつ手を繋《つな》いで通りを散歩しているんです。そうです、女たちは家に残っていて、髭《ひげ》を生やした立派な大人の男たちの方が、指を友だちの指に絡《から》ませながら、歩道を闊《かっ》歩《ぽ》しているんです。近東諸国でもそうですって、ときどき？　それはそれとしておきましょう。でもどうですか、あなたはパリの通りでわたしの手を取りますかな？　ああ、冗談ですよ！　礼儀作法を心得ているんですよ、われわれは。垢《あか》がもったいをつけさせるんですよ。ギリシアの島に行く前に、われわれは垢をごしごしと擦《こす》り落とさなければいけません。あそこでは空気は清浄で、海も快楽も澄み切っています。なのにわれわれは……

このデッキチェアに座りましょう。なんて深い霧だろう！　拷問部屋の話をしようとしていたんでしたね。そうでした、そのことについてお話ししましょう。さんざんもがいて、不遜な表情を出しつくしてしまい、どんなに努力してもだめだと悟って、わたしは人間の社会を去る決心をしました。いえ、いえ、無人島を求めたのではありませんせん。そんなものはもうありませんからね。女のところに逃げ込んだだけです。ご存知の通り、まったく女はいかなる弱点も咎《とが》めはしませんのでね。むしろ女は男をへりくだらせるか、骨抜きにしてしまう。だから女は戦士の報奨ではなく、罪人の報奨なんです。女は犯罪者の港であり、避難所であるからこそ、犯罪者が逮捕されるのは大抵は女のベッドのなか。女というものはわれわれに残された最後の地上楽園ではないでしょうかね？　航行不能になって、わたしも自分の自然の港に駆けつけることになりました。しかしもう口説きは止《や》めました。習慣から、まだ少しは芝居をしていましたが、しかし新しいものは考えつかなかったのです。またなにか下品なことを言うといけないから、こんなことを白状するのは気が引けますが、当時のわたしは女と関係をもたずにはやっていけないと感じていたようなのです。卑猥《ひわい》でしょ？　いずれにしても、わたしはひそかな苦しみというか、なにかが足りないという感じで、そのため余計に虚《むな》しくなって、止むに止まれず、といっても半ば興味本意だったのですが、幾人かの女と関係を結んでしまいました。愛し、愛される必要があったものですから、自分が恋をしていると思い込んでいました。言葉を変えて言えば、愚かなことをしていたのです。

ヴェテランのつねとして、わたしがそれまでいつも避けてきた問いを自分が相手に投げかけていることに驚くことがしばしばありました。つまり「君はぼくを愛しているかい」と問うている自分の声を聞いたのです。このような場合、ご存知のように、相手は「それであなたは？」と答えるのが普通でしょう。もしわたしが然《しか》りと答えれば、自分の本当の気持ち以上に縛られてしまうことになる。もし思い切って否《いな》と答えれば、もはや愛して貰《もら》えなくなる危険があるし、わたしはそれに悩みました。安息を求めたいという気持がこのように脅《おびや》かされれば脅かされるほど、わたしはそれを相手の女に求めるようになりました。ですから段々と口約束を増やすことになり、自分にたいしてはあまり考えすぎないようにと言い聞かせるようになったんです。かくしてわたしは男好きのする愚かな娘に的はずれの愛情を感ずる羽目になった。この女は恋愛の専門誌を読み耽《ふけ》っていたので、階級なき社会を告げるインテリそこのけの確信と信念をもって恋愛のことを語るようになっていた。このような信念には、あなたもご存知のように、人を引きつけるものがあるんでしてね。わたしだって恋愛について語ろうとしたとき、終《しま》いにはそういうこともあろうかと納得してしまったくらいですから。少なくとも、その女がわたしの愛人となって、わたしが恋愛の専門誌というものは、恋愛についての話し方は教えてくれるものの、恋愛の仕方は教えてくれないということを悟るときまでは女の言葉を信じていました。鸚鵡《おうむ》を愛したあとは、蛇と寝る必要がありました。そこでわたしは色々な本が約束してくれるものの、実人生のなかではけっして出会ったことのないそんな愛をほかの女に求めたのでした。

しかしわたしには習練ができていなかった。三十年以上ももっぱらわが身だけを愛してきたんですからね。それほどの習慣をどうして捨てられましょう？　そこでわたしは習慣を捨てずに、女にたいしては優柔不断のままでした。わたしはどんどん約束の数を増していった。前に幾つも関係を取り結んだのと同じように、今度も同時に多くの関係をもったんですよ。そうやって、わたしは昔まったく無関心でいたとき以上に、女たちを不幸にしてしまったというわけです。わたしの鸚鵡が、絶望のあまり、餓死しようとしたことはお話ししましたっけ？　幸いにして、首尾よくわたしが駆けつけ、その後は彼女が、お気に入りの週刊誌に書いてあるような、バリ島帰りのこめかみが白くなった技師と出会うまで、手を切らずにいました。いずれにしても、いわゆる永遠の情熱に包まれ、我を忘れて赦《ゆる》しを得るどころか、わたしはさらに自分の過ちと迷いを重ねていったのです。そんなわけで恋愛にすっかり怖《お》じ気《け》づいてしまい、何年もの間、「薔薇《ばら》色《いろ》の人生」とか「イゾルデの宿命的愛」といったものを耳にする度に、歯ぎしりをせずにはいられない始末。そこでわたしはある意味で女を諦《あきら》め、禁欲の状態に生きようと努めました。結局、女たちの友情だけでわたしには充分だったのです。しかしそれは賭《かけ》を諦めることと同じでした。欲情を別にすれば、女は予想をはるかに超えて退屈な存在でしたし、また明らかに、わたしの方も彼女たちを退屈させていたのです。賭もだめ、芝居もだめとなって、恐らくわたしは真理を摑《つか》んでいたのでしょうな。しかし真理というものはね、あなた、退屈なものですよ。

恋愛にも禁欲にも失敗したわたしは、最後に放蕩というものが残っていることに気づきました。これならまさしく恋愛の代わりになるし、笑い声を黙らせて、沈黙を取り戻してくれるし、それになによりも不死身にしてくれる。夜更《よふ》けに、二人の娼婦《しょうふ》に挟まれて、すっかり肉欲を発散させ、ある種の頭の冴《さ》え渡った陶酔に身を委《ゆだ》ねていると、希望はもはや苦痛ではなくなってね、いいですか、希望がすべての時間を支配し、生きる苦しみが永遠に溶け去ってしまう。ある意味ではわたしはずっと放蕩に生きてきたんですよ、いつだって不死身になりたいと願っていたんですからね。それこそわたしの本性だったのでは？　それはまた前にお話ししたわたし自身の際立《きわだ》った自己愛の成果ではなかったのでしょうか？　そうです、わたしはなんとしても不死身になりたかった。自分があまりにも可愛《かわい》かったもので、自分の愛の貴重な対象がけっして消滅しないことを願わずにはいられなかった。頭がはっきりしていて、またほんの僅《わず》かでも自分を知っているなら、こんな猿みたいな好色漢を不死身にするためのもっともな理由なんて見つかるはずはないので、その不死の代用品を自分で見つけ出さなければならない。永遠の生を願っているがゆえに、わたしは多くの淫売《いんばい》とも寝たし、夜を徹して酒も飲んだ。もちろん、朝方は、口の中には死すべき人間の条件からくる苦い味を嚙《か》みしめていましたがね。しかし何時間かは、たいそう幸せに飛翔《ひしょう》していた。思い切って白状してしまいましょうか？　いまだに愛着をこめて思い出す幾晩かのことですが、薄汚いナイトクラブに通ったことがありました。わたしに好意をもってくれたけちなストリッパーに会いにいったのです。ある晩など、彼女の名誉のために、彼女をものにしたとほらを吹いた若いやくざと殴りあいまでやってのけました。わたしはこの歓楽の場所の赤い光と埃《ほこり》のなかで、カウンターに座って、歯を抜くときの歯医者のように嘘《うそ》八百を並べながら、長々と酒を飲んで遊弋《ゆうよく》している。そして夜明けを待ち受け、最後にわたしの王女様のいつもぐしゃぐしゃのベッドに座礁《ざしょう》する。すると彼女は機械的に体を任せて、たちまち眠り込んでしまう。朝の光が優しくこの惨状を照らし出すと、わたしは身を起こして、じっとしたまま、朝方の光のなかを高く昇っていくのでした。

　酒と女、白状してしまえば、これはわたしに相応《ふさわ》しい唯一《ゆいいつ》の慰めを与えてくれました。その秘密を教えてあげますから、あなたも怖がらずに利用してごらんなさい。そうすれば、お分かりになるでしょう、真の放蕩が解放的なものであることがね。それはなんの束縛も作り出さないんですから。そこでは所有しているものといえば自分だけですし、だから放蕩は自分に恋焦《こいこ》がれる者の関心事となるんです。未来もなく過去もなく、なによりも約束がないし、また差し迫った制裁のないジャングルのようなものなんですな。放蕩が行われる場所は世界からは隔絶されているのです。そこに入っていくとき、みんな恐怖も希望も捨て去ってしまう。話したくなければ話さなくてもよい。みんながそこに求めにくるものは言葉がなくても手に入るし、大抵は、そう、金がなくても手に入るんです。ああ！　お願いだから、あの頃わたしを助けてくれたのに、名前も知らずに忘れてしまった女たちに格別の感謝を捧《ささ》げさせてください。いまだに、彼女たちへの追憶にはなにかしら尊敬に似たものが混じり合っているのですから。

いずれにしてもわたしはこの解放を際限なく利用しました。いわゆる罪というやつを売りものにしているホテルで、年増《としま》の娼婦と上流階級の淑女と一緒に暮らしたことさえあります。わたしは前者にたいしては献身的な騎士の役を演じ、後者にたいしてはいくらか現実を知らしめるようにしました。不幸にして娼婦の方ははなはだ俗物でした。新人類的考えを大歓迎する告白物の専門紙に手記を書くことに同意してしまったのです。一方、淑女の方は解放された本能を満足させるために、また素敵な授かり物を使いこなすために、結婚してしまいました。またその当時わたしは、悪評さくさくの男だけの団体に仲間として迎えられたことも得意でした。でもこのことについては省略しておきましょう。ご存知のように、たとえどんなに利口な人たちだって、隣りの人間より酒を一本余計に飲めることを誇りに思うんですからね。この幸せな放蕩のなかにわたしはついに安らぎと解放を見つけることができるはずでした。しかしそこでもまた、自分のなかの障害と出会う羽目になりました。今度は肝臓で、それに伴いひどくだるくなりました。それはいまだに治っていませんがね。不死身であるかのように振る舞いはするものの、数週間のちには、翌日まで生き永らえることができるかどうかさえ怪しくなるといったありさまなのです。

わたしが夜な夜なのご乱行を諦めたとき、この体験から得られた唯一の恩恵は、人生が前ほど苦しいものではなくなったことでした。わたしの体を蝕《むしば》む疲労は同時にわたしのなかの敏感な点をも蝕んでしまったのです。遊びほうける度に生命力が、従って苦痛が減っていくわけです。放蕩には、人びとが考えるのとは反対に、熱狂的なところなんてまったくありません。それは長い眠りに過ぎないんですよ。あなたもきっと気づかれたことと思いますが、本当に嫉妬《しっと》に苛《さいな》まれる男がなによりも先にしようとするのは、自分を裏切ったと思っている女と寝ることなのです。もちろん彼らはもう一度愛《いと》しい宝物がまだ自分のものであることを確かめようとするわけです。彼らは俗に言うように、女をものにしようと願っているのです。しかしことが一度済んでしまうと、彼らの嫉妬も薄らぐというのも事実です。肉体的嫉妬は想像力の結果であるとともに、自分にたいする裁きでもあるわけですから。ライバルにたいしては、同じ立場にいたとき自分が抱いたのと同じような忌《い》まわしい考えを抱いているだろうと考えます。幸いにして、過度の享楽《きょうらく》は判断力と同時に想像力をも弱めてしまう。すると苦痛も欲情も同じ間眠り込んでしまう。同じ理由で、若者は最初の愛人をもつとともに形而上学《けいじじょうがく》的不安を失うし、ある種の結婚は、公《おおやけ》に認められた放蕩であるがゆえに、同時に大胆さと創造力をも葬《ほうむ》ってしまう単調な霊柩車《れいきゅうしゃ》となるわけですよ。そうですよ、あなた、ブルジョワ的結婚はフランスをのほほんとした生活のなかに追いやり、間もなく国を死の戸口に連れていくことでしょうよ。

誇張ですって？　そんなことはありません、でも脱線してますね。わたしはただ何カ月かの乱痴気騒ぎから引き出したご利益《りやく》をお話ししたかったのです。わたしは霧のようなもののなかにいて、そこでは笑い声が弱くなっていき、ついにはもはや聞こえなくなりました。すでにわたしの心のなかで大きな場所を占めていた無関心は、もはや抵抗を受けなくなって、硬化症が広がっていきました。もはや感情もない！　いつも同じ気分でいるというか、むしろ気分というものがまったくなくなってしまった。結核に冒された肺は乾燥することによって治癒《ちゆ》しますが、同時に良くなった当の患者を少しずつ窒息させていくものです。わたしの場合も同じで、治ったことによって静かに死んでいくところでした。わたしの評判は常軌を逸した発言によって傷がつくし、私生活が乱脈なため、規則正しく弁護士活動を行うことも難しくはなったのですが、それでもまだ自分の商売によって生計を立てていました。とはいえ言葉による挑発よりも夜な夜なのご乱行のほうが大目に見られたというのは特筆すべき興味のあることです。ときどきわたしが弁論のなかで神を引き合いに出したことは、まったく言葉の上だけのことでしたが、依頼人たちに警戒心を引き起こしました。おそらく彼らは天は、法律に関しては及ぶ者がいない弁護士ほどには、彼らのためを思ってくれないんではないかと恐れたのでしょう。そこから、神を引き合いに出すのは、自分が無能なためという結論に達するにはもうあと一歩でした。依頼人がこの一歩を進めて、彼らの数はごく僅かになったというわけです。たまにはまだ弁護活動をしてはいました。ときどきもはや自分の言っていることを信じていないのを忘れて、見事な弁論をやってのけることもありました。自分の声に引っ張られて、その後をついていったわけです。かつてのように空高く飛翔するのではないにしても、少しばかり地上から飛び立って、超低空飛行をやってのけたのです。商売のほかには、ほとんど人と会わずに、一人、二人の女との腐れ縁をなんとか持ちこたえていました。また欲望が入り込むことなく、純粋な友情だけで女と幾晩も過ごしたこともあります。倦怠《けんたい》に紛れて、相手の言うことはほとんど聞いていなかった点は違いますがね。少し太ってきたので、峠は越えたのだとも考えられました。しかし実際は老いが始まったに過ぎなかったのです。

しかしある日のこと、快気祝いであることを告げずに、女友だちを誘って旅に出たわたしは、大西洋航路の船の上にいました。もちろん上甲板です。すると突然鉄色をした大西洋の沖合に黒い点を認めました。すぐに目を逸《そ》らしましたが、心臓はどきどきし始めた。勇気を奮い起こしてもう一度目をやると、その黒点は消えていた。わたしは大声をあげて、愚かにも助けを呼ぼうとした。するとそのときまたその黒点が目に入った。実際には船が後に残していった漂流物だったんです。とはいえ、わたしはそれを眺めることに耐えられず、すぐに溺死体《できしたい》ではないかと考えてしまった。そのとき、あたかもずっと前からその真理が分かっている思想に同意するように、造作なく悟ったのでした。何年も前にわたしの背後でセーヌ河に響きわたったあの叫び声が、河に沿って英仏海峡の方に運ばれてきて、広漠《こうばく》たる大西洋の広がりを越えて進み続け、わたしがそれに出会うまでじっと待ち受けていたのだということをね。それにまたこうも悟ったんです。それは海や河の上で、またわたしの苦い洗礼の水があるところならどこでも、わたしを待ち続けていたのだとね。ねえ、ここでもまた、わたしたちは水の上にいるのではありませんか？ 平坦《へいたん》で、単調で、際限がなく、空との境界線すらはっきりしない水の上にね？ もうじきアムステルダムに着くのだと考えることができますか？ われわれはけっしてこの巨大な聖水盤（訳注 信者の浄めの水を入れたもの）から抜け出せないでしょう。耳を澄ませてご覧なさい！ 目に見えない鷗《かもめ》の鳴き声が聞こえやしませんか？ もしこちらの方を向いて鳴いているのなら、われわれになにを求めて鳴いているのでしょう？

しかし自分は治癒していない、相変わらず押しまくられている、それをなんとかしなければならないと決定的に悟ったあの日、すでに大西洋上で鳴き声をあげ、呼んでいたのもこれと同じ鷗なのです。栄光に包まれた生活の終わり、しかしそれはまた憤《ふん》怒《ぬ》と身振いするような熱狂的な生の終わりでもあった。屈伏して自分の罪を認めなければいけなかった。拷問《ごうもん》部屋で暮らす必要があったんです。ああそうだ、中世に拷問部屋と呼ばれる地下牢《ちかろう》があったことはご存じないんですね。大抵は、そこに放《ほう》り込まれたら生きていることすら忘れられてしまったんですよ。その監房はその巧みな大きさによって、ほかの監房とは違っておりました。人が立っていられるほど大きくはなく、かといって寝転がるだけの幅もなかったのです。窮屈な姿勢を取らずにはいられず、いわば斜めになって生きていたわけです。眠りは昏倒《こんとう》であり、目覚めると膝《ひざ》を抱えていなければいけない。かくも簡単な発明、どう考えてもこれは発明と思うんですが、この発明のなかには天才的な閃《ひらめ》きがありますな。来る日も来る日も、どうしようもない束縛によって体が硬直し、囚人は自分が有罪である、無実とは嬉々《きき》として四肢《しし》を延ばすことだと悟るんです。山頂とか上甲板とかに慣れた男が、そのような監房にいるなんて、想像することができますか？　なんですって？　そのような監房のなかで暮らしていても、無実であることはありえたですって？　ありえません、まったくありえないことだ！　もしそうでなければ、わたしの推論は挫折《ざせつ》してしまう。無実が背を曲げて暮らすことに帰するだなんて、わたしは一秒たりともそんな仮説を受け入れませんよ。結局、一方では、われわれは万人の有罪をしっかりと断言できるのに、誰の無実をも断言できないんですよ。各人が自分以外のすべての人間の罪を証言する、これがわたしの信念であり、そこに希望があるのです。

宗教はモラルを作り出し、命令を公布し始めるときから過ちを犯す、これは間違いありませんよ。有罪を作り出すためにも、罰を与えるためにも、神は必要ではない。

自分だけに頼る人間で充分。あなたは最後の審判のことを口にされましたね。失礼ですが、お笑いですな。わたしはしっかりと足を踏ん張ってそれを待ち受けているんですから。つまりわたしは最悪のもの、人間の審判てやつを知っているんですよ。彼らにかかっては、情状酌量なんてありえない。善意だって罪を負わされてしまう。少なくとも、唾掛《つばかけ》独房のことは噂《うわさ》に聞いていられるでしょう。あれは最近さる国民が、自分が地上で一番偉いことを証明するために、考え出したものなんですよ。囚人が立ってはいるが、身動きできないように作られている箱のことです。貝殻形のセメントで固定している頑丈な扉が顎《あご》の高さで止まっている。だから囚人の顔しか見えないわけですが、それに向かって看守がみんな通りすがりに、いやというほど唾を吐きかけていく。彼は独房に押し込められているので、顔を拭《ふ》くこともできない。もっとも目をつぶることは許されていますがね。このささやかな傑作を作るために神は必要なかったのなんですよ。さて、あなた、それが人間の考え出したものなのです。

それで？　だから、神の唯一の効用とは潔白を保証することじゃないんですかね。それにむしろ宗教はクリーニングの大会社みたいにわたしには思えるんですよ。それに一時宗教は確かにその通りだった。でも短い間、丁度三年間だけのことだったし、おまけに宗教とは呼ばれなかった。それ以来、石鹸《せっけん》はなくなって、わたしたちは鼻が汚れっぱなし、お互いに鼻を拭きあっている。どいつもこいつも乞食になりさがり、どいつもこいつも罰せられて、お互いに唾の吐き掛け合い、それ！　拷問部屋へ行けってわけ！　誰もが先を争って唾を吐きかける、ただそれだけのことですよ。ひとつ重大な秘密をお話ししましょう。最後の審判を待つのはお止《や》めなさい。それは毎日行われているんですから。

いいえ、なんでもありません。このひどい湿気のせいで少しぞくっとしただけです。それにもう着きました。ほらね。お先にどうぞ。でもお願いだからまだ一緒にいて、相手をしてください。話はまだ終わっていません。続きをお話ししなければ。続けること、これが難しいことでしてね。ねえ、なぜあの男が十字架にかけられたのかご存知ですか？　いまあなたが多分考えていられるあの男をですよ。そう、それには多くの理由がありました。人間の犯す殺人にはいつだって幾つもの理由がある。反対に人間が生きているのを正当化するなんてことはできっこない。だから犯罪にはつねに弁護士が見つかるのに、無実にはたまにしか見つからないことになる。しかしあのおぞましい臨終にたいしては、二千年来、われわれにたいしていみじくも説明されてきたさまざまな理由と並んで、ひとつ大きな理由がありますが、どういうわけかわれわれにたいしてはひどく丹念に隠されてしまっているのです。本当の理由は彼が知っていますよ。彼は完全に無実ではなかったんですから。確かに彼は告発されたような過ちの重荷を背負ってはいなかった、でもほかの罪を犯していた。もっとも彼はそれがどんな罪か知りませんでしたがね。でも本当に知らなかったんですかね？　いずれにせよ、その源に彼がいたのは事実です。彼は罪なき者の一種の大量虐殺《ぎゃくさつ》の噂を聞いていたのに違いない。両親が彼を安全な場所に移している間に虐殺されたユダヤの幼児たちは、彼のせいでないとしたら、なぜ死んだのでしょうかね？　もちろん、彼がそれを望んだわけではない。血まみれの兵士たちや真っ二つにされた幼児たちの話を聞いたら彼は恐れ戦《おのの》いたことでしょう。しかしわれわれに教えられている通りの彼にしたって、幼児たちのことを忘れることはできなかった、とわたしは確信しています。そして彼のあらゆる行為の裏にあるあの悲しみは、自分の子供たちを傷《いた》み、いかなる慰めをも拒んだラケルの泣き声を幾晩にもわたって耳にした者の癒《いや》しがたい憂鬱《ゆううつ》ではなかったでしょうか？　嘆き声は闇《やみ》を引き裂き、ラケルは彼のために殺されたわが子らの名を呼んでいました。それなのに彼の方は生きていた！

自分が何を知っているかを承知しており、人間についてあらゆることを知りつくした彼――ああ！　ひとを死なせた罪より自分が死なないことの方が罪が重いなどと誰が考えたでしょう！　――昼も夜も、自ら犯したのではない罪と向き合っていた彼には、生きながらえ続けることはあまりにも難しかったのです。きっぱりと止めること、自己弁護しないこと、死んでしまうことの方がよかったのです。そうすればもはや独りで生きることもなく、死後の世界に行くことができたでしょうに。そこでは支持して貰《もら》えるはずでした。ところが支持して貰えず、それを嘆いた。その上なお悪いことに、検閲を受ける羽目になってしまった。そうです、彼の嘆きを一番初めに省略したのは三番目の福音書の作者でした。「なんぞ、われを見捨てたまいしか?」これは反逆の叫びですよね? それでは鋏《はさみ》で切ってしまおうってわけ! それに覚えておいてくださいよ、もしルカがなにも省略しなかったとしても、みんなこのことにほとんど気づかなかったでしょうね。いずれにしても、たいして場所を取るものではありませんから。こんなふうに、検閲官というものは自分が禁止するものを大声で言いふらすものなんですな。世界の秩序だってまた曖昧《あいまい》なものですよ。

それでもやはり検閲を受けた方の彼は続けることができなかった。それにわたしはね、あなた、自分がいまなにを話しているか分かっているんです。刻一刻とどうしたら次の瞬間に辿《たど》りつけるか分からないときもありました。そう、この世界では戦争をしたり、恋愛ごっこをしたり、同類を拷問にかけたり、新聞で自分を誇示することもできる。あるいはたんに編み物をしながら隣人の悪口を言うこともできる。しかし、ある場合には、続けること、たんに続けることが、それこそ超人的なことになる。それなのに彼の方は、超人的ではなかった、本当ですよ。彼は断末魔の叫びをあげた。だからこそわたしは彼が好きなのですよ、あなた、知らずに死んでいった彼がね。

不幸なのは彼がわれわれをひとりぼっちにしてしまったことです。なにが起ころうと、たとえ拷問部屋で暮らしているときでさえ、ひとりで続けなければならなくなった。彼が知っていたことをわれわれも知ってはいても、彼がしたのと同じことをし、同じように死ぬことなどできはしない。もちろん、人びとは彼の死を幾分か助けにしようと努力はしましたがね。結局、こう言い残したのは天才的な閃きですな。「なんともぱっとしない連中だな。それならそれでよい。明細書なんて必要ない！　いっぺんに清算してやろう、十字架の上で！」しかし今ではあまりにも多くの人びとが、もっと遠くから姿を見て貰いたいばっかりに、十字架に登るんですよ。たとえそのためにずっと前からそこにいる彼を少々踏みつけることになってもね。おお、なんという不正、なんと多くの人々が寛大さを抜きにして隣人愛を実践しようと決意したことか。なんという不正、人びとは彼にたいしてなんと大きな不正を働いたことか、胸が締めつけられるようだ!

おやおや、これじゃ昔と同じだ。弁論を始めるところでした。勘弁してください、でもそれなりの理由があるということも分かってください。ほらここから五、六本目の道にね、「屋根裏部屋の主」という名前の美術館があるんですよ。昔、そこの住人たちは地下墳墓を屋根裏部屋に設置していたんです。しょうがないんですよ、ここでは地下室は水浸しになるんですから。でも安心してください、今日では主は屋根裏部屋にも地下室にもいない。彼らは主を自分の心の奥底にひそむ判事の椅子《いす》の上に祭り上げ、ひとを殴りつけたり、とりわけ裁いたりしているんですよ。主の御名《みな》において裁くんです。主は罪深い女に向かって優しくこう言ったでしょう。「我はまた汝《なんじ》を断罪せず」とね。でもそんなことはどうでもいいんですよ、彼らは断罪し、誰の罪をも赦《ゆる》さないんですから。主の御名を借りて、君の勘定書はこれだってわけ。主ですか？彼はそんなに多くを要求しませんでした。彼は人びとから愛されることを願った、それ以上はなにも望まなかった。もちろん彼を愛する人たちはいる、キリスト教徒のなかにさえね。しかし彼らは数えられるほど数が少ない。主はそれを見越していたし、ユーモアのセンスもあった。ペテロ、ご存知のようにあの臆病者《おくびようもの》のペテロは彼を否認します。「我はこの人を知らず……我は汝の言うことを知らず……等々」なにしろこの男には誇張癖があるんですから！　一方、キリストは駄洒落《だじやれ》を言っている。「この岩（ペテロ）の上に、我は教会を建てん」これほど強烈な皮肉はこれまでなかったでしょう、そう思いませんか？　それがとんでもないことに、彼らはまだ勝ち誇っているのです。「いいですか、それは主が言われたことなんですよ！」確かに主はそう言いました。問題を知り抜いていたんですな。それから彼は永久に去ってしまった。昼には赦しを、心には判決を秘めて、彼らが裁いたり、断罪したりするのをそのままにしてね。

というのも、もはや哀れみは存在しないと言ってはいけないからです。いやはや、それどころかわれわれは哀れみについて話し続けているのです。ただ人びとはもはや誰をも赦さなくなった。無実の者の亡骸《なきがら》の上に、裁判官どもがひしめきあっている、ありとあらゆる種類の裁判官たちが拷問部屋のなかで共存しているんです。キリスト教徒の連中も、アンチキリストの連中もいますよ。もっともこの二つは同類ですがね。なぜってキリスト教徒だけをやっつければ足りるってわけでもないですからね。他の連中だって一つ穴のむじななんですよ。この町にあるデカルトの隠れ家の一つがどうなったかご存知ですか？　精神病院ですよ。そうです、どこもかしこも譫言《うわごと》と脅迫だらけ。もちろんわれわれだってまた、それに加わるよう強いられているんですよ。お気づきになったことと思いますが、わたしはなにひとつ容赦しません。あなただってわたしと同じように考えていられることは分かっています。そのときから、みな裁判官である以上、われわれは互いに相手の前では有罪であり、わたしたちの汚いやり方で、みなキリストとなって、しかもいつも知らない間に、次々と十字架にかけられているのです。少なくともわれわれはみなそうなるでしょうな、もしクラマンスたるこのわたしが、出口を、唯一《ゆいいつ》の解決策を、要するに真理を発見しなかったら……いや、このへんで止めておきましょう。大丈夫ですよ！ それにもうお別れします、ここがわたしの家です。孤独でいると、疲労も手伝って、えてして自分を予言者だと思い込んでしまう、しょうがないですな。結局、わたしの今の姿がまさしくそれなんです。石と霧と腐った水の荒野に逃げ込んだ平凡な時代の虚《むな》しい予言者、へべれけで高熱にうなされながら、黴《かび》の生えた扉に背を凭《もた》せ掛け、低い空を指差し、いかなる裁きをも我慢できぬ律法なき人間たちの呪詛《じゅそ》に囲まれた、救い主のないエリヤってところですか。なにせ彼らは、いいですか、いかなる裁きをも我慢できないのですからね。問題のすべてはそこにあります。なにかの掟《おきて》に従う者は裁きを恐れることはありません。裁きは彼が信じている秩序を超えるようなことはないのですから。しかし人間のいちばん大きな苦しみは律法なしに裁かれることなんです。とはいえいまわれわれはその苦しみのただなかにいるんですよ。本来あるはずの轡《くつわ》を奪われ、裁判官たちは、盲滅法に奮い立って、性急にことを運んでいるのです。となれば、彼らに先んずるよう努力しなければならないことになりますよね？　それこそ上や下への大騒ぎです。予言者だの祈禱師《きとうし》だのがやたらと増え、結構な律法やら完璧《かんぺき》な組織やらを携えて、人が全滅しない前に目的を達しようとやっきになっているんです。幸いなことに、わたしは到達しました、このわたしはね！　わたしは終わりであり初めであり、律法を告げるのです。要するに、裁き手にして改悛者《かいしゅんしゃ》なんですよ。

ええ、ええ、この立派な職業がいったいなんのことかは明日お話しすることにしましょう。明後日お発《た》ちになるんですね、それでは急がなくては。よろしかったら、家にお出《い》でになりませんか。三回ベルを押してください。パリにお帰りで？　パリは遠いですな、パリは美しい、忘れてはいませんよ。ちょうど今頃のあそこの夕暮れを思い出します。乾いた夕暮れがぎしぎしと音を立てながら、青く煙った屋根に下りてくると、町が鈍い音を立て、河は逆さに流れているように見える。わたしはその頃通りをさ迷い歩きました。あそこの連中だって今頃はさ迷い歩いていますよ。わたしには分かります！　彼らは疲れ切った妻や耐えがたい家庭の方に向かって急いでいるような振りをしながらさ迷っているのです……ああ！　あなた、大都会をさ迷い歩く孤独な人間がどんなものかご存知ですか？……

どうも伏せったままでお迎えして恐縮です。なんでもありません。少し熱があるのでジュネバーを薬代わりにしているんです。この種の発作には慣れていますから。マラリヤだと思いますが、法王をしていた時代に罹《かか》ったんです。いえ、半分は本当の話ですよ。あなたはこう思っていらっしゃるんでしょう。どうもこの男の話すことは本当か嘘《うそ》か見分けがつかないってね。白状すれば、おっしゃる通りですよ。わたしだって……いいですか、わたしの取り巻きの一人は人間を三つの範疇《はんちゅう》に分けていました。つまり嘘をつかざるをえないのならむしろなにひとつ隠しごとをしない方を取る人間、なにも隠しごとをしないのよりも嘘をつく方を取る人間、それから嘘と秘めごととを同時に愛する人間です。わたしがどれにいちばん該当するかひとつ選んでみてください。

　要するにどうでもいいことですよね？　嘘だって結局は真理の道に通ずるものではないでしょうか？　それにわたしの話も、本当にしろ嘘にしろ、同じ目的に向かい、同じ意味を持っているのではないでしょうか？　とすれば、それが本当であっても嘘であってもどうでもいいわけです。いずれにしても、それはわたしがなにものであったのか、なにものであるのかについて意味深いものを含んでいるのですから。ときとして真実を告げる人間よりも嘘をつく人間の方がはっきりと分かるというものです。真理は、光と同様に、目を眩《くら》ませます。逆に嘘は、美しい夕暮れと同じで、一つ一つの対象をはっきりと浮き彫りにするのです。まあ、好きなようにお取りなさい。とにかくわたしは捕虜収容所のなかでは法王に任命されたんですよ。

どうぞお座りください。部屋のなかを眺めていられますね。なにもない、そうですが、でも清潔でしょ。フェルメールの絵が一枚だけ、家具も鍋《なべ》もない。また本もない、わたしは随分前から読書を止めてしまったんでね。昔はわたしの家は読み掛けの本で一杯でした。それはフォア・グラを少し食べて残りを捨てさせる人たちと同じくらい厭味《いやみ》ですよね。それにわたしはもう告白物しか好きになれないんです。告白物の作者たちは、なによりも自分が告白をしないために、自分が知っていることについてはなにも言わないために書くんですよ。彼らが告白を始めると主張するときこそ警戒しなければいけない。みんな死体に化粧を施そうとしますからね。本当ですよ、わたしはその方面には詳しいんです。それでわたしはきっぱり止めてしまいました。もはや本もなく、無駄なものもなく、清潔でニスを塗った柩《ひつぎ》のような必要最小限度のものしかない。それにこのオランダのベッドはとても固くて、シーツの上には皺《しわ》ひとつない。

清浄な香に包まれ、すでに経帷子《きょうかたびら》を着て死んでいるようなものです。

わたしの法王時代の話をお聞きになりたいですか？　ごく詰まらないことばかりですよ。話す気力があるかですって？　ありますよ、熱も下がってきたようだし。あれからもう随分ときがたちました。ロンメル将軍のおかげで戦火たけなわのアフリカでのことでした。いえ、わたしは参戦していたわけではありません、ご安心を。ヨーロッパの戦線からすでに離れてしまっていたんです。もちろん動員はされたのですが、戦火を見たことはありません。ある意味では、それを悔やんでますがね。もし戦っていたら、多くのことが変わったでしょうに。フランス軍は前線にわたしを必要としなかったのです。ただ退却部隊に加わるよう命令されました。そのあとパリに戻りました。ドイツ人とも再会したわけです。その頃噂《うわさ》が広まりはじめたレジスタンスに加わろうという誘惑に駆られました。自分が愛国者であることを発見したのは、ほぼその頃のことなんですから。笑ってますね？　でも違うんですよ。わたしは地下鉄のシャトレ駅の地下道で悟ったのです。一匹の犬がその迷路のような地下道に迷いこんできました。体が大きくて、毛が剛《かた》く、片耳をぴんと立て、おどけた目つきをしたその犬は、通行人の足を嗅《か》ぎ回っていました。わたしは昔から、犬にたいしてははなはだ忠実な愛情を感じています。犬が好きなのは、いつも赦してくれるからなんですよ。わたしがその犬を呼ぶと、明らかに興味をそそられた様子で、さかんに尾を振りながらわたしの数メートル先で立ち止まっていました。とそのとき、一人の若いドイツ兵が軽々とわたしを追い越して行きました。犬の前にくると、彼は頭を撫《な》でてやったんです。すると躊躇なく、犬は同じように嬉々《きき》としておとなしく彼の後についていき、姿を消してしまいました。わたしがそのドイツ兵にたいして抱いた悔しさと怒りのようなものからして、わたしの反応は愛国的であったと認めないわけにはいきませんでした。もしその犬がフランス市民の後をついていったのなら、わたしはそんなことを考えもしなかったでしょう。この場合は反対に、その人なつこい犬がドイツの連隊のマスコットになると考えてしまったんです。すると怒りを覚えたのです。だから反応の検査結果はプラスだったわけです。

わたしはレジスタンスの情報を得ようとして南部地区に行きました。しかし一度そこに行って情報を得ると、二の足を踏んでしまいました。その計画が少々気違い染《じ》みていて、いわばロマンチックなものに見えたからでした。とくに地下活動というものがわたしの気性にも、風通しのよい山頂への志向にも適していないと思いました。昼に夜をついで、つづれ織を織るよう命じられ、そのあげくに、乱暴者がわたしを追い出しにきて、先《ま》ずわたしのつづれ織をほどいて、別の地下室に連れていき、そこで死ぬまでわたしを叩《たた》きのめす、といったような気がしたんですよ。そんな地底のヒロイズムに身を捧《ささ》げる人たちには感心こそすれ、真似《まね》をすることはできませんでした。

わたしはそこでロンドンに行こうという淡い期待をもって北アフリカに渡りました。しかしアフリカでは状況がはっきりしないうえに、幾つもの党が対立しあっていて、どの主張ももっともなように思われたので、どれかに参加するのは差し控えました。あなたにとって意味のある細部をわたしがどんどん端折っていくと考えていられるようですな。そんな顔つきをしてますよ。でもいいですか、わたしはあなたという人物の真の価値を見抜いたからこそ、細部を飛ばしているんですが、この方がもっとよくお分かりになると思いますよ。とにかくわたしは最後にチュニジアに行きました。優しい女友だちが職を見つけてくれると言ったもんですから。彼女はたいそう利発な女で、映画の仕事をしていました。わたしは彼女についてチュニスにいったわけですが、連合軍のアルジェリア上陸のあとで、初めて彼女の正体を知りました。その日彼女はドイツ軍に逮捕され、わたしもわけの分からないまま捕まってしまいました。その後彼女がどうなったのかは知りません。わたしの方は、少しもひどい扱いを受けることはありませんでした。さんざん不安に駆られたあと、わたしの場合はなによりも身の安全を保証するための拘束であることが分かりました。わたしはトリポリの近くの収容所に収容されましたが、そこではみんな扱いのひどさ以上に喉《のど》の渇きと食料難に苦しんでいました。細かいことは申し上げますまい。わたしたち二十世紀前半の若者たちには、そのような場所を想像するのに描写は必要ないんですから。百五十年前には、人びとは湖や森に感動していた。今日のわたしたちは監獄にリリスムを感じる。だからあとはご想像にお任せします。わたしの話に幾つかの細部を付け加えてごらんなさい。つまり暑さ、真っ直《す》ぐに照りつける太陽、蠅《はえ》、砂、水不足といったようなものをね。

わたしと一緒に一人の若いフランス人がいましたが、彼は宗教をもっていました。そうですとも！　おとぎ話ですよ、まったく。デュゲクラン（訳注　百年戦争の頃のフランスの将軍）のような男とでも申し上げておきましょう。彼はフランスからスペインにいって戦ったのです。ところがカトリックのフランコ将軍が彼を監禁してしまった。そしてフランコの捕虜収容所ではこの上なく悲惨な状況すら、敢《あ》えて申し上げるなら、ローマ教会から祝福を受けるのを見て、彼は深い悲しみの底に落ち込んでしまったのです。その後たまたまやってきたアフリカの空も、収容所の無為な生活も彼の悲しみを癒《いや》すことはありませんでした。そのうえさんざ思い悩んだのと、きつい太陽のせいで、彼は少々普通の状態ではなくなってしまった。とある日のこと、とけた鉛が滴《したた》り落ちるテントの下で、わたしたち約十人が蠅が飛び交うなかで喘《あえ》いでいると、彼は自分でローマ人と呼んでいる者にたいする誹謗《ひぼう》をまた始めたのです。彼は何日も剃《そ》らない髭《ひげ》ぼうぼうのまま、視線の定まらぬ目をわれわれに向けていました。裸の上半身は汗びっしょりで、その手は浮き出た肋骨《ろっこつ》の上をピアノのキーを叩くみたいに動いていました。それから彼は、玉座で祈りを捧げるのではなく、ここに生活している不幸な者と共に生きる新しい法王を選ばねばならない、そしてそれはできるだけ早いに越したことはないと宣言したんです。彼は虚《うつ》ろな目で頭を振りながらわれわれをじっと見据えて、「そう、できるだけ早くだ！」と繰り返し、それから気を鎮《しず》めて、陰気な声でこう言いました。われわれのうちから短所も長所も兼ね備えたもっとも完全な男を選ばなければならない、そしてその男が生き続けて自分のうちにも他人のうちにもわれわれの苦痛の共同体を維持していく限り、彼に服従を誓わなければならない、とね。「われわれのなかで、誰がいちばん欠点を多くもっているか？」と彼が言うので、冗談に手を上げてみると、そうしたのはわたしだけでした。「よし、ジャン・バチストにやって貰《もら》おう」、いえ、彼がその通り言ったわけではありません。だってわたしはその頃は別の名前をもっていたんですからね。少なくとも彼は、わたしがしたように自分から名乗り出ることはまたもっとも大きな美徳であると宣言し、わたしを選ぶよう提案したのです。

他の連中も冗談で賛成しました。でも少しは本気のところもあったんです。本当のところはデュゲクラン君の勢いに押されてしまったんですな。わたし自身だって、いま思えば、心からは笑えなかったような気がしています。先ずわたしは自分の小さな予言者の言うことはもっともだと思ったし、それに太陽や疲労困憊《こんぱい》する作業や水の取り合いなど、要するにわれわれは普通の状態にはいなかった。それはともかく、わたしは法王の役を数週間続けましたが、段々本気になっていったんです。

なにをしたのかですって？　いやもうグループの長とか細胞の書記みたいなことですよ。とにかく他の連中は、信仰をもたないやつまでも、わたしに従う習慣ができあがった。デュゲクラン君は苦しんでいた。わたしは彼の苦しみを和らげてやった。そのときわたしは法王になるのは人が思っているほど簡単ではないことに気がついたのです。それで昨日も、われわれの同胞である裁判官たちを馬鹿《ばか》にするようなお話をしたあと、そのことを思い出していたんですよ。収容所における大きな問題は水の配給でした。他にも政治的グループや宗教的グループが形成されていて、そのそれぞれが仲間を贔屓《ひいき》していた。それでわたしも自分の仲間を贔屓せざるをえなくなった。それだけでもすでにささやかな譲歩です。われわれの間でさえ、わたしは完全に公平に振る舞うことはできなかった。仲間の健康状態に従って、あるいは彼らが負わされた仕事に応じて、わたしは誰それには余計に分配をした。こういう区別はゆゆしき事態を招くことにもなります。本当にそうですよ。でもひどく疲れちまいました。あの当時のことはもう思い出す気にもなれません。わたしが死にかけていた仲間の水を飲んでしまった日、すべては振り出しに戻ったとだけ申し上げておきましょう。いえ、いえ、デュゲクラン君のではありません。彼はその前に死んでしまったはずだ。遠慮がすぎたのです。それにもし彼が生きていたら、わたしは彼が好きだったんだから、もっとがんばれたでしょうよ。と言うのも、なにしろわたしは彼が好きだったんだから、愛していたんだから。少なくともいまはそんな気がします。でもわたしが水を飲んでしまった、これは厳然たる事実です。こう自分に言い聞かせたんですよ。他の連中はわたしを必要としている、とにかくいま死にかけている者よりも必要としている、だからわたしは彼らのために生き延びなければならないとね。帝国とか教会は、死の太陽のもとで、そんな風にして生まれていくんですよ、あなた。そして昨日の演説を少しばかり訂正するために、こんなことを話しながら頭に浮かんだ立派な考えをお話ししましょう。それについては実際にそれを体験したのか夢を見たのかは、今となっては定かでありませんがね。その考えというのは法王を赦《ゆる》さなければいけないということなのです。第一に法王は誰よりも赦されることを必要としているし、第二に、それが法王の上に立つ唯一《ゆいいつ》の方法なのですから……

ああ！　ドアをしっかり閉めてくれましたか？　閉めました？　お願いですから確かめてください。勘弁してくださいよ、わたしは錠が気になってしょうがないのです。いざ寝ようというときになると、錠を掛けたかどうかいつも分からなくなってしまう。毎晩、確かめるために起き出さなければならない始末です。前にも言いましたけれど、何が起こるか分かったものじゃありませんからね。錠に関するこうした不安は、わたしの場合も、びくびくしている物持ちの反応だなんて思わないでくださいよ。昔は、アパートにも車にも鍵《かぎ》を掛けませんでした。金を抱き締めるなんてこともなかったし、自分が所有しているものに執着がなかったのです。実を言えば、物をもつことが少々恥ずかしくもありました。社交界で演説をぶったとき、自信をもってこう叫んだことだってありましたよ。「諸君、所有とは殺人なのであります」とね。財産を充分それに値する貧しい人に分け与えるだけ広い心をもっていなかったので、偶然が不正を正してくれることを期待しながら、それをたまたまやってくるかもしれない泥棒《どろぼう》の手の届くところに置いておいたのです。結局、今日ではわたしはなにひとつ所有していません。ですからわたしは財産の安全を気に掛ける必要はないんですが、身の安全と沈着を失うことが気に掛かるんです。わたしはまた自分が王であり法王であり裁判官であるこの小さな世界の扉を閉めておくことに執着しているのです。

ところで、あの戸棚を開けて戴《いただ》けませんか？　その絵ですよ、そう、よく見てごらんなさい。見覚えはありませんか？『潔白な裁判官』ですよ。驚かれませんか？　しかしてみるとあなたの教養には欠けているところがおありになるようですな？　しかしもしあなたが新聞を読んでいれば、一九三四年にガンのサン・バヴォン教会で起きた盗難事件を思い出されるでしょうに。盗まれたのはファン・アイクの有名な祭壇用衝《つい》立《たて》『神秘の子羊』のパネルの一枚でした。そのパネルは『潔白な裁判官』と呼ばれていました。それには聖なる子羊を拝礼しにやってくる騎馬の裁判官たちが描かれていました。原画が依然として見つからないので、その後それは素晴らしいコピーに変えられました。ほら、これがその原画ですよ。いいえ、わたしはまったく関係ありません。「メキシコ・シティー」のある常連が、あなたがこのあいだの晩に見掛けた人ですが、ある晩酔っぱらって、酒一瓶と引換えにゴリラ君に売ってしまったのです。わたしは初めわれらが友ゴリラ君に目につく場所にそれを飾るようにと勧めました。それで世界中がそれを捜しまわっている間、敬虔《けいけん》な裁判官たちは「メキシコ・シティー」で、酔客や女のひもを見下ろして、長い間君臨することになったわけです。それからゴリラ君は、わたしの頼みを聞いて、ここにしまい込むことにしました。そうするにあたって、彼は少し渋い顔をしましたが、事件の話をしてやると怖くなったのです。それ以来、この立派な裁判官たちはもっぱらわたしだけを伴侶《はんりょ》にすることになりました。あの店のカウンターの上に、この絵がどんな跡を残したかご覧になったでしょう。

どうしてこのパネルを返さなかったかですって？　おや、おや！　警察的な反応を示すんですな、あなたというお方は！　よろしい、もし誰かがわたしの部屋にこの絵が残されていることに気がつきさえすればの話ですが、その際に予審判事に答える通りの答えをあなたにしてあげましょう。第一に、この絵はわたしの所有物ではなく、「メキシコ・シティー」の経営者のものであり、彼はガンの大司教と同じくらいこの絵をもつに値しているからです。第二に、『神秘の子羊』の前で行列を作っている人たちのうち、誰もそれが原画のコピーであることに気がついておりません。従って、わたしの過《あやま》ちによって、傷つく者は誰もいないからです。第三に、このようにしてわたしは支配することができるからです。模写の裁判官たちが人びとの賛嘆の目にさらされている一方で、わたし一人が真実を知っているのです。第四に、このようにして、わたしは監獄に送られる機会を得ているのですが、それはまたある意味で魅力的なことでもあります。第五に、裁判官たちは子羊に会いにいく途中であって、もはや子羊も潔白も存在しない以上、パネルを盗んだ巧妙な犯人は未知の正義の使者となるわけであり、彼を妨げない方がよいからであります。最後に、このようにして、われわれは秩序のなかにいるからです。正義は決定的に無実と切り離されてしまった。無実は十字架の上、正義は戸棚のなか、わたしは自分の信念に従って自由に動きまわれる場所をもっているというわけです。こうして数多くの失望と矛盾を経験したあと、我が身に定めた裁き手にして改悛者《かいしゅんしゃ》という難しい職業を、わたしはなんら疚《やま》しいところなく努めることができるのです。あなたは間もなく去っていかれるのですから、それがなにかを最後にお話しすることにしましょう。

その前に、起き上がって、一息つかせてください。ああ！　なんて疲れたんだろう！　わたしの裁判官たちに鍵をかけてください。ありがとう。裁き手にして改悛者という この仕事は、いまわたしが実践しているものです。普通、わたしの事務所は「メキシコ・シティー」にあります。しかし気高い天職というものは仕事場を越えて続いていくものです。ベッドに入っていても、また熱があっても、わたしは働いている。その上、この仕事はやるものではなく、絶えず呼吸するものなのです。実際、五日間にわたって、長々とあなたにお話を続けてきたのは、ただたんに楽しみのためだなんて思わないでくださいよ。いや、昔はいつも大法螺《おおぼら》ばっかり吹いていました。今のわたしの話には方向性がある。もちろん、笑い声を黙らせよう、個人的に裁きを免れようという考えからその方向性が生まれるわけです。免れるなんてことはできそうにもないのにね。裁きを免れるための大きな障害は、わたしたちがまず自分を糾弾してしまうことではないでしょうか？　とすれば万人にたいして平等に糾弾することから始めなければならないのです。そうすればもう糾弾は薄められてしまうというものですよ。

　誰にとっても、けっして弁解の余地はない、これが出発点からのわたしの原則なのです。わたしは良き意図とか実りある失敗とか軽率とか情状酌量とかは認めません。わたしのところでは、祝福もしないし、罪の赦しも与えません。ただ計算書を作って、こう言うだけです。「これはかなりの数になる。君は背徳者だ、変質者だ、虚言症だ、男色家だ、芸術家だ等々」、とまあこんな風な具合です。にべもありません。哲学においても政治においても、わたしはだから人間に無実を拒否するあらゆる理論、人間を有罪として扱うすべての慣行に賛成します。いいですかあなた、わたしのなかに潜んでいるのは見識ある奴《ど》隷《れい》制度の支持者の姿なんですよ。

　実を言えば、奴隷制度がないと、最終的解決はなにひとつない。わたしはたいそう早くにそのことを悟りました。昔は、口を開けば自由、自由でした。自由を朝食のパン切れの上に塗りたくり、一日中嚙《か》みしめ、人なかに自由によって香ばしくされた健全な息を持ち込んでいたのです。この至上の言葉をわたしに反論する誰にでもぶつけたし、それを自分の欲求と権力に奉仕させていた。ベッドで寝ぼけ眼《まなこ》の女の耳にも囁《ささや》いたし、彼女らを置き去りにする助けにもした。この言葉をどこにでも持ち回って……ああ、興奮して、言い過ぎてしまいましたな。結局、わたしは自由をもっと公正無私に行使したことだってあるんですよ。わたしの無邪気さから判断してくださいよ、おそらくはそのために命を落とすところまではいかないにせよ、幾つかの危険を冒して、二、三度自由を擁護したことだってあるんですから。こうした軽率な言動も許してくれなければいけません。自分でもなにをしているのか分からなかったんですからね。自由は報奨でもなく、シャンパンを抜いて祝う勲章でもないということを知らなかった。それにまた贈り物とか口を楽しませる飴《あめ》の類とも違うということもね。ああ！　違うんだな、自由はそれどころか苦役であり、まったく孤独でへとへとになる長距離レースのようなものなんですよ。シャンパンもなし、愛情をこめてこちらを見つめながらグラスをあげてくれる友も一人としてなし。陰気な部屋に一人でこもり、裁判官たちの前の被告席にただ一人座り、自分自身と向き合って、あるいは他人の裁きと向き合って一人で決定をくださなければならない。あらゆる自由の果てには、宣告があるんです。自由がなぜ担《にな》うに重いものかはそこなんですよ。とくに熱に悩まされたり、苦しんだり、あるいは誰をも愛せないときにはね。ああ、あなた、神もなく主人もいない孤独な者にとって、日々の重みは恐ろしいものですよ。だから自分で主人を選ばなければならない。神はもう流行《はや》らないですからね。それに神という言葉はもはや意味をもたない。だから人にショックを与えるような危険を冒すに値しない。ほら、真面目《まじめ》くさって隣人やその他なんでも愛しているわたしたちのモラリスト諸氏は、要するに、教会で説教しないという点を除けば、キリスト教徒となんら違いがありません。あなたのご意見では、なにが彼らの改宗を妨げているのでしょう？　尊敬、多分ね、人間に寄せる尊敬、そう自分が可愛《かわい》いんですな。スキャンダルを起こしたくないものだから、感情を閉じ込めておくんです。そんなときわたしは毎晩祈りをあげている無神論者の小説家と知り合うことになりました。祈ったところでどうということもなかった。彼の本のなかでは、神はどんな仕打ちをされていたことか？　誰が言ったのか忘れてしまいましたけど、それこそひどい滅多打ちだった！　ある戦闘的な自由思想家にこのことを打ち明けると、彼は、悪意はありませんでしたが、両手を天に向けて、こう嘆いたものです。「今に始まったことではないではないか。彼らはみなそうなんだ」彼の言うことを信ずるなら、現代の作家の八十パーセントは、もし署名をせずにすむなら、神の名を書き、祈るだろう、ということです。しかしまた彼に言わせれば、彼らが署名をするのは自分が可愛いからだし、まったく祈らないのはわが身が嫌いだからだでもあるそうです。それでも裁くことを回避できないので、今度は道徳に縋《すが》るわけです。要するに、彼らは美徳に包まれた悪魔主義を抱いているのです。まったくおかしな時代ですな！　人心が混乱し、非の打ち所のない亭主だった無神論者の友人が、姦通《かんつう》をしたとたん、改宗者になったとしてもなんら驚くこともありゃしません！

ああ！　なんてけちな腹黒いやつめ、嘘つきめ、偽善者め、それでいてこちらの心に触れてくる！　だってそうでしょう、彼らはいつだって、たとえ天に火をつけるときでさえ、そうなんですから。無神論者であれ、敬虔な信者であれ、モスクワの正教徒であれ、ボストンの清教徒であれ、みんな父子相伝のキリスト教徒なんです。でも今日では、もはや父親もなく、規則もない！　自由なんです、だから自分で切り抜けていかなければならない。とくに彼らは自由も自由が下す判決も願っていないのだから、誰かが自分たちを罰してくれるよう願い、教会に代えて薪《まき》の山を築こうと駆け回る。サヴォナローラ（訳注　十五世紀イタリアの聖職者）の徒ですな、まったく。しかし彼らはけっして恩《おん》寵《ちょう》を信ぜず、罪だけを信じているのです。もちろん恩寵のことを考えはします。恩寵こそまさしく彼らが願っているものなんですから。それからまた承諾、安心、生きる幸福、またおそらく彼らも感傷的だろうから婚約、みずみずしい娘、正直な男、音楽といったものをもね。例えば感傷的ではないこのわたしにして夢見ているものがお分かりですか？　昼も夜も、絶えず抱擁しあい、快楽と興奮の日を送りつつ、身も心も捧《ささ》げ尽くすような完璧《かんぺき》な愛です。それが五年間続いて後は死ぬ。それこそああなんという愛だろう！

ところで、婚約も変わらぬ愛もないので、結婚ということになる。権力と鞭《むち》からなる残酷な結婚、そうではないですか？　重要なことは、子供の目に映るように、すべてが単純となること、一つ一つの行為が命令された結果であること、善と悪が任意の方法、つまり明確な方法で区別されることなんです。そしてシチリア人であり、ジャワ人であり、それに加えてキリスト教徒的なところなど爪《つめ》の垢《あか》ほどもないこのわたしは、それに賛成ですよ。もっとも最初のキリスト教徒(訳注　キリストのこと)にたいしては友情を感じてはいますがね。しかしパリの橋の上で、わたしは自分もまた自由を怖がっているんだということを悟りました。だからたとえ誰であってもよい、天の律法を変えるための支配者よ万歳ってとこですな。「仮にこの地上にましますわれらが父よ……われらの導き手であり厳しくも楽しい長《おさ》よ、おお、残酷にして最愛の導き手よ……」要するに、いいですか、大切なのはもはや自由であることを止《や》めて、自分より悪党であっても、悔恨を秘めてその男に屈伏することなんです。われわれがみんな有罪となれば、民主主義が到来するというもの。一人で死ななければならないことに復讐《ふくしゅう》すべきだということは別にしてね、あなた。死が孤独であるのにたいし、隷属は集団的。他の連中もやはりわたしたちと同時に死んでいきますが、それが大切なところ。最後にやっとみんなが集まる。でも跪《ひざまず》いて、頭を垂れたままでいる。

だから社会に合わせて生きることもまた良いことではありませんかね、そのためには社会がわたしに似ることが必要ではありませんか？　脅迫とか不名誉とか警察とかは、そうした類似を出現させるための秘跡なんですよ。軽蔑《けいべつ》され、追い立てられ、強いられたときこそ、わたしは初めて自分の力を存分に発揮し、あるがままの自分を享《きょう》受《じゅ》し、やっと自然でいられるのです。それがあなた、自由にうやうやしく敬意を捧げたあとで、たとえ誰であれ、躊躇《ちゅうちょ》なく自由を返してやらなければと密《ひそ》かに決意した理由なんです。それで機会がある度に、わたしは自分の教会である「メキシコ・シティー」で説教をして、善良な民衆に服従をするよう、たとえそれを真の自由と取り違えても構わないから、隷属の心地好さを謙虚に熱望するよう、求めているというわけですよ。

なにもわたしは気が狂ったわけではありませんよ。奴隷制度が今すぐにできあがるものではないことは百も承知です。それは未来の恩恵のひとつ、ただそれだけのことにすぎません。それまではわたしは現在とうまく折り合いをつけて、少なくとも仮の解決策を見つけなければならない。ですからわたしには裁きを万人に広げていって、自分の肩にかかる裁きの重みを軽くするために、別の方法を見つけなければならなかった。わたしはその方法を見つけました。どうか窓を少し開けてください、ここは酷《ひど》い暑さだから。でもあまり開けないでくださいよ、悪寒《おかん》もするんですから。その考えは単純ではあるけれど豊かなものでもあるんです。自分が日光浴をする権利を得るために、万人を海に漬からせるにはどうしたらよいか？　現代の有名人にならって説教壇に登り、人類を呪《のろ》うべきか？　それはひどく危険ですな！　ある日あるいはある晩、警告もなしに笑い声が突然に響き渡ることになる。あなたが他人にたいしてなす宣告は終《しま》いにはあなたの顔に一直線に跳ね返ってきて、傷を負わせることにもなる。それではどうしたらいいのか、とおっしゃるんで？　よろしい、こういう上手《うま》い手があるんですよ。支配者どもとその鞭との到来を待っている間に、わたしたちは、コペルニクスのように、推論を逆さにして勝ちを得なければならないことを発見したのです。他人を糾弾すれば、自分をすぐに裁くことになるのだから、他人を裁く権利を得るためには、自分を打ちひしがなければいけない。またどの裁判官もいつかは改悛者として終わる以上、道を逆さに進んで、改悛者という仕事を果たしてから、裁判官になるようにすべきでした。お分かりですね？　よろしい、ですがその点をもっとはっきりさせるため、わたしの仕事ぶりをお話ししましょう。

先《ま》ずわたしは弁護士事務所を閉じ、パリを離れ、旅に出ました。それから変名を使って、どこか仕事ができるような場所に身を落ち着けようとしたのです。そのような場所は世界にはいくらでもありましたが、偶然から、便利さから、運命の悪戯《いたずら》から、それにまたある種の苦行の必要もあって、水と霧の都、運河のコルセットをはめられ、ことのほか人口が多く、世界中から人びとが集まってくるこの都を選ぶことになったのです。水夫がたむろする界隈《かいわい》のバーに事務所を定めました。港の客層はさまざまです。貧乏人は贅沢《ぜいたく》な地区にはいきませんが、逆に立派な人たちは終いにはきまって、少なくとも一度は、あなたもご覧になったように、評判の悪い地区に足を踏み入れるものなのです。わたしはとくにブルジョワを、それも迷えるブルジョワを待ち受けるわけです。一番効果的な相手は彼らなんですからね。そこで名人芸を発揮して、彼らから最高に洗練された音色を引き出してやるんです。

というわけで、わたしは「メキシコ・シティー」で、暫《しばら》く前から、有益な仕事をやっています。それはまず、あなたも経験されたように、できるだけ多くの機会を捕らえて、人前で告白をやってみせることなんです。縦横に自分を糾弾して見せる。なにもむずかしいことではありません。いまやすっかり暗記していますからね。でも注意してくださいよ、わたしは胸を叩《たた》いたりして大袈裟《おおげさ》に自分を責めるなんてことはしやしません。そうではなくて、しなやかに滑っていって、ニュアンスを深め、脱線も混ぜたりして、最後に聞き手に合わせて自分の話を加減し、相手がますます興味をもって耳を傾けるように仕向けるのです。自分に関することと他人に関することとを混ぜこぜにするんですよ。われわれはみんなに共通の特色、一緒に苦しんできた体験、みんなが共にもっている弱点、上品な話し方、要するにわたしのうちにも、他人のうちにも、猛威をふるっているような現代人を選びだします。そしてそれをもとに万人のものではあるが誰のものでもない肖像を作り上げるわけ。要するに仮面ですよ。カーニバルの仮面、つまり忠実に写し取っているようでいて単純化されている仮面にかなり良く似たもので、それを前にするとみんな「おや、どこかで見たな、こいつは」と思うようなやつです。今晩のように肖像ができあがると、わたしは「ほら、残念ながら、これが本来のわたしなのです」と大袈裟に嘆きながら、それを見せてやるんです。論告は終わりです。でも、同じ方法で、わたしが同時代人に差し出す肖像は鏡となるんです。

灰にまみれ、ゆっくりと髪を搔《か》きむしりながら、爪《つめ》で顔に引っ搔き傷を残したまま、目をきっと見据えて、わたしは人類全体の前に立つ。そして自分が相手に与えた効果を見失わずに、再び自分の恥をさらけだしてこう言うのです。「わたしは屑《くず》中の屑だ」とね。そのとき、気づかれないように、演説のなかで〈わたし〉から〈われわれ〉へと移っていくんです。〈これがわれわれの本当の姿だ〉という所までくれば、そこでゲームはお終いです。わたしは彼らにたいし、彼らの真の姿を告げることができるわけです。もちろんわたしだって彼らと同じです。わたしたちは同じ苦境にいるのですから。しかしわたしはそれを知っている点で有利なのです。それが話をする権利をわたしに与えてくれるのですから。あなただってそれが有利なことはきっとお分かりになると思いますよ。わたしが自分を糾弾すればするほど、わたしがあなたを裁く権利は大きくなるのです。さらにいいことに、わたしはあなたが自分を裁くよう唆《そそのか》すことになり、それだけわたしはほっとするのです。ああ！　われわれはね、あなた、奇妙で、見すぼらしい人間なんですよ。そしてわれわれが、たとえ少しでも、自分の生活を振り返ってみれば、自分に呆《あき》れたり、自分に眉《まゆ》を顰《ひそ》めるような場合が少なくはありません。試しにやってご覧なさい。必ず聞いてあげますよ、あなた自身の告白を、深い友情をこめてね。

笑ってはいけませんよ。あなたという方は難しいお客ですな、一目見たときから分かってはいましたけれど。しかしきっとあなただってそうするでしょうよ、だってそれは避けられないことなんですからね。大抵の人間は知性より感情が優先していますから、彼らの方向を狂わせることなんて簡単ですよ。知識人となると、時間を掛けなければいけません。でも方法をすっかり説明してやればそれで充分です。彼らはそれを忘れずに、考え込むのです。いつの日か、半ば興味本意に、半ば困惑して、降参して語り出すことでしょう。あなたはただ頭がいいだけではなくて、すれていますな。でも白状なさいよ、今日は五日前のあなたと比べて、ずっと自分に自信がなくなったと感じているでしょう？　今度はわたしが待つ番です、あなたが手紙をくれるか、また戻ってくるのをね。というのもあなたは必ず戻ってくるんだから！　そうすれば少しも変わっていないわたしをご覧になることでしょうよ。それにわたしは自分に相応《ふさわ》しい幸福を見つけたのですから、なんで変わる必要があります？　わたしは二重性を嘆くどころか、それを受け入れたのです。逆にどっぷりとそこに浸《つ》かり込み、一生掛かって探し求めてきた安泰を見つけたのです。結局、大切なのは裁きを避けることだとあなたに申し上げたのは間違いでした。大切なのは、ときどき大きな声で、自分は取るに足りないものだと告白することになってもかまわないから、敢《あ》えてなんでもやってみることなのです。わたしは昔通りにやりたいことをやっていますが、今度は笑い声は響きません。わたしは生活を変えずに、相変わらず自分を愛しているし、他人を利用しています。ただ自分の過ちを告白したせいで、前より簡単にそれができるし、まず自分の性質と、次いで心地好い後悔を二つながらに楽しむことができるのです。

この解決策を見つけて以来、わたしはすべてに身を任せているんです。女にも、驕《おご》りにも、倦怠《けんたい》にも、恨みにも、発熱にもね。今も熱が上がってきたようですが、これもまた楽しいことですよ。ついにわたしは支配した。しかも永久にね。なにしろまた頂上を見つけたんだから。ひとりでそこに登っていって、そこから万人を裁くことができる。ときたま、夜がことのほか美しいとき、遠くに笑い声を聞くと、また疑ってしまうこともあります。しかしすぐにわたしはなにもかも、人間だろうと物だろうと、わたし自身の欠点の重みをかけて押しつぶしてやって、自分は元気を取り戻すんです。ですからいくら長く掛かろうと、あなたがわたしに賛辞を捧げに「メキシコ・シティー」に現われるのを待っています。ちょっとこの毛布をどけてください、息が苦しくて。あなたは戻ってくるでしょ？　そうしたらわたしのテクニックの細かいところまでお見せしますよ。なぜってわたしはあなたに愛情のようなものを感じているのですから。わたしが一晩中かけて、恥ずべき人間であることを彼らに教えているところをご覧になるでしょう。それに今晩から、またわたしは再開するつもりです。わたしはそれを必要としているんだし、彼らの一人が、アルコールも手伝って、崩れ落ち、胸を叩くあの瞬間を取り逃すことはできません。そのとき、いいですか、わたしは大きく、大きくなって、自由に呼吸ができるんです。わたしは山に上り、眼下に平原が広がっていくというわけです。自分を父なる神と感じ、悪《あ》しき生活と悪しき風習の決定的な証明書を授与してやるというのはなんと大きな陶酔でしょうか。わたしはオランダの空の高みで、薄汚い天使に囲まれて、玉座に座り、霧と水を通して、最後の審判を受ける群衆が自分の方に登ってくるのを眺めるのです。彼らはゆっくりと登ってくる。すでに最初の者がそこまできているのが目に見えるようだ。半分手で覆《おお》った当惑しきったその顔からは、人間の条件の悲しさとそれを逃れることのできない絶望が読み取れる。そしてこのわたしは、赦《ゆる》すことなく哀れみをたれ、赦すことなく理解してやる。するとなによりも、ああ、わたしは崇《あが》められていると感じるんです！

そう、もぞもぞしているんです。おとなしく寝てなんていられませんよ。わたしはあなたの上にいる必要があるんです。そう考えるとうずうずする。こういう夜、と言うよりむしろこういう朝方、と言うのも転落は明け方に起きるものですから、わたしは外に出て、激情に追い立てられるような足取りで、運河に沿って歩いていくのです。鉛色の空には、鳥の羽根の層は薄くなり、鳩《はと》は少し高く上り、薔薇《ばら》色《いろ》の薄明かりが、屋根すれすれに、わたしの創造の新たな一日を告げている。ダムラック通りでは、始発の市電が湿った空気に轟音《ごうおん》を響かせ、このヨーロッパのはずれの生活の目覚めのベルを鳴らす。その瞬間、何億もの人間、つまりわたしの臣下が、口のなかの苦みを嚙《か》みしめながら、やっとのことでベッドから起き出して、喜びもなく仕事に向かう。そのとき、知らずしてわたしに服従しているこの大陸の上を頭のなかで空高く飛翔《ひしょう》し、アプサンのような色の夜明けを飲み干しながら、やっと呪いの言葉に酔い痴《し》れるんです。いいですか、そんなわたしは幸福なんです。幸福なんですよ。わたしは幸福なんだ、死ぬほど幸福なんだと思ってくれなければ困ります。おお、太陽よ、浜辺よ、貿易風の吹く島よ、思い出すに胸のつまる青春よ！

失礼して、また休ませて戴《いただ》きますよ。興奮してしまったのかな。でも泣いてなんかいません。誰でもときどきは迷うし、たとえ楽しい生き方の秘密を発見したときでも、それは違うのではないかとさえ疑ってしまう。わたしの解決策はもちろん理想的なものではありません。しかし自分の生活が好きでないとき、またそれを変える必要があると分かっているとき、つべこべ言うどころではないでしょう？　違う人間になるにはどうしたらいいんです？　そんなことできやしない。そうするには、もはや何者でもなくなって、少なくとも一度は、誰かのために自分を忘れなければいけないでしょう。でもどうやってできるんです？　あまりわたしを苛《いじ》めないでください。わたしはいつかカフェのテラスでわたしの手を握って離そうとしなかったあの年寄りの乞食みたいな人間なんですよ。「ああ！　旦那様《だんなさま》、あっしは悪い人間ではないんで、でも光を失ってしまったんです」と彼は言っていました。そうです、わたしたちは光を、朝を、われとわが身を赦すあの人間の聖なる無垢《むく》を失ってしまったんです。

ご覧なさい、雪が落ちてきた！　出掛けなければ！　白い夜のなかに眠り込んでしまったアムステルダム、雪を被《かぶ》った小さな橋の下の硬玉色の運河、人気《ひとけ》のない通り、音のしないわたしの歩み、これこそ明日の泥濘《ぬかるみ》の前の束《つか》の間《ま》の純粋さとなることでしょう。ガラスに乱れ飛ぶ大きな白いものを見てご覧なさい。あれはきっと鳩ですよ。鳩どももやっと下界に下りる決心をしたんだな、あの可愛《かわい》いやつらめも。鳩は運河と屋根を厚い羽根の層で覆ってしまい、方々の窓で体を振るわせているんだ。なんと凄《すご》い侵入だろう！　やつらが福音を持ってきてくれるとありがたいんだが。そうすれば、エリートだけでなく、みんなが救われる。富も苦しみも等しく分配されるだろうし、例えばあなただって、今日から毎晩わたしのために床に寝ることになるでしょう。誰もかれもが同じようにね！　さあ、白状しなさいよ、もし天から馬車が下りてきてわたしを運んでいったら、あるいは雪が突然燃え出したら、あなたは呆気《あっけ》にとられるでしょう。そんなことは信じられないですって？　私だってそうだ、しかしそれでもわたしは外出しなければいけない。

はいはい、静かにしていますよ、ご心配なく！　もっともわたしの感動や妄想《もうそう》をあまり真面目《まじめ》にとってはいけません。それには方向があるんですからね。さあ、今度はあなたが自分のことをわたしに話す番ですよ。わたしの情熱をこめた告白が目的のひとつに達したかどうか分かるでしょう。実を言うと、わたしはいつだって話相手が刑事で、『潔白な裁判官』を盗んだかどでわたしを逮捕することを願っているんです。他のことでは、誰もわたしを逮捕できない、そうでしょう？　しかしこの窃盗はどうかといえば、これは法の規定に触れますし、わたしは自分が共犯になるようすべてを整えてあるんです。だからわたしはこの絵を隠し持っていて、誰でも見たい人に見せているんですよ。だからもしあなたがわたしを逮捕してくれれば、それこそ幸先《さいさき》がいいってもんですがね。多分あとのことは誰かが引受けてくれるでしょうし、例えばわたしは首を切られるかもしれない。でもわたしは死ぬのは怖くないだろうし、救われるでしょうよ。集まった群衆の頭上に、まだ生々しいわたしの首を高々と掲げてくださいよ。彼らがそこに自分の姿を認めれば、わたしはみせしめとなって彼らのうえに君臨できるわけです。そのときすべてが成就《じょうじゅ》されるでしょう。わたしは人から見られず、また知られずに、砂漠《さばく》で叫び、そこから出ることを拒む偽りの予言者というわたしの役割をまっとうすることでしょう。

でももちろん、あなたは刑事ではない、それでは話がうますぎる。なんですって？　ああ！　そうだと思っていましたよ。本当に。あなたにたいして感じていたこの奇妙な愛着には意味があったんだ。あなたはパリで弁護士という立派な職業についていられる！　われわれが同じ穴のむじなだということは分かっていました。われわれはみな同じようではないでしょうか？　休みなしに誰にともなく喋《しゃべ》りまくり、前もって答えが分かっているのに、いつも同じ質問と向き合っているんですから。さあ、お願いだからわたしに話してください。ある晩セーヌ河の河岸通りであなたになにが起こったのか、そしてどのようにしてあなたの一生をけっして危うくせずにすんだのかを。何年も前から、わたしのなかで夜な夜な絶えず響き渡っていたのと同じ言葉を、今度はあなたがご自身で言ってごらんなさい。ついにわたしはあなたの口を通して言うことができる。「おお、娘よ、もう一度水のなかに身を投げておくれ。そうすれば、われわれは二人とももう一度救われる機会がもてるだろう！」もう一度だなんて、なんて臆面《おくめん》もないんだろう！　親愛なる先生、考えてもご覧なさいよ、みんながわれわれのことを言葉通りに取ったらどうなるか？　なんとしてもやり通すしかありませんよ。おお寒い……！　水はなんて冷たいんだろう！　でもご安心を。今ではもう遅すぎるんです。いつだって遅すぎるでしょうよ。ありがたいことにね！

追放と王国

窪田啓作訳

フランシーヌに

不貞

痩《や》せた蠅《はえ》が一匹、窓ガラスは明けっぱなしのバスのなかを、ひとしきり、飛びまわっていた。妙に、疲れきった飛び方で、音もなく、行ったり来たりする。ジャニーヌはその姿を見失った。が、まもなく、夫の動かぬ手の上にとまるのを見た。寒かった。砂まじりの風が吹きつけてきて窓ガラスに軋《きし》るたびに、蠅は慄《ふる》えていた。冬の朝の薄い光のなかで、鉄板と車軸を軋ませながら、車は横に揺れ縦に揺れ、思うように進まない。ジャニーヌは夫を眺めた。狭い額まで降りてきている半白の髪を立てて、鼻が巨《おお》きく、口もとの整わぬマルセルは、仏頂面《ぶっちょうづら》の牧神みたいな風体である。車道の窪《くぼ》みをわたるたびに、より添った夫の身体《からだ》がはねあがるのを感じた。が、すぐにまた、その重い胴体は開いた腿《もも》の上に納まってしまう。見据えた目は、ふたたび生気なく、うつけたままである。ただ、シャツの袖《そで》より長くて手首まである灰色のフラノの服のせいで、よけい短く見える、毛の生えてない大きな手だけが、生き生きしている。その手は、膝《ひざ》の間に置かれた小さな布鞄《ぬのかばん》をあまり強く握りしめているので、ためらいがちな蝿の動きを感じていないようである。

突然、風のうなりがはっきりと聞え、バスをとりまく砂粒の靄《もや》がいちだんと濃くなった。窓ガラスには、目に見えぬ手が投げつけるように、幾つかみも砂がぶつかってきた。蝿は寒そうな翼を動かし、足をかがめて、飛びたった。バスは速度を落した。今にも止るかと見えた。しばらくして、風はしずまったようで、靄も少し晴れ、車は速力をとり戻した。埃《ほこり》だらけの風景のなかに、幾つかの光の穴があいた。ひょろ長く、白っぽい棕櫚《しゅろ》の樹《き》が二、三本、まるで金属を切り抜いたかと見えるのが、窓ガラスに現われては、一瞬の後に消え去った。

「なんという国だ！」とマルセルが言った。

バスは、アラビア風の外套《がいとう》のなかにうずくまって、眠ったみたいなアラビア人でいっぱいだった。ある者は、座席の上にあぐらをかいていたから、車の振動で、他の者たちよりよけいに揺れた。彼らの沈黙、その無感動な顔つきが、ようやくジャニーヌの上にのしかかってきた。このもの言わぬ護衛といっしょに、もう何日も何日も旅行したように、彼女には思われた。けれども、車は、明け方、鉄道の終点から出発したばかりで、この寒い朝、二時間前から、荒涼たる石だらけの高原を進んでいるのだ。

高原は、出発のころは少なくとも、赤みを帯びた地平線まで、その直線を繰りひろげていた。ところが、風が起り、その大きなひろがりはしだいしだいにのみこまれてしまった。そうなると、乗客はもう何一つ見るものもない。一人また一人と口をつぐんだ。車のなかに滲《し》みこんでくる砂にまみれた、唇や目を拭《ぬぐ》ったりしながら、眠らぬ夜みたいな状態で、黙りこくって乗ってきたのだ。

「ジャニーヌ！」彼女は夫の声にはっとした。もうこんなにたくましくなっているのに、この呼び名はいかにもおかしい——彼女はまたしてもこう考えた。マルセルは見本の鞄はどこかとたずねた。彼女は座席の下の空間を足で探った。それらしいものに当ったので、彼女はこれを鞄だと決めた。実のところ、身をかがめるとそのたびにちょっと息がつまるのだ。女学校のころには、それでも体操は一番だったのに、息は幾らでもつづいたのに。あれからもうそんなに長い時が経《た》ったのか？　二十五年。二十五年は何ものでもない。彼女が自由独立な生活と結婚生活との間でためらったのは昨日のこと、ひとりぼっちで老いぼれる日を思って不安になったのもまた昨日のことと思われるのだから。彼女はひとりではない。彼女につきまとって離れなかったあの法科の学生が、今自分のかたわらにいる。彼は少々小柄で、そのがつがつしたぶっきら棒な笑い声も、出っぱった黒い目もたいして気に入ったわけではなかったが、この男をついには受け入れることにしたのだ。彼女はただ、この国のフランス人と共通する、彼の生き抜こうという心構えを愛した。また、事件があるいは他人が彼の期待を裏切るときにあらわれる、男の当惑した様子を愛した。なかんずく、彼女は愛されることを愛したし、彼は熱意で彼女を陥落させたのだ。彼のために生きているのだと、絶えず感じさせることによって、現実にそのような女につくりあげたのである。そうだ、彼女はひとりではなかった……。

バスは、激しく警笛を鳴らしながら、目に見えぬ障害のなかに道をひらいてゆく。車のなかでは、この間、身動きするものは誰もなかった。ジャニーヌは突然、ひとに見つめられているのを感じ、通路の向う側、自分の隣の座席を振り向いた。男はアラビア人ではなかった。そして、出発のときにその男に気づかなかったことに彼女は驚いた。サハラ駐屯フランス軍の軍服を着け、するどい細おもての、いかにも派遣部隊らしく陽にやけた顔に、褐色の軍帽をかぶっている。一種陰鬱《いんうつ》な、しかし澄んだ目で、じっくりと彼女を見つめていた。彼女は急に赤くなって、相変らず自分の前方、風と靄とを眺めている夫に、身体を寄せた。外套を身に引きつけた。しかし、まだフランス兵のほうを見ていた。男は丈高く痩せていて、あまり痩せているので、身に合った軍服を着ていると、何か乾いた砕けやすい物質、砂と骨とのまぜものか何かでできているかと思われた。自分の前に坐《すわ》っているアラビア人たちの痩せた手と陽やけした顔を見、また、夫と自分とが辛うじて坐れるこの座席の上に、そのだぶだぶの服にもかかわらず、彼らがゆったりとしているのに気がついたのは、このときだった。彼女はその外套の垂れを身体に引きよせた。それほど肥《ふと》ってはいなかったが、大女で、むしろ実《み》がいって、肉感的でまだまだ男心をそそった。——男たちの視線で、彼女はそのことを十分感じとっていた。——彼女の少々子供っぽい顔、爽《さわ》やかに澄んだ目は、彼女のよく知っているこの暖かい安らかな大きな身体といい対照をなしていた。

否《いな》、彼女の考えたようなことは何一つ起らなかった。マルセルがその出張旅行に連れてゆこうとしたとき、彼女は反対した。彼は長いことこの旅行を考えていた。正確には戦争終結以来、取引がふたたび正常化して以来のことである。戦前、彼が法律の勉強を放棄したとき、両親から引き継いだささやかな繊維品の商売で、二人はどうにかこうにか暮しが立った。海岸へ行きさえすれば、青春の日々は幸福たり得るのである。しかし、彼はスポーツをたいして好まなかったので、まもなく妻を海辺《うみべ》に連れてゆくのをやめてしまった。小型車は、もう日曜の散歩以外には、街を出ることはなくなった。時間の余裕があっても、彼は、半ば土地風、半ばヨーロッパ風のこの街のアーケイドの陰にある、自分の色さまざまな布帛《ふはく》の店のほうを好んだ。店の建物の上の、アラビアの掛布やギャルリイ・バルベス製の家具（ありふれた、大衆むきの家具の意）に飾られた三部屋で暮した。二人に子はなかった。鎧戸《よろいど》をなかば閉じて、二人のまもる薄暗《うすやみ》のなかで、数年が過ぎた。夏も、海辺も、散歩も、空さえも、遠かった。商売を除いて、マルセルの興味をひくものは何一つないように見えた。彼女は夫のほんとうの情熱を見つけたように思った。金銭がそれである。そして、なぜかよくわからないが、彼女はそのことが厭《いや》だった。が、ともかく、それを彼女は利用した。夫はけちではなかった。反対に、特に妻に対しては、鷹揚《おうよう》であった。「己《おれ》の身に何か起っても、君は大丈夫だよ」と彼は言った。実際、不如意《ふにょい》に対しては備えがなければならない。しかし、進んで、そんなに単純な要求でない場合、いったいどういう備えをしたらいいのか。時折、漠然とながら彼女の感じていたのは、このことだった。さしあたり、彼女はマルセルの帳面づけを手伝ったり、ときには店で夫の代りを勤めたりした。酷熱が倦怠《けんたい》の快い感じまでも押し殺してしまう夏、いちばんつらいものは夏だった。

突然、ちょうど夏の真っ盛りに、戦争がきた。マルセルは動員され、また復員した。繊維の欠乏。取引は停止し、街には人気《ひとけ》が絶えてただ暑かった。何かが起れば、彼女にもう隠れ家はない。そういうしだいで、ふたたび織物が市場に出まわってくると、マルセルは、高原地帯と南アフリカの村々を馳《は》せめぐって、ブローカーの手を通さずアラビア商人に直接販売することを思い描いていた。彼は妻を連れていこうと思った。妻は交通機関がたいへんなことを知っていたし、息切れがしたし、留守番するほうを望んでいた。ところが、夫は断じて譲らないので、妻は根まけして承知したのだ。こうして二人は今ここに来ていたのだ。まったく、彼女の想像とは何から何まで違っていた。彼女は、暑さを、群れ立つ蠅を、アニスの匂《にお》いに満ちた、きたないホテルを恐れていた。が、寒さや、肌《はだ》をつんざく風や、堆石《たいせき》に場所を塞《ふさ》がれた極地みたいな高原なんぞは思ってもみなかった。彼女はまた棕櫚の樹や気持のいい砂などを夢みていた。が、砂漠とはそういうものではなくて石ばかりだということが解った。どこもかしこも石ばかり、空には、冷たく軋む石の粉だけが立ち迷い、また地面には、石のあいだに枯れた禾本科《かほんか》植物がわずかに顔を出している。

車は急に止った。彼女が毎日耳にして来たのにひと言もわからぬあの言葉で、運転手は誰にともなくぶつぶつ言った。「どうしたんだ」とマルセルがきいた。運転手は、今度はフランス語で、気化器に砂がつまったらしい、と言った。マルセルはまたしてもこの国を呪《のろ》った。運転手は歯を見せて笑った。何でもない、これから砂をとり除《の》けて、まもなく出発できると請け合った。彼は昇降口を開いた。冷たい風が車内に吹きこんで、たちまち砂粒を顔に浴びせた。アラビア人はみんな外套に鼻まで埋《うず》めて、蹲《うずくま》った。「ドアをしめろ」とマルセルがどなった。運転手は戸口まで戻ってきて笑った。落ち着いて、計器板の下から道具をとりだした。霧のなかに小さくなり、ふたたび車の前方へ姿を消したが、ドアはあけたままだった。マルセルは溜息《ためいき》をついた。「あの男は生れてはじめてモーターにお目にかかるのかもしれないぞ」「仕方がないわ」とジャニーヌが言った。突然、彼女はとびあがった。車のすぐそばの、盛り土の上に、黒い布をまとったものが、じっと動かずにいる。外套についた頭巾《ずきん》と、ヴェールとのあいだに、その目しか見えない。おし黙ったまま、どこからともなく現われて、彼らは旅行者を眺めていた。「羊飼いさ」とマルセルが言った。

車の内部には沈黙がみなぎっていた。乗客という乗客は、うなだれて、この涯《はて》しない高原に野ばなしにされた風のうなりに聞き入るように見えた。ジャニーヌは突然、全然荷物のないことに気づいてはっとした。鉄道の終点で、運転手は彼らの鞄と、若干の行李《こうり》を屋根に引き揚げたのだ。車内の、網のなかには、節くれだった杖《つえ》と、平たい籠《かご》しか見えない。この南部の連中は空手《からて》で旅をしているようだった。

運転手が戻ってきた、相変らず快活に。彼もまた顔にかけているヴェールの上で、目だけが笑っていた。彼は出発を告げた。ドアをしめた。風の音は絶えた。が、窓ガラスに当る砂の雨の音はいっそうよく聞えた。モーターは咳《せ》いて、また息が止った。

始動機を散々ひねったあげく、やっとのことで動きだした。運転手はアクセルを何度も踏んで、モーターをうならせた。大きな嘴《しやくり》をして、バスはまた走りだした。相変らずじっと動かぬ、羊飼いの襤褸《ぼろ》着《ぎ》の一団から、手が一本あがった。が、じきに彼らのうしろに、霧のなかに消えた。とまもなく、道はいちだんと悪くなって、車がはねだした。その振動で、アラビア人たちは絶え間なくゆすぶられていた。ジャニーヌはまさに眠りこみそうに感じたとき、口内香錠のつまった、黄いろの小匣《こばこ》が目の前にさしだされた。フランス駐屯兵が微笑していた。彼女はためらい、受け取り、お礼を言った。兵士は匣をポケットに入れ、たちまち微笑をのみこんだ。今や彼は、自分の前をまっすぐに、道を見つめていた。ジャニーヌはマルセルのほうを向いたが、その頑丈な襟首《えりくび》しか見えなかった。夫は、窓ガラスを通して、脆《もろ》い盛り土から立ち昇るいちだんと濃いもやを眺めていた。

彼らが乗ってからもう数時間経っていて、疲労のために、車内の生気はすっかり消え果てていた。と、そのときおもてで叫び声がした。アラビア風の外套の子供たちが、独楽《こま》みたいにくるくるまわり、飛びはねては手を打って、バスのまわりを駆けめぐっていた。バスは今低い家並の倚《よ》り添うた長い道を走っていた。オアシスに入ったのだ。相変らず風は吹いていたが、壁が石のつぶてを防いでいて、もう光をくらくすることはなかった。空はしかしやはり曇っていた。叫び声のさなかに、ブレーキが鋭く軋って、バスは、窓ガラスのきたない、ホテルの練り土のアーケイドの前で止った。ジャニーヌは降りた。通りに立ってもまだ揺られているように感じた。家々の上に、黄いろくほっそりとした回教寺院の塔を認めた。左手に、オアシスの最初の棕櫚《しゅろ》の樹《き》が姿をあらわした。彼女はそのほうへ行きたかった。しかし、正午ちかくというのに、寒気は厳しかった。風が吹くと彼女は慄えあがった。彼女はマルセルのほうを振り向いた。と、まず彼女のほうへ進んでくる兵士が見えた。彼女は男の微笑あるいは敬礼を期待した。が、彼女を見もせずに男は通りすぎて、姿を消した。マルセルはと言えば、織物の鞄、バスの屋上に載っている黒い行李を降ろさせるのに苦労していた。それは容易なことではなかったろう。運転手はたった一人で荷物にかかっていた。彼は屋根の上に立ちあがって、そのまま、車のまわりに集まったアラビア外套の輪に向って大声で叱咤《しった》していた。ジャニーヌは、骨と皮に刻まれたような顔にとりまかれ、咽喉《のど》の奥から振りしぼる声に囲まれて、にわかに疲労を感じた。「私、部屋にあがるわ」と彼女は夫に言った。マルセルはじれったそうに運転手を呼びつづけていた。

彼女はホテルに入った。痩せて無口なフランス人、ここの主人が彼女を迎えに出た。主人は、二階へ、通りを見おろす廊下を通って一室へ彼女を案内した。部屋には、鉄の寝台が一つ、白エナメル塗りの椅子《いす》が一脚、それにカーテンのない衣裳戸棚《いしょう》しかなかった。葦《あし》の衝立《ついたて》のうしろがトイレで、その洗面台は細かい砂粒に蔽《おお》われていた。主人が扉をしめたとき、ジャニーヌは、石灰で白く塗った裸の壁から忍び寄る寒さを感じた。そのバッグをどこへ置こう、いやそれよりどこに腰をおろしたものだろう。床にもぐりこむか、そうでなければ立ちん坊か。いずれにしても寒さに慄えていなければならない。天井に近く、空に対《むか》って開いた銃眼のようなものをじっと見つめながら、バッグを手に、彼女は立ったままでいた。彼女は待っていた。しかし、それは何かわからなかった。ただ自分の孤独を、滲みわたる寒さを、心臓のところに重苦しさを感じていた。彼女はほんとうに夢みていた。マルセルの声の断片をも含めて、通りから昇ってくるさまざまな物音も、もうほとんど耳に入らず、反対に、銃眼から入ってくるところの、今はこんなに近く感ぜられる棕櫚の樹の繁《しげ》みのなかに風の呼びおこす、あの河のざわめきに心を集めながら……やがて風が強さを加え、やさしい水音は波の叫びと変った。壁のかなたに、しなやかに直立《すぐだ》った棕櫚の海が嵐《あらし》に白く泡立《あわだ》つさまを、彼女は想《おも》い描いていた。彼女の期待したところに似るものは何もなかった。が、この目に見えぬ波はその疲れた目を爽やかにした。両腕を垂れ、少々背を曲げ、力なく、彼女は立っていた。重い脚に沿うて寒さが昇ってきた。彼女は夢みていた、しなやかな直立つ棕櫚の樹々を、そして、古い昔のみずからの少女《おとめ》姿を。

身づくろいをして、二人は食堂に降りた。裸の壁には、ラクダや棕櫚の絵がかいてあるが、桃色と菫色《すみれいろ》の絵具のなかで溺《おぼ》れたように見える。アーケイドのある窓がつましく光を入れている。マルセルはホテルの主人から商人に関する情報を得た。やがて、年とったアラビア人の、上っぱりに勲章をつけたのが、二人の給仕をした。マルセルはほかに気をとられていた。パンを千切っていた。彼は水を飲むことを妻に禁じた。「それは沸かしてない。葡萄酒《ぶどうしゅ》を飲みなさい」彼女はそれが好きではなかった。葡萄酒は重い。献立表には豚があった。「コーランは豚を禁じた。しかし、コーランはよく焼いた豚は病気を起さないことを知らなかったのさ。われわれのほうは、料理することを知っている。お前何を考えてる?」ジャニーヌは何も考えていなかった。あるいは予言者に対する料理番の勝利のことを考えていたのかもしれない。しかし、彼女はいそがねばならなかった。二人は翌朝さらに南へ向って出発する。だから、午後のうちに主な商人のすべてに会わなければならなかった。マルセルは年よりのアラビア人をせきたてて、コーヒーを持ってくるように命じた。アラビア人は、うなずいたが、にこりともしない。そして小股《こまた》に部屋を出た。「朝はしずかに、夜はあまりいそがずに」と言ってマルセルが笑った。コーヒーはそれでもやっとのことで来た。二人はそれを飲みこむやいなや、たちまち埃《ほこり》だらけの寒い街へ出た。マルセルは若いアラビア人を呼んで、鞄《かばん》を持ってくれるように頼んだが、例によって報酬のことで争った。一度ならずジャニーヌはこれを教えられたのだが、彼の意見は、要するに、奴《やつ》らは四分の一を得るためにいつでも二倍をふっかけるのだ、というあやしい原則に基づいているのである。ジャニーヌは、不安げに、荷をかついだ二人についていった。彼女は大きな外套《がいとう》の下にウールの服を着こんでいた。もっとすらっとした形になりたかったのだが。……よく焼けてはいたが、さっきの豚と、さっきの少量の葡萄酒のおかげで、やはり彼女は具合が悪かった。

埃だらけの樹の植えられた小公園に沿うて、彼らは進んだ。何人もアラビア人が擦れ違った。連中は彼らを見ようともせずに道をよけ、その外套の垂れを身に引きよせた。連中はぼろをまとっている場合ですら、彼女の住む街のアラビア人には見られぬ矜恃《ほこり》ある様子をしている、——彼女にはそう思われた。ジャニーヌは鞄についていった。人ごみのなかでも、鞄が道を開いてくれた。彼らは黄土の城壁の門を通り、同じように埃っぽい樹木が植えられ、またその奥は全長にわたって、アーケイドと店舗とに縁どられた小広場に達した。ところで、彼らはこの広場の、青ペンキで塗った、砲弾型の小建造物の前で止った。内部には室《へや》は一つきりで、明りは入口の扉からさしこむだけ、ぴかぴか光る板の向うに、白ひげの老いたアラビア人が待ちかまえていた。老人は極彩色の三つの小碗《わん》の上に、茶わかしをかかげたり、おろしたりして、茶をいれているところだった。二人が店の薄暗のなかでほかの何もまだ見分けがつかぬうちに、薄荷《はっか》入りの茶の新鮮な匂いが、入口に立つマルセルとジャニーヌを迎えた。やっと入口を踏みこむと、錫《すず》のお茶わかしや茶碗やお盆をごたごたつなぎ合せた綱が幾つかの回転式葉書立てと一緒に場所を塞いでいて、マルセルはカウンターにもたれたままでいた。ジャニーヌは入口にいた。明りを遮《さえぎ》らないように少々離れた。このとき彼女は、年寄りの商人の後ろの薄暗に、二人のアラビア人がいて、彼らのほうを見て微笑《ほほえ》んでいるのに気づいた。その二人はこの店の奥をすっかり占領している、ふくれあがった袋の上に坐っていた。赤と黒の絨毯《じゅうたん》、刺繍《ししゅう》のある頸巻《くびまき》が壁にずらりと架かり、床は、かおりのいい穀類のつまった小箱と袋で混雑していた。カウンターの上は、きらきらする銅の皿のついた秤《はかり》と、刻みの消えた古い物差を中心に、円錐形《えんすいけい》になった白砂糖のかたまりが並び、その一つは、大きな青い紙の襁褓《むつき》を脱がされて、天辺《てっぺん》を削りとられていた。部屋に漂う羊毛と香料の匂いが、茶のかおりの後ろから来た。年寄りの商人が茶の瓶をカウンターに置いて、今日はと言った。

マルセルは、商売のときに使うあの低い声で、あわただしくしゃべっていた。やがて鞄をひらき、反物や頸巻を見せ、秤や物差を押しのけて、年寄りの商人の前にその商品を陳列した。彼は苛立《いらだ》ち、調子を高め、だらしなく笑った。まるで、気に入られたいが自信のない女みたいな様子をしていた。今や、彼は大きく手をひらいて、売り・買いの身振りをした。老人は頭を振った。茶の盆を後ろの二人のアラビア人に渡し、何かマルセルをがっかりさせるような言葉を、ふた言み言言った。マルセルは反物をとって、鞄のなかに収めた。それから額のありもしない汗を拭《ぬぐ》った。彼は少年のポーターを呼び、三人はまたアーケイドのほうへ戻った。はじめの店では、商人は最初同じものに動じぬ態度をよそおっていたけれども、それでも一行の商売は前よりは多少巧《うま》くいった。マルセルは言った。「連中も威張っちゃいるが、商売は商売さ。生活というものは誰にも厳しいものだ」

ジャニーヌは黙ってついて行った。風はほとんどやんでいた。空はところどころ雲が切れていた。冷たい光が、輝かに、たたなわる雲の奥に掘られた青い井戸から降りてきた。彼らは今広場を離れていた。彼らは小さな通りを歩み、土壁に沿うて進んだ。土壁の上には、十二月の腐れた薔薇《ばら》がかかり、また間を置いて、虫がついてかさかさになった柘榴《ざくろ》の実がのぞいていたりした。埃とコーヒーのかおり、樹皮を焚《た》く煙、石や羊の匂いが、その界隈《かいわい》に漂っていた。店屋はどれも壁面にほりこまれていて、おたがいに遠くへだたっていた。ジャニーヌは脚が重くなるのを感じた。しかし、夫のほうはだんだん朗らかになった。ものが売れはじめたのだ。彼は前より妥協的にもなっていた。彼はジャニーヌを「プチット」と呼んだ。旅行はむだではなかったろう。「もちろんよ」とジャニーヌが言った、「連中と直接取引したほうがいいわ」

彼らは別の通りを通って中央に戻った。午後も大分過ぎて、空も今はほとんど晴れてきた。彼らは広場に止った。マルセルはしめしめと手をこすり、自分たちの前の鞄をやさしげに眺めた。「ごらんなさい」とジャニーヌが言った。広場の向うの端から、瘦《や》せているが頑丈な、長身のアラビア人が来た。男は青い空色の外套に身を包み、黄いろのしなやかな長靴《ちょうか》をはき、手袋を着け、そして鷲《わし》のように鋭い青銅の顔を昂然《こうぜん》とあげている。わずかにターバンにつけた長い懸章《シエーシュ》だけが、かつてジャニーヌの憧《あこが》れたことのある現地部隊のフランス将校から、これを区別していた。男は着々と彼らのほうへ進んできたが、ゆっくりと手袋の片っぽを脱ぎながら、この一団のかなたを眺めているように見えた。肩をすくませてマルセルが言った。「なんだ、こいつも大将軍だと思っていやがる」なるほど、連中はここではみんな傲慢《ごうまん》なふうをしている。が、その男は、まったく特にはなはだしかった。まわりには広場ががらんと広いのに、男はトランクのほうへまっすぐに進んできた。そのトランクも見ず、また連中をも見ない。やがて、彼らを距《へだ》てる距離はあっというまにちぢまった。アラビア人がついそこまで来たとき、マルセルは急に行李の取手を摑《つか》み、これを後ろに引きさげた。相手の男は、全然気にもとめないふうで通り過ぎた。同じ歩調で城壁のほうへ行った。ジャニーヌは夫を見た。夫は例の当惑した顔だった。「連中は何をやったってかまわないと思っているんだ」と夫が言った。ジャニーヌは何も答えなかった。彼女はこのアラビア人の横柄《おうへい》なふうを憎み、急に自分を不幸だと感じた。ここを立ち去りたかった。自分の小さなアパルトマンに想いを馳《は》せた。ホテルのあの氷のような部屋に帰るのかと思うと、がっかりした。彼女は突然、ホテルの主人が堡塁《ほうるい》の平屋根にのぼって、砂漠を見ておいでなさいと勧めていたことを想い出した。彼女はそれをマルセルに言った。トランクはホテルに置いてきたらいいとも言った。しかし、夫は疲れていた。夕食前にちょっと眠りたかったのだ。「お願い」とジャニーヌが言った。夫は妻のほうを向いて、じっと見つめた。「いいとも」と夫が言った。

彼女は、通りの、ホテルの前で夫を待っていた。白衣を着た群衆はしだいに数を増していた。そこには一人の女も見つからなかった。こんな多くの男を見たことがないように、ジャニーヌには思われた。にもかかわらず、誰一人彼女のほうを見なかった。

ある者は、彼女の顔を見ようとするふうはないのに、陽にやけて痩せた顔をゆっくりと彼女のほうへ向けた。それは、彼女の目からは、車のなかのフランス兵の顔にも、さっきの手袋をはめたアラビア人の顔にも共通に見える、狡猾《こうかつ》で同時に傲慢な顔つきであった。彼らはこうした顔つきを異国の女のほうへ向けた。が、決して女を見ようとはせず、そのまま、この疲れて踝《くるぶし》のふくれた女のわきを、言葉もかけずにずんずん通り過ぎたのだ。そうして、彼女の不快、ここを立ち去りたいという気持はいっそう募った。「どうしてこんなところへ来たんだろう」しかし、すでにマルセルが降りてきていた。

二人が堡塁の階段をのぼったのは、すでに午後五時であった。風はまったくやんでいた。空は、すっかり雲が消えて、今やツルニチニチ草《そう》の青だった。寒気はいちだんとするどく、頰《ほお》を刺した。階段の中途には、老いぼれのアラビア人が壁ぎわに寝そべっていて、案内をさせてくれと言った。が、全然身動きはせず、断わられるのをあらかじめ知っているかのように見えた。土をならした踊り場がいくつもあったが、階段は長くて、急であった。階段をのぼるにつれて、道はしだいにひろがった。だんだん広くなる、冷たく乾いた光のなかを二人はのぼっていった。と、オアシスの物音のすべてが二人の耳もとにはっきりとどいた。明るい空気が二人のまわりで震えているようだった。その振動は、二人が進むにつれて、しだいに長くなるかと思われた。まるで二人の進む道が光のクリスタルの上に、ひろがりゆく音の波を生みだすかのように。そして、平屋根の上に立って、二人の視線がにわかに、棕櫚の林のかなた、広大な地平線に吸いこまれたとき、空の全体が一つの短い爆発音で鳴りひびいたかのようにジャニーヌには思われた。その谺《こだま》はしだいしだいに頭上の空にみなぎり、やがて急に死に絶えると、涯《はて》しないひろがりの前に黙りこくった彼女だけが残されていた。

東から西へと、ゆっくり彼女の視線は動いていったが、その完璧《かんぺき》な曲線の上で、一物をも見つけることはなかった。足下には、アラビア人の街の青と白とのテラスが重なり合い、陽に乾いた唐辛子《とうがらし》の暗赤色のしみで、血塗られていた。人っ子一人見えない。が、幾つもの中庭からは、コーヒーを焙《い》る店の香ばしい煙とともに、笑いさざめく声やわけのわからぬ足音が立ち昇ってきた。少し向うには、棕櫚の林が、土壁で不揃《ふぞろ》いの四角に区切られて、もうテラスでは感じられぬ風のそよぎに、その頂《いただき》をざわめかせていた。さらに遠くは、地平線まで、黄と灰色の、石の国がはじまっていて、そこにはもういかなる生の芽生えも見られない。オアシスからわずか離れて、西方の、棕櫚の林に沿うたウェッド（砂漠地方の一時的な川）のそばに、大きな黒い天幕が見える。そのまわりに、ここからでは豆粒ほどにしか見えぬ、動かぬヒトコブラクダの群れが、灰色の地上に、その謎《なぞ》を解きがたい奇怪な文字で、くろい象《かたち》を描きだしている。砂漠の上に、沈黙は空間そのものとひとしく広大であった。

ジャニーヌは、身体《からだ》全体を胸壁にもたせかけて、声もなく、目の前に開かれた空間から身を引きかねていた。そばでマルセルはそわそわしていた。彼は寒かった、もう降りたかった。何か見るものでもあるというのかい。しかし、彼女は視線を地平からはなすことができなかった。あそこ、さらに南の方、空と大地とが鮮やかな一線を描いて触れ合っているあの場所、あそこには、——急に彼女にはそう思われた——今日まで自分の知らなかった、しかしもうそれなしでは済ますことのできない何か、その何物かが自分を待っている。もう午後も遅くなっていて、光はだんだんと衰えてきた。結晶がとけて、液状になっていた。同時に、単なる偶然からここを訪ねて来た一人の女の心のなかで、過ぎた幾年《いくとせ》、習慣と倦怠《けんたい》とがしっかりと結んだ一つの絆《きずな》が、しずかにほどけてきた。女は遊牧の民の野営を眺めていた。そこに暮す人間なぞはかつて姿を見たことすらなかった。黒い天幕の間に動くものはなかった。が、にもかかわらず、もう彼らのことしか考えられなかった。この日までこういう人たちが生きていることすら、ほとんど知らずにいたのに。彼らは、家もなく、世間からも遮断されて、彼女の見はるかす広大な地域をさまようひと摑みの民にすぎない。しかも、その地域とても、さらにはるかに大きな空間のほんの一部分にすぎない。ひろがりは、眩《めくるめ》くように遠ざかって、南方へさらに数千キロ、最初の河がようやく森をうるおす地点にいたるまで止《とど》まることを知らないのだ。古い昔から、この度はずれな国の、骨まで削られた乾燥地帯で、若干の人間は小やみなしに道をつづけてきた。何ものをも所有しないが何人にも仕えぬ彼らは、この奇怪な王国の惨《みじ》めで自由な君主たちである。ジャニーヌにはなぜかわからなかったが、こうした考えが優しく大きな悲しみをもって彼女の胸を満たした。彼女は目をとじていた。彼女はただ知っていた、――この王国は、いずれの時にも彼女に約束されていた。が、おそらく、この束《つか》の間《ま》の時をはずしては、もう永遠に彼女のものとなることはないだろう、と。彼女はにわかに動かなくなった空と、その凝《こご》った光の波の上に、ふたたび目をひらいた。このときアラビア人の街から昇る人声もはたと黙した。この世の流れがたった今停止し、この瞬間からもう誰も老いず誰も死なないように思われた。いずれの場所でも、このときから、生活は停止していた。ただ彼女の心のなかを除いては……そして、その心のなかでは、同じ瞬間に、誰かが苦痛と感動に涙を流していた。

しかし、光は動きはじめた。太陽はくっきりと浮きでたがもう熱を失い、薄い薔薇色の西の方《かた》へ傾いた。一方、東には灰色の波があつまり、広大なひろがりに向って今にも砕けようとしていた。犬が吠《ほ》えた。その遥《はる》かな声が、いちだんと寒さを増した大気のなかを立ち昇った。ジャニーヌはそのとき寒さに歯を鳴らしているのに気づいた。「死んじまうぞ。お前はばかだなあ。もう帰ろう」とマルセルが言った。彼はぎごちなく妻の手をとった。今度はおとなしく、彼女は胸壁を離れて、夫に従った。階段にいる老いぼれのアラビア人は、じっと動かず、二人が街へ降りてゆくのを見送った。彼女は誰にも逢《あ》わなかった。彼女は突然のただならぬ疲労に前かがみになった。引きずってゆく自分の身体は、今やその重みが耐えがたいように思われた。すでに興奮は去っていた。現在、彼女は今入ってきたこの世界にあるためには、自分があまりに大きくあまりに厚く、またあまりに白すぎるように感じた。子供、少女、干からびた男、ひっそりとした駐屯兵、これだけがこの大地を黙って踏んでゆける生き物であった。それならば、彼女はこれから何をしよう、眠りに、死にいたるまで、地を匐《は》ってゆくことを除いては……

実際、彼女は食堂まで、匐うようにして行った。夫は急に黙りこんだ。疲れたらしかった。彼女は風邪と力なく闘っていた。熱が出たように感じた。彼女はさらに寝台まで匐って行った。マルセルがそこに来て、ただちに何もたずねずに彼女を抱いた。部屋は氷のようだった。ジャニーヌは、熱があるのと同時に寒気が来るのを感じた。

息がつまった。血は脈打っていたが、いっこうあたたかくはならない。一種の恐怖が彼女のなかにひろがった。彼女は寝返りを打った。身体の重みで、古びた鉄の寝台は音をたてた。彼女は病気になどなりたくはなかった。夫はすでに眠っている。彼女も眠らねばならない。それは必要なのだ。息づまるような街の物音が、銃眼を通して耳もとまでとどいた。モール人のカフェの古ぼけた蓄音機が、はっきりとは聞きとれぬ唄《うた》をうなっていた。それは、のんびりとした人声のざわめきとともに、彼女の耳に響いてきた。眠らねばならない。しかし、彼女は黒い天幕を数えていた。その瞼《まぶた》のうらで、動かぬラクダが草を食《は》んでいた。無量の寂しさが身の内に渦巻いていた。なぜこんな所へ来たのだろう。こう考えながら彼女は眠りに落ちた。

しばらくして彼女は目ざめた。身のまわりは物音一つなかった。しかし、街のはずれで、嗄《しわが》れ声の犬が押し黙った夜に向って吠えていた。ジャニーヌは慄《ふる》えあがった。彼女はまた寝返りを打った。夫の硬い肩に肩が触れるのを感じた。と急に、半ば寝呆《ねぼ》けたまま、夫の身体に身を寄せた。彼女は眠りのなかに沈みこめずに、眠りの上を漂っていた。無意識に夫の肩に武者振りついていた。まるでそれが最も安全な港ででもあるかのように。彼女は話しかけた。が、その口から何の音も出てこなかった。彼女は話しかけた。が、その声は自分にも聞きとれなかった。彼女は夫の身体の温《ぬく》みしか感じなかった。二十年以上も前から、毎夜毎夜、こうして夫の温みのなかに、いつも二人して、病気だろうと旅に出ようと、今と同じように……それでは、一人家に残ったとしたら、何をしていただろう。子供もない！　彼女に欠けていたのは子供ではなかったか。彼女にはわからなかった。彼女はマルセルについてきた。それだけだ。誰かが自分を求めていると感ずることに満足して。夫が彼女に与えた喜びは、ただ自分が必要とされていると感ずる喜びだけだった。おそらく、夫は彼女を愛していなかったろう。愛ならば、憎しみを含んだ愛にしても、こんなしかめ面《つら》はしていない。しかし、夫の顔はどうなのか。二人は闇《やみ》のなかで、顔を見合わすことなく、手さぐりで愛し合った。闇のなかの愛以外の愛、白日のなかで声をたてる愛なんぞというものがあるだろうか。彼女にはわからなかった。ただ彼女は知っていた――マルセルは彼女を必要としていた、自分は夫から求められることを必要としていた、と。自分は日夜そして特に夜、この夫の要求を生きてきた、と。夫が孤独と、老いと死を怖《おそ》れる夜のたびごとに……そのときの夫のあのしつっこい様子……それは他の男の顔にもよく見かけた。つねづねは分別ありげな態度の後ろに隠れているが、いったん錯乱にとらえられると、絶望的に女体に向って駆りたてられ、欲望もなしに、孤独と夜とが男たちに示す恐ろしいものを、女体のなかに埋めつくそうとする、あの気ちがいどもにただ一つ共通なあの様子……。

彼女から離れようとでも言うように、マルセルは少し身動きした。そうだ、夫は彼女を愛してはいなかった。夫は彼女ではないところのものを恐れていたにすぎないのだ。二人はもうずっと昔に別れていて、死ぬまで別々に眠らなければならなかったはずだ。しかし、誰がいつもたった一人で眠れるだろう。ある種の人たちにはそれができる。天命によって、あるいは不幸によって他の人たちから遮断されてしまうと、そういう人たちは来る夜も来る夜も死と同じ寝床に横たわるのだ。マルセルなんぞには決してできないだろう。この男は、力なく、無防備な子供同然で、いつも苦痛に悩まされつづけている。まったく自分の子供みたいに、自分を追い求めている。そのとき、夫は呻《うめ》き声みたいなものをたてた。彼女はいっそうぴったりと夫に身を寄せ、夫の胸に手をのせた。そして、心のなかで、かつて彼女が用いていた愛称で夫を呼んだ。その愛称は、その後も二人のあいだで用いられていたが、もうどちらもその言葉の意味を考えようとはしなかった。

彼女は心をこめて夫を呼んだ。彼女もまた、とにもかくにも、夫を、その力を、その可愛《かわい》い狂気を必要としていたのだ。彼女もまた死を怖れていたのだ。「もしこの恐怖に打ち克《か》てたなら、幸福になれるだろうに」まもなく、名づけようのない不安が彼女をひたした。彼女はマルセルから身をはなした。だめ、自分は何ものにも打ち克てなかった。幸福でなかった。真実、解放されることなしに、死んでゆくだろう。心臓が締めつけられた。二十年も前から引きずって歩いていたことに突如として気づいた、無量の重みの下で、息がつまった。そして今や、その重みに対して、全力をあげてもがいていたのだ。彼女は自由になりたかった。マルセルも、また他の人たちも決して自由ではなかったにしても。目をさました彼女は、寝台の上に身を起し、ごく間ぢかに聞える呼び声に耳を立てた。しかし、夜のはずれから、オアシスの犬どもの弱々しいが疲れを知らぬ遠吠えが響いてくるだけだった。かすかな風が立って、棕櫚《しゅろ》の林のなかを軽いそよぎが渡るのが聞えた。風は南から来た。そこでは、砂漠と夜とが、また改めて不動の空の下に、今や一つに溶け合っていた。そこでは生が停止し、もう誰も老いることもなく、死ぬこともなかった。やがて、風の流れは涸《か》れ落ちた。そして彼女は何かの音を聞いたかどうかももう定かではなくなった。とにかく自分の意のままに黙らせたり、呼びだしたりし得るが、もし今すぐにそれに応《こた》えないなら、もう決してその意味を知り得ない、一つの声なき呼びかけを除いては——。今すぐに、そう、少なくともそのことは確かなことだった。

彼女はしずかに起きた。寝台のそばにじっと動かず、夫の息づかいに注意を集めた。

マルセルは眠っていた。一瞬の後に、寝床の温みが去って、寒さが彼女を包んだ。正面の鎧戸《よろいど》を通して、外燈《がいとう》からしのびこむかすかな光のなかで、手さぐりで着物をさがし、しずかに身にまとった。靴を手にして、戸口に立った。闇のなかで、なおしばらく待った。それからしずかにあけた。掛金が軋って、身がすくんだ。心臓は狂ったように高鳴っていた。彼女は耳をすませた。静寂に安心して、もう少し手をひねった。掛金の回転は終りがないように思われた。ようやく扉があいて、おもてに滑り出た。しばらく前と同じ用心深さで扉をしめた。それから、板に頬をよせて彼女は待った。しばらくして、向うにマルセルの息づかいが聞えた。彼女は踵《きびす》をめぐらせた。凍りつく夜風を顔に受け、廊下を走った。ホテルの入口はしまっていた。閂《かんぬき》を動かしていると、階段の上から、苦い顔をして、夜番が現われ、アラビア語で話しかけた。「出てきます」とジャニーヌは言った。そして夜の中へとびだした。

星をつないだ花飾りが、黒い空から棕櫚の樹《き》と家並の上に降りていた。彼女は短い通りに沿うて走った。もう人気《ひとけ》はない。それは堡塁《ほうるい》へ行く道だった。寒気は、もう太陽と争うこともなくなって、闇を一人占めにしていた。氷のような風のために胸苦しかった。しかし、彼女は盲人同然、闇のなかを駆けつづけた。通りのはずれに明りが現われ、やがてジグザグに進みながら彼女のほうへ降りてきた。彼女は立ち止った。

剣鞘《けんざや》の音に気づいた。しだいに大きくなる光の後ろに、ようやく巨大なアラビア外套《がいとう》が見えた。その下に自転車の頼りない車輪が光っていた。外套は彼女をかすめて過ぎた。彼女の後ろの闇の中に三つの赤い火が浮び出たが、じきに消えた。彼女は堡塁への道をつづけた。階段の中途で、胸苦しさは刺すようにつらくなった。まさに止ろうとしたほどだった。最後の一ふんばりで、ようやく彼女は平屋根に辿《たど》りつき、今胸壁に腹を押しつけていた。息がはずみ、目の前のすべてがぼやけていた。これだけ歩いても身体はあたたまらない。相変らずがたがた慄えていた。しかし、冷たい空気をぐいぐいのみこむと、それはやがて彼女の身うちを規則的に流れ、心細い温みが悪感《おかん》の底から立ち昇ってきた。彼女の目はやっと夜のひろがりに向って見開かれた。

時折寒気のなかで石がはぜて砂と化する、その押し殺したような音を除いては、ジャニーヌをめぐる孤独と沈黙を乱すいかなる息吹《いぶき》も物音もなかった。それでも、しばらくすると、一種の重たい渦巻が来て空を彼女の頭上に引きよせるかと思われた。乾いて冷たい夜の厚みのなかで、幾千の星が小やみなく列を整えていた。そのきらめく氷塊は、じきにばらばらになって、いつの間にか地平のほうへ滑りだす。ジャニーヌは、この漂う火を眺めてはそこから身をひきかねていた。彼女はその火とともに旋回した。その場を動かずに火と同じ道をたどりながら、彼女はしだいしだいに、その存在の最も深いところに結ばれていった。そこには今寒気と欲望が相争っていた。目の前で、一つまた一つ星々は落ち、やがて砂漠の石のあいだに消え去った。そのたびごとに、ジャニーヌは少しずつ夜に向って心を開いた。彼女は息づいていた。寒さを、生きものの重みを、狂える生活あるいは凝《こご》れる生活を、生と死との長い不安を忘れていた。恐怖を逃げまどい、目当てもなしに狂ったように駆けめぐった幾年《いくとせ》のあとで、彼女はようやく歩みをとどめたのだ。同時に、彼女は自分の根を見つけたように思われた。もう慄えない身体のなかに改めて樹液が昇ってきた。腹全体を胸壁に押しつけ、動きゆく空に向って乗りだして、彼女はただ、まだ驚愕《きようがく》からさめぬ自分の心がふたたび安らぎ、自分のうちに静謐《せいひつ》がかえってくることだけを待っていた。星座を形造る最後の星々が、その花房を低く砂漠の地平に落して、動かなくなった。そのとき、耐えがたいやさしさをもって、夜の流れがジャニーヌを涵《ひた》しはじめ、寒気を沈め、その存在の幽暗な中心から昇り、絶えざる波となって、呻《うめ》きに満ちるその口にまで溢《あふ》れ出た。一瞬の後、空全体が、冷たい地上に倒れていた彼女の上に押しかぶさってきた。

さっきの注意深さで、ジャニーヌが戻ったとき、マルセルはまだ目ざめていなかった。が、彼女が横になったとき、ぶつぶつうなった。何秒かして、夫はいきなり身を起した。夫が何か言ったが、彼女にはその意味がわからなかった。夫は立ちあがって、明りをつけた。光は彼女の顔を真向から照らしだした。夫はふらふらしながら洗面台へ歩いた。そこにあった鉱水の瓶からゆるゆると水を飲んだ。夫は敷布の間にもぐりこもうとした。そのとき、片膝《かたひざ》を寝台にかけて、妻のほうを見つめたが、訳がわからなかった。彼女は泣いていた。もうこらえることもできなくて、さめざめと涙を流していた。「何でもないの」と彼女は言った、「あなた、何でもないの」

背教者

《わけがわからぬ。この頭のなかを整理せねばならぬ。奴《やつ》らが私の舌を切り取って以来、自分にもわからぬ、もう一つの別の舌が、休みなしに私の頭蓋《ずがい》のなかで動いている。何かが、あるいは誰かがしゃべる。そいつは急に黙りこむ。かと思うとまた始まる。ああ、しゃべりもしない、あまり多くのことが私には聞える。ああ、煮えくりかえる。私が口を開いても、小石のこすれる音みたいなのだ。秩序を、とにかく何かの秩序を、と舌の奴が言う。しかも同時に別のこともしゃべる。そうだ、私はいつだって秩序を望んでいたのだ。少なくとも、これだけは確かだ。私は自分の代りをやる宣教師の来るのを待っている。私はタガーサから一時間のここまで追われ、崩れた岩間に隠れ、古ぼけた小銃にまたがっている。砂漠に陽が昇る。まだひどく寒い。まもなくひどい暑さになるだろう。この土地では気が変になる。もう数えることも叶《かな》わぬ幾年も幾年も前から、私は……否《いな》、もう少しの辛抱だ！　宣教師はけさまたは今晩着くはずだ。案内人といっしょに来るという噂《うわさ》を私は耳にした。二人で一頭のラクダしか使えないかもしれぬ。私は待とう、私は待っている。私が慄《ふる》えるのは、寒さの、まったく寒さのせいだ。もうちょっとの我慢だ、きたない奴隷《どれい》よ！

辛抱ももうずいぶん久しい。中央高地のあの高みの、わが家にいたころには、野卑な父親、野蛮な母親、毎日毎日酒と膩肉《あぶらみ》のスープ、とりわけ酸《す》い冷酒、また長い冬、凍りつく風のうなり、吹雪、厭《いや》らしい歯朶《しだ》——ああ、私は出発したかった、一挙にこうしたものから脱《ぬ》けだして、太陽と清水のなかで生活をはじめることを願っていた。私は司祭を信じた。彼は神学校について私に語った。毎日毎日私の面倒をみてくれた。村を歩くにも壁沿いに隠れねばならぬあの新教徒の国では、司祭に暇があったのだ。彼はりっぱな将来と太陽とについて私に語った。カトリシスムこそは太陽だ、と彼は言った。私に本を読ませ、私の遅鈍な頭にラテン語をつめこんだ。「賢い子だが、騾《ら》馬《ば》みたいだ」と司祭は言った。私の頭蓋はまことに硬くて、生涯《しょうがい》あらゆる失墜にもかかわらず、血を流したことはかつてなかったからである。「馬鹿面《ばかづら》め」と言ったのは、父親のあの豚野郎だ。神学校へ来ると、彼らは得意であった。新教徒の国の新参者が一つの勝利であったからである。彼らは私が近づくのを、オーステルリッツの太陽のごとくに見た。この太陽はなるほど蒼白《あおじろ》いが、アルコールのせいなのだ。親が酸い酒を飲んだから、子供たちの歯がかけているわけだ。さて、その師父を殺すこと、これがなさねばならぬことだ。酸い酒がすでに胃に穴をあけていて、ずっと前から死んだも同然なのだから、布教に身を投じたところで、実のところ危険はない。従って、宣教師を殺す以外に事はないのだ。

宣教師に対し、その師たちに対し、私を裏切ったわが師たちに対し、汚れたヨーロッパに対し、私は決済をつけなければならぬ。誰も彼も私を裏切った。布教団の連中は、口を開けばこの言葉しか出てこなかった。未開人のところへ出向いては、こう言うのだ。「これぞわが救い主。彼を視《み》よ。このひとは叩《たた》かず人を殺《あや》めず、優しき声音《こわね》もて命じ、もう一つの頬《ほお》を差し出す。これぞ救い主のうちにて最も大いなる救い主。彼を選べ。彼により予のいかに善良となりしかを見よ。予を侮辱せよ。諸君はその証拠を見るだろう」そうだ、私はとにかくそのとおり信じた。自分が善くなるのを感じた。私は偉くなり、ほとんど美しくさえなり、侮辱の来るのを求めていた。夏、グルノーブルの太陽の下を、われわれは密集した黒い列をなして歩いていて、軽羅《うすもの》をまとうた娘たちと擦れ違ったとき、私は目をそむけもせず、娘たちを無視した。娘たちが私を侮辱するのを期待していた。娘たちは時々笑い声をたてた。私はそのとき考えていた、「娘たちが私を打ち叩き、顔に唾《つば》を吐きかけるように」と。しかし、娘たちの笑い声は、まったく歯や鑿《のみ》が植わっているように、この身に突きささった。その侮辱と苦痛のなんと快かったことか。校長には私が身をさいなんでいるのに理解できなかった。「いやいや、君のなかには善いものがある」何か善きもの！　私のなかには酸い酒があった。それだけだ。が、それはそれで結構であった。ひとが悪でないなら、いかにしてより善くなるか——私は教えられる限りにおいて、このことを能《よ》く理解していた。私は、このこと、たった一つの理念しか理解しないほどだった。利口な騾馬である私はこれに徹底しようとした。私は悔悛《かいしゅん》の先まわりをした。尋常なものに癇癪《かんしゃく》を起した。ついには、自分もまた一つの範例でありたいと欲した。ひとが私を見るように、私を見て、私をより善くした者をひとが讃《たた》えるように……予を通してわが主を敬え。

荒々しい太陽よ。今それが昇る。砂漠が変る。もはや山のシクラメンの色はない。私の山よ、そして雪、優しくやわらかい雪、否これは灰色がかった黄だ。大きな恍惚《こうこつ》の前の甲斐のないひととき。私の前方は、地平線まで、何一つもの影はない。高地はまだ淡色のあたりに身を潜めている。私の背後には、砂丘まで径《みち》がさかのぼっている。砂丘は、その鉄の名が何年も前からこの頭のなかで鳴っているタガーサを隠している。それについて話してくれた最初の男は、修道院にひき籠《こも》っていた半ば盲《めしい》の老司祭であった。しかし、なぜ最初の、と言うのか。彼一人きりなのに。それと私と。彼の話のなかで私を感動させたものは、酷熱の太陽に照らされた白壁や、塩の街ではなくて、その住民の残虐《ざんぎゃく》さである。外国人にはいっさい閉ざされた街、そこに入ろうと試みたもののうちのただ一人、そのただ一人が、みずからの知れる限りで、みずから見たところを物語ることができたのだ。奴らは男を鞭《むち》打ち、男の傷ぐちと口に塩をつめこんでから砂漠へ追い払った。男はたまたま憐《あわ》れみ深い遊牧民に出逢《であ》って助けられたという。以来、私は男の物語から、燃えあがる塩と空、物神《ものがみ》の家とその奴隷を夢みていた。これより野蛮なこれより刺戟《しげき》的なものが見つかろうか。そうだ、これこそわが使命だ。わが主を奴らに示すために出かけよう。

無分別をやめさせようとして、学校では皆がいろいろ私を説得した。もう少し待ったがいい、あれは伝道に出かけるべき国ではない、お前はまだ分別が足りぬ、特別な準備をせねばならぬ、自分の実力を知らねばならぬ、さらにお前は試練を積まねばならぬ、そうした後に考えたらよかろう。しかし、ただ漫然と待つというのは、お断りだ。どうしてもというならば、特別な準備はいい。試練もいい。それらはアルジェで行われるし、目的に近づくことになるからだ。しかし、その余については、強情に頭を横に振って、同じことを繰り返した。最も未開な民といっしょに、彼らの生活を生活し、彼らのもとで、たとえば物神の館《やかた》にまでも、わが主の真理こそ最も強い真理だということを、彼らに示すのだと。彼らが自分に侮辱を加えることは確実だろう。が、侮辱は恐ろしくない。侮辱は証明に必要だ。その侮辱を耐える仕方によって、自分はこの未開人たちを征服するだろう、力強い太陽のように。力強い——そうだ、これこそ絶えず私が舌の上に転ばしていた言葉だった。私は絶対の権力を夢みていた。それは地にひざまずかせる力であり、敵をして降伏せしめ、ついには改宗せしめる力である。敵が盲目的で、残酷で、自信に満ち、自己の信念にのめりこんでいればいるほど、いっそう、その同意の告白はこれを敗北せしめた者の勢威をひろめることになる。迷える善人たちを改宗させること——これがわれらの司祭たちのささやかな理想であった。あれほどの力を持ちながらこんなわずかなものに甘んずることで、私は彼らを軽蔑《けいべつ》していた。彼らは信念を持っていないが私は持っていた。私は死刑執行人からすら認められたかった。彼らを跪《ひざまず》かせて、「主よ、これはあなたの勝利です」と言わせたかった。要するに、悪人の群れに対してもただ言葉のみをもって君臨したかった。ああ、問題は十分つきつめて自信があった。他の問題ではこんな確信を持ったためしがなかったのだが。しかも、いったんこうした考えを抱くと、私はもうこれを放さない。彼らが憐れんだのは、私の力、そうだ、私の内部の力であった！

太陽はさらに昇った。額が焼けてくる。まわりの石が鈍く音たてる。ただ小銃の銃身だけが涼しい。牧場のように涼しい。夕べの雨のように、その昔、そのときスープがしずかに煮えていて父親と母親が私に微笑《ほほえ》みかけたりして、私を待っていた。私は両親を愛していたのかもしれない。しかし、もうおしまいだ。熱のとばりが径から立ち昇りはじめる。宣教師め、早くこい。お前を待っている。私は今伝言に何を答えねばならぬかを知っている。新しい師たちは私に教えを授けた。彼らの正しいことを私は知っている。愛に対して勘定を決済せねばならない。アルジェで、神学校から逃げだしたとき、この未開人どもを違ったふうに想像していた。私の夢想のなかで、真実なのは一つだけだった。奴らは悪党だということだ。さて、私は会計係の金庫を盗み、法衣《ほうえ》を脱ぎすててから、アトラス山塊と高原地帯と砂漠とを渡った。《サハラ横断》の運転手が冗談半分に、「あっちへは行きなさんな」と言った。どうしてみんなあんなことを言ったのか。数百キロにわたる砂の波は、髪を乱して、風のまにまに進んだり退いたりしていた。また山が現われる。それは、黒い鶴嘴《つるはし》みたいに、鉄のような鋭い稜角《りょうかく》をなしていた。山を越えると、案内人が必要となった。炎を植えた千の鏡が燃えしきり、熱気に吼《ほ》えたてる、涯《はて》しのない、褐色の礫《つぶて》の海を抜けて、ようやく黒人の土地と白い国との境、塩の街の建っているあの場所に到着した。案内人は私の金を奪った。愚かにも彼に金を見せてしまったからだった。案内人は、私を打ち据えてから、この径のちょうどここのところに置き去りにした。「馬鹿め、これが道だ。約束どおり。さあ、あっちへ行け。奴らが鍛えてくれるぞ」奴らは私に教えてくれた。たしかに。奴らは、夜を除けば、絶え間なく傲慢《ごうまん》にぎらぎらと叩きつけることをやめぬ太陽みたいなものだ。太陽は今のこの瞬間も私を強く突きたてる。隠れていても、そうだ、大きな岩の陰にいても、地面からいきなりとびだす炎の槍《やり》で、私を激しく突きたてている。すべてがぼやけてしまうまで。

ここでは陰はいい。この塩の街の、ぐらぐら煮えたつこの鉢《はち》の窪《くぼ》みに、どうしてひとは生きられよう。鶴嘴で切りさいて不細工に鉋《かんな》をかけたという具合の、まっすぐな壁に沿うて、鶴嘴でえぐられた切り口が眩《めくるめ》く鱗《うろこ》をなして一面に並んでいる。散らばる金色の砂がそれらを黄色に染めている。ただ、風がまっすぐな壁と露台を洗うと、そのときすべてがぴかぴかとした白さに輝く。その青白い樹皮まで拭《ぬぐ》われる空の下で……私は盲目になっていた。ここ数日、数時間にわたって、白い露台の上でじっと動かぬ火がパチパチ音たてていた。白い露台はすべて一つに帰るかに見えた。その昔のあるとき、奴らは一団となって塩の山に襲いかかり、まずこれを平らにならし、次いでそのかたまりの上に、街路を穿《うが》ち、家々の内部を、窓を穿ったとでも言うように。あるいは、そうだ、さらに言うなら、奴らが煮え湯をふりそそいでその白く燃える地獄を切り抜いたとでも言うように。それはまさに、砂漠のまっただ中のこの窪みに、生涯のうちの一月《ひとつき》といえども、誰一人住むことのかなわぬこの場所に、奴らが住めるということを示すためだった。ここでは、白昼の暑さのために生きものと生きもののつながりはいっさい絶たれ、それらのあいだには、燃え立つ水晶と目に見えぬ炎の燭台《しょくだい》が立っている。ここでは、出し抜けに、夜の冷気が、その岩塩の貝殻《かいがら》のなかに、乾いた氷塊に住む夜の住民たちを、一人また一人凍えさせ、黒いエスキモーはにわかにその雪小屋で慄えるのだ。たしかに黒い。というのは、奴らは長い黒の布をまとっている。爪《つめ》まで滲《し》みこむ塩、——夜々の凍《い》てつく眠りのなかで、苦々しくこれを噛《か》みしめるのだが、——きらめく切込みの窪みのたった一つの泉にいたる、流れに口つけて飲みこむ塩は、雨のあとのカタツムリの跡にも似たしみを、その黒い衣に遺《のこ》したりする。

雨。おお主よ、たった一度でもほんとうの雨を、長い厳しい雨を、あなたの天の雨を降らせ給《たま》え。そのときついに、この恐るべき街は、だんだんと腐食されて、ゆっくりと抗しがたく弱ってゆくだろう。そして、粘っこい奔流のなかにすっかり溶けきって、その暴虐な住民を砂漠のほうへ搬《はこ》び去るだろう。たった一度の雨を、主よ。しかし、何たることだ。いかなる主がそれをするのか。ここでは奴らこそ神々なのだ。奴らはみずからの不毛の家々を支配し、鉱山で死なしめる黒い奴隷たちを支配している。そして、切り抜かれた一枚の塩の板は、南アフリカの国々では、まさに一人の人間の価値にひとしいのだ。物も言わず、喪のヴェールに包まれて、奴らは街筋の白い岩のなかを通る。夜が来て街全体が乳色のあやかしのようになるとき、奴らは、身をかがめて、塩の壁がかすかに光る家々の闇《やみ》のなかへ入ってくる。奴らは軽やかな眠りを眠る。目をさますやいなや、奴らは命令し、なぐりつけ、自分たちはただ一つの選ばれた種族であり、自分たちの神が真実の神であり、これに従わねばならぬとぬかすのだ。これが私の神々だ。奴らは憐れみの情を知らない。神々とひとしく、奴らは孤《ひと》りでいることを欲し、孤り進むことを欲し、孤り支配することを欲する。そのわけは、奴らだけが、塩と砂のなかに、冷酷で灼熱《しゃくねつ》の街を建設することをあえてしたからだ。そして、この私は……。

暑さが高まる、頭のなかが煮えかえる。私は汗を流すが、奴らは決して汗をかかぬ。今は陰そのものが熱くなってくる。私は自分の頭上の石に太陽を感ずる。太陽は叩きつける。ありとあらゆる石を鉄鎚《てっつい》のように叩く。それは音楽だ。数百キロにわたる大気と石の振動より成る、真昼の広大な音楽だ。ああ、かつてのように、私には沈黙が聞える。そうだ、あれからもう何年にもなるが、あのとき私を迎えてくれたものは、同じ沈黙だった。あのとき監視人が陽のかんかん照るなかを広場の中央の奴らのところへ私を連れていった。広場の中心から、同心円を描くテラスが、たらいの縁に据えられた、濃い青空の蓋《ふた》のほうへと高まっていた。私はそこに、あの白い楯《たて》の窪みに跪いていた。壁という壁から来る塩と火の刃《やいば》に目は傷つき、疲労に蒼《あお》ざめ、監視人になぐられた耳は血まみれだった。奴らは、大きく、黒く、ものも言わずに私を眺めていた。陽は中天にあった。鉄の太陽に打たれて、空は白熱化した鉄板のように、長々と鳴りひびいた。あれは同じ沈黙だった。奴らは私を眺めていた。時が過ぎた。が、それでも私を見つめることをやめない。私はもう奴らの視線が耐えきれなくなっていた。私の喘《あえ》ぎはますます激しくなった。私はついに涙を流した。とにわかに奴らは黙ったまま私に背を向けて、一同揃《そろ》って同じ方角に立ち去った。跪いたまま、私はただ、赤と黒のサンダルをはいて、塩にひかる足が黒っぽい長衣を蹴《け》あげるのを、足先を少しくあげ、踵《かかと》が軽く地面を蹴るのを見ていた。広場が空になったとき、私は物神《ものがみ》の家へ搬ばれた。

今日岩陰に隠れているように蹲《うずくま》って、(私の頭上の火は石の厚みをさし通す)私は数日を物神の家のもの陰に過した。その家は、他に比べて少々高く、塩の囲いにとりまかれていたが、窓はなく、きらきらする夜に涵《ひた》されていた。数日経《た》った。苦い水の鉢を一つ私はもらった。牝鶏《めんどり》にでもやるように穀類の粒を私の前にぶちまけた。私はそれを拾い集めた。日中も扉はしまったままだった。それでも、抗しがたい太陽が塩のかたまりを通して流れこむとでもいうように、闇の重みは幾らか軽くなるように思われた。ランプはない。しかし、内側の壁に沿うて手探りに歩くと、壁を飾る乾いた棕櫚《しゅろ》の綱飾りに触れ、さらに奥のほうに、不細工にとりつけられた小さな扉に触れた。指の先で私はその扉の掛金を確かめた。幾日か過ぎ長い時が経って、もう日も時も数えられなくなっていた。しかし、この間十ぺんほど餌粒《えさつぶ》が投げこまれたのだ。穴を掘って糞《ふん》を埋《うず》め蔽《おお》いをしたがむだだった。獣の穴みたいな臭気がいつも漂っていた。さらに長い時が経って、そうだ、両扉がいっぱいに開いて、奴《やつ》らが入ってきた。

その一人が私のほうへ近づいて、片隅《かたすみ》に蹲った。私は頬に塩が炎《も》えるのを感じた。棕櫚のほこりっぽい匂《にお》いを呼吸した。私は男の近づくのを眺めていた。男は私から一メートルのところで止った。男は黙ったまま私をじっと見つめ、合図した。私は立ちあがった。男は、馬みたいな褐色の顔をして、表情のないきらきらした金属の目で、私をじっと見据えた。相変らず何の感情も示さずに、男は私の下唇を摑《つか》み、その肉がむしれるまでゆっくりと捻《ひね》りあげた。そのまま指を弛《ゆる》めずに、私をぐるりと一回転させ、部屋の真ん中まで連れ戻した。男は私の唇をこづいたので、私は膝《ひざ》をついて倒れ、そこに口を血まみれにして気違いのようにとり乱した。やがて男は踵《きびす》をかえして壁に沿うて並んだ仲間のところへ行った。いっぱいに開いた入口から入る、影一つない真昼の耐えがたい熱気のなかで、私の呻《うめ》くのを奴らは眺めていた。するとこの光のなかに、蓬髪《ほうはつ》の妖術師《ようじゅつし》が現われた。上体には真珠のついた鎧《よろい》をまとい、脚には麦わらのスカートをはいただけ。葦《あし》と鉄線のマスクを着けるが、そこには見るための四角の穴が穿たれていた。その身体《からだ》をすこしも覗《のぞ》かせない、色けばけばしい重たい服を着た女どもと楽隊がお供についていた。連中は奥の扉の前で踊った。が、その踊りは不細工で、リズムもとれず、動いていたというにすぎない。ついに妖術師が私の背後の小さな扉をあけた。男どもは身動きしない。私を見つめている。私は振り返った。私は物神を見た。鉞《まさかり》の二つの頭、蛇《へび》みたいにうねる鉄の鼻を見た。

私は物神の前に連れていかれた。台石の足もとで苦い苦い黒い液体を飲まされた。たちまち頭は燃えるようになった。私は笑った。これこそ罪だ。私は侮辱された。奴らは私の衣類を脱がし、頭と身体を剃《そ》り、油で洗い、塩と水にひたした綱で顔を叩いた。私は笑った。顔をそむけた。が、そのたびごとに、二人の女が私の耳をつかまえて、私にはその四角な目しか見えぬ妖術師の手でぶたれるように、私の顔を突きだした。私は相変らず血まみれのまま笑っていた。奴らはやめた。誰も口をきかない。私を除いては。すでに頭のなかは煮えくりかえっていた。次いで奴らは私を引起して、物神に目を向けることを強いた。もう私は笑わなかった。今や自分がこいつに仕えこいつを崇《あが》めるべく身を献《ささ》げたことを、悟っていた。もう私は笑わなかった。恐怖と苦痛が私の息をつまらせた。かくて、おもてでは烈日が燃えさかるこの壁の内側、この白い家のなかで、顔をこわばらせ、記憶は薄れて、そうだ、私は物神を祈ろうと試みた。それだけしかなかった。その怖《おそ》ろしい形相すら、世界のその余の部分よりは怖ろしくなかった。そのとき、私の踝《くるぶし》に綱が結びつけられた。が、私の歩幅の長さだけは自由に歩けた。奴らはさらに踊った。今度は物神の前で。男どもは一人また一人とおもてへ出た。

奴らの去ったあとに扉がしまった。音楽がふたたび始まる。妖術師は樹皮に火を点じ、そのまわりで足を踏み鳴らした。その大きなシルエットは、白壁の隅ではくだけ、平面では慄《ふる》え脈打ち、踊る影が部屋を満たした。彼は一隅《いちぐう》に矩形《くけい》を描き、女どもはそこに私を引きずって行った。私は女の乾いた優しい手を感じた。女どもは、私のそばに一杯の水とひと握りの穀物を置いて、私に物神をさし示した。私はこれをじっと見つめなければならぬことを悟った。そこで、妖術師は女を一人ずつ火のそばへ呼び寄せ、その泣き叫ぶ者をなぐった。と、その女どもはつづいて物神すなわちわが神の前へ出て平伏した。この間妖術師はなおも踊っていた。彼は女どもをみんな部屋から出してしまい、もう一人しか残っていなかった。その女は、ごく若くて、楽師のそばに蹲っており、まだなぐられていなかった。妖術師は女の編毛を捉《とら》え、その髪をぐいぐい拳《こぶし》でよじった。女は、目をむいて身をそらせ、しまいにはあおむけに倒れた。妖術師は女を放して、叫び声をあげた。楽師どもは振向いて壁にぴったりついた。四角の目のあるマスクの後ろの叫び声は、あり得ぬまでに脹《ふく》れあがっていた。女は一種の発作のように地べたを転げまわっていた。やがて四つん這《ば》いになり、組み合った腕に頭をかくし、この女もまた泣き叫んだ。が、その声は幽《かす》かだった。喚《わめ》き立てながら、物神を見つめながら、妖術師はすばしこく、意地悪く女を抱いた。女の顔は今は着物の重いひだに埋められて、のぞけなかった。そして私も、悲しみのあまり、錯乱して、泣き叫びはしなかったか。そうだ、私は物神に向って恐怖のあまり喚きたてた――足蹴《あしげ》をくらって壁に身体がぶつかり、塩を嚙んでしまうまで。ちょうど今日、私が殺さねばならぬ男を待ち受けて、舌のない私の口で、岩を嚙んでいるように。

今や太陽は少しく天心を越えた。岩の裂け目からのぞくと、燃え上る空の金属板の中に、太陽は一つの穴かと見え、喋《しゃべ》りまくる私の口のように、色なき砂漠の上に休みなく炎の河を噴き出している。私の前の径《みち》には何もない。地平には一粒の塵《ちり》もない。

私の背後では奴らが私を探しているはずだ。否《いな》、まだだ。午後も終りになってようやく扉が開かれることになっていた。昼間じゅう物神の館《やかた》を拭《ふ》き清め、お供物《くもつ》を新しくして後に、私は少し外へ出られた。夕方、儀式が始まり、私は時にはなぐられ、時にはなぐられずに済んだ。が、いつも変らずに私は物神に仕えていた。その物神の姿は私にとって、記憶のなかにまた今は希望のなかに、鉄で刻みあげられている。かつていかなる神もかれほど私にとり憑《つ》き、これほど私を屈伏せしめたことはない。日夜を分たず、私の全生活がこの神に献げられていた。苦痛も苦痛の欠如も（これは歓喜ではないか）、ひとしく彼に負うていた。さらには、そうだ欲望までも。というのは、ほとんど毎日、私が見ずにただ音だけ聞いたあの非個人的で凶悪な行為に列《つら》なっていたのだから。私はなぐられる罰におびえてただ壁を見つめていなければならなかった。しかし、内壁の上に立ち動く獣の形に操られて、顔を塩にはりつけて、私は長い叫び声に耳をすませた。咽喉《のど》が乾いた。性《セックス》のない灼《や》けるような欲望がわがこめかみと腹をしめつけた。こうして日は日につづいた。私はある日を他の日からほとんど区別できなかった。日々は酷熱と塩壁の陰険な反射とのなかでたがいに溶け合うかと思われた。時とはもはや、正しい間を置いて苦痛の声や憑きものの声がそこで砕けるだけの、形のない漣《さざなみ》のざわめきにすぎなかった。あの岩の家をこの猛々《たけだけ》しい太陽のように、物神の支配していた齢《よわい》なき長々しい日。今もあのときと同じように、私は不幸と欲望とに涙を流す。悪い希望が私を灼く。私は裏切りたい。私は自分の銃の銃身を舐《な》める。その内側の魂に触れる。そうだ。銃だけが魂を持っている。ああ、そうだ、私の舌を切り取られた日、私は憎しみの不滅の魂を崇めることを知ったのだ。

わけがわからぬ。忌々《いまいま》しい。暑さと怒りに酔い、へいつくばって、この銃にまたがって。ここで息をはずませてるのは誰だ？ 終りを知らぬこの暑さ、この待伏せは、もう耐えられぬ。私はあの男を殺さねばならぬ。鳥もいない。草の芽生えもない。石、不毛の砂漠、沈黙、奴らの叫び、しゃべくる私の内部の舌。奴らが私を傷つけてからは、水すらない、平板で荒涼たる、夜の長い苦痛。夜といえば、塩でかこまれた獣の穴に神とともに閉じこめられて、私は夜を夢みていたが……夜だけが、その涼しい星と小暗い泉とをもって、私を救いだし、人間のつくる悪《あ》しき神々から私を取り返すことができたのかもしれない。しかし、閉じこめられたきりの私には夜が見られなかった。もし相手が遅れて来るなら、少なくとも夜が砂漠から昇り、空をひたすのが見られよう。闇の天頂にかかる金色の冷たい葡萄畑《ぶどうばたけ》、——そこで私はゆるゆると飲むことができるだろう。もういかなる生きたしなやかな筋肉も爽《さわ》やかにすることのない、この暗い乾いた穴をそこでうるおし、狂気がわが舌を捕えたこの日のことを忘れることができよう。

なんという暑さだったろう。塩は溶けていた。これだけは頼みにしていたのに。それで風はしきりに私の目に沁《し》みた。妖術師が仮面を着けずに入ってきた。灰色のぼろを着ただけでほとんど裸の、新しい女がついてきた。その顔は物神《ものがみ》のマスクをかたどる刺青《いれずみ》に蔽われていたが、不吉な麻酔にかけられた人形としか言いようのない様子だった。ただほっそりと平たい身体だけが生きていた。女の身体は神の足もとによろよろと倒れこんだ。妖術師は茅屋《ぼうおく》の扉を開いた。それから私のほうを見向きもせずにおもてへ出た。暑さが昇ってきた。私は身動きしなかった。物神はこの動かぬ身体を越えて私を見守っていた。しかし女の筋肉はしずかに動いていた。私が近づいたとき、女の人形面《にんぎょうづら》は変らなかった。ただその目だけは私を見つめながら大きくなった。私の足は女の足に触れていた。そのとき熱気は喚きたてるほどになった。人形は何も言わず、目を見はって相変らず私を見つめながら、少しずつあおむけに身を倒した。ゆっくりと脚をちぢめ、しずかに膝を開きながら、脚を宙にあげた。しかしその直後に、(妖術師は私の様子を窺《うかが》っていたにちがいない)一同が入ってきて、私を女から引き放し、罪の場所を手ひどくなぐった。罪か、何の罪か。私は笑った。罪はどこにあるか。そして徳はどこに。奴らは私を壁にぴったりはりつけた。鋼鉄の手が私のあごを摑んだ。もう一つの手が私の口を開き、私の舌を血が出るまでに引き出した。あの獣じみた叫び声でうなったのは私だったのか。鋭い爽やかな、そうだ、要するに爽やかな、愛撫《あいぶ》が私の舌の上を過ぎた。私が意識をとり戻したとき、闇のなかにひとりきりだった。内壁にはりついて、凝固した血にまみれて。変な匂いのある枯草の猿轡《さるぐつわ》を口に嚙んでいた。口からもう血は出なかった。が、口は空だった。そのうつろのなかに、責めつける苦痛だけが生きていた。私は立ちあがろうとした。私はふたたび倒れた。うれしかった。ついに死ねるということで絶望的にうれしかった。死もまた爽やかだ、死の影にはいかなる神も隠れてはいない。

私は死ななかった。若い憎しみは、ある日、私が立ちあがると同時に、立ちあがり、奥の扉に向って歩み、扉を開き、私の背後で扉をしめた。私は自分の味方を憎んでいた。物神はそこにいた。私のいたその穴蔵の奥で、私は祈り以上のことをした。私は物神を信じたのだ。私はこれまでに信じたいっさいを否定した。そうだ。物神は力であり権力であった。ひとはこれを打ち毀《こわ》すことはできる。しかしこれを改宗させることはできない。物神は錆《さ》びてうつろな目で私の頭上を眺めていた。そうだ。彼は師父であり、唯一《ゆいいつ》の救い主であった。その論議の余地なき属性は悪意であった。善の師は存在しない。はじめて、侮辱のゆえに、ただ一つの苦痛に泣き叫ぶこの全身を、私は彼に委《ゆだ》ねた。その悪の秩序を承認した。物神における、世界の悪意の原則を崇拝した。塩の山の肌《はだ》に刻みだされ、自然から隔離され、砂漠には稀《まれ》な束《つか》の間《ま》の花期もなく、常ならぬ雲とか激しく短い雨とか、太陽や砂すら知っているあの偶然や優しい趣を欠いた、この不毛の街、直角と方形の部屋と頑固な人間とから成る、要するに秩序の街、この物神の王国の囚人である私は、また自由にみずからを執念深い苦しみ悩む市民となした。私はひとから教えられた長い歴史を否定した。ひとは私を欺《あざむ》いていた。ただ悪意の支配だけが完璧《かんぺき》であった。ひとは私を欺いていた。真理は四角で重たくて濃密である。それは濃淡の色合いを容赦しない。善とは一つの夢想であり、疲労困憊《こんぱい》の努力をもって追求しても、いつでも延期される計画であり、決してひとの達しない限界である。善の支配は不可能なのだ。悪だけが自己の限界まで徹底することができ、絶対的に支配することができる。その目に見える王国を打ち樹《た》てるために悪にこそ仕えなければならぬ。その後はどうなるか。何はともあれ、ただ悪だけが存在する。ヨーロッパと理性を倒せ。名誉と十字架を倒せ。そうだ、私はわが師たちの宗教に改宗せねばならなかった。そうだ、私は奴隷《どれい》だった。しかしもし私もまた悪党なら、足枷《あしかせ》を嵌《は》められた足としゃべれない口とにもかかわらず、私はもはや奴隷ではあるまい。ああ、この暑さでは気も狂う。砂漠はいたるところ耐えがたい光を浴びて叫び声をあげている。そして、もう一人の主、優しい主よ、そのただ一つの名が私を誘うが、私はこれを否定する。今や私はこれをよく識《し》っているから。彼は夢みていた。彼は欺こうとした。その言葉がもう世人を欺かぬように、その舌は切られた。頭にまで釘《くぎ》を打ちこまれたのだ。今のこの私の頭のように、哀れな彼の頭に。煮えくり返る。私は疲れた。そして大地はびくとも動かなかった。私は確信している。殺された者は一人の義人ではなかった。私はこれを信ずることを拒む。義人はいない。無情な真理に支配せしめる悪意の師がいるだけだ。そうだ、物神だけが権力を持つ。彼はこの世の唯一の神だ。憎悪《ぞうお》は彼の命令である。あらゆる生の泉であり、爽やかな水である。口を冷やし胃を燃やす薄荷《はっか》のように爽やかな。

私はそのとき変った。奴らはそのことを理解した。奴らに出会うと私はその手にくちづけた。私は奴らの身うちに入った。倦《う》まず奴らを讃嘆《さんたん》した。私は奴らに信を置いた。奴らが私を傷つけたように、私の仲間を傷つけることを期待していた。宣教師が来ることを知ったとき、私は自分がなすべきことを悟った。他の日々に似たこの日、あれほど前からつづいてきたこの同じ目のくらむような日！　午後の終り、一人の監視人が現われて、窪地《くぼち》の高みを走るのが見えた。数分の後、私は、扉を閉ざしたままの物神の家へ連れていかれた。奴らの一人が、闇《やみ》のなかで十字の形の剣でおどかしながら、私を地べたに押えつけていた。沈黙が長くつづいた。とついに、わけのわからぬ物音がいつも静かな街を満たした。その声を聞き分けるのにしばらくかかった。その声は私の国の言葉を話していたからだ。が、それが響き渡るやいなや、刃《やいば》の先が私の目の前に降りた。監視人は黙ってじっと私を見つめていた。そのとき二つの声が近寄ってきた。その音はまだ私の耳に残っている。「なぜこの家には番人がついているのか、中尉《ちゅうい》殿、扉を打ち破るか」と一方の声がたずねた。「やめろ」ともう一人が短く答えた。一瞬の後、「協定が結ばれた。街は二十名の守備隊を受け入れた。ただし、囲いの外に野営し、ここの風習を重んずるという条件で」とつけ加えた。「奴らは降参か」と言って兵隊が笑った。士官にはわからなかった。とにかくはじめて、奴らは子供の手当のために一人の男を受け入れることを承知したのだ。それは軍僧だろう。そのあとで管轄《かんかつ》地域の問題ということになろう。「もし兵隊がここにいないとしたら、奴らは軍僧のある部分を身体から切り落すだろう」と一人が言った。「とんでもない」と士官が答えた。「ベフォール師は守備隊より先に着くだろう。彼は二日の内にここに来るのだ」私にはもう何も聞えなかった。じっと動かず、刃をつきつけられて地面に伏していた。私は苦しかった。針と短刀の輪が私の内部でまわっていた。奴らは馬《ば》鹿《か》だ。大馬鹿だ。奴らはこの街に、その無敵の権力に、真の神に手を触れさせた。これから来ようとしている男に対して、舌を切ることもなかろう。びた一文払わず、侮辱を受けることなく、男は自分の無礼な善意をひけらかすだろう。悪の支配は遅れてしまう。また疑いが起ってくる。ひとはふたたび、ありもしない善を夢み、あり得るただ一つの王国の到着を促進する代りに、稔《みの》りなき努力に身をすり減らして、時を失おうとしている。自分をおびやかす剣を私は眺めていた。おお、ただ一つ世界を支配する力よ！　おお、力よ。街はしだいしだいに物音がなくなり、ようやく扉が開いた。ただひとり、狂いたちながら悲しく、物神とともに私は残された。そして、わが新しい信仰、わが真実の師、わが暴虐《ぼうぎゃく》の神を救い、それがどんなに高くつこうとも他は見捨てようと誓った。

暑さが少し弛《ゆる》む。石はもう悸えない。私は穴から出て、砂漠が黄色、オークル、やがては紅紫色《モーヴ》と、だんだんに色をかえてゆくさまを眺めることができる。昨夜私は奴らが眠るのを待った。扉の錠を止めておいた。綱にしばられた、いつもと同じ足どりで外へ出た。私は街筋を心得ていた。古い銃はどこで手に入るか、どの出口には番人がいないかを知っていた。ひと摑《つか》みの星のまわりで夜が色あせ、砂漠が幾らか色を濃くする、その時刻に、私はここに着いた。そして今は、この岩間にしゃがみこんでから、もう何日も何日も過ぎたように思われる。早く、早く、あいつが早く来ればいい。

もうじき、奴らが私を探しはじめるだろう。四方八方の径を飛ぶように走るだろう。奴らのために、奴らにいっそうよく仕えるために、私が出かけたことは、奴らにはわかるまい。私の脚は飢えと憎悪とに酔うて力がない。おお、あそこに、径の果てに、二頭のラクダが大きくなる。側対歩《アンブル》で走っている。短い影があるために二重《ふたえ》に見える。いつものあの活潑《かっぱつ》で夢みるような足どりで走っている。とうとうやってきたのだ。

さあ、銃をとれ。私はいそいで打ち金を起す。おお物神よ、あそこにいるわが神よ。汝《なんじ》の権威の護《まも》られるように、罪の増すように、餓鬼《がき》どもの世界を憎悪が容赦なく支配するように、悪人が永劫《えいごう》に頭《かしら》であるように、塩と鉄とから成る唯一の街の、専制の黒人どもが情け容赦なくひとを屈従させ支配するところに、ついには王国の来たるように。そして今は、憐憫《れんびん》を射《う》て、無力とその慈悲を射て、悪の到来を遅らせるすべてを射て、二度射て、奴らはのけぞって、倒れる。ラクダは地平めがけて一目散に逃げる。そこに一群の黒い鳥が変らぬ空へ泉のように噴きあがる。私は笑う。笑いこける。あいつは唾棄《だき》すべき衣のなかでのたうちまわる。あいつはちょっと頭を起して、私を見る。足枷をはめられた、全能の主人たるこの私を。なぜあいつは私に微笑《ほほえ》みかけるのか。あの微笑みを押し潰《つぶ》してやるのだ！　善の面《つら》の上に銃の床尾を打ちつける音の、何と快いことか。今日、ようやく今日にいたって、いっさいが成就《じょうじゅ》された。砂漠のいたるところで、今から数時間、山犬どもはありなしの風の匂《にお》いを嗅《か》ぐ。やがて走りだす、忍耐強く小走りに、奴らを待っている腐肉の宴《うたげ》に向って。勝った！　私は恍惚《こうこつ》たる空へと腕をのばす。紫の影がむこうの縁に立っているだろう。ヨーロッパの夜々よ、祖国よ、少年期よ、この勝利のときになぜ私は泣かねばならぬのか。

男が動いたのか、いや、音は別の所から来る。反対側のあそこ、あれは奴らだ。黒い鳥が飛ぶように駆けつけてくる。私の主《あるじ》たちは、私にとびかかり、私をひっとらえる。ああ、そうだ、なぐれ。奴らはその街が腹をえぐられ、呻《うな》り声を立てるのを怖《おそ》れている。それは必要なことだったが、私がまねいた、兵士どもの復讐《ふくしゅう》が聖なる街に加えられるのを怖れている。さあ今は自分で護れ、なぐれ、まず私をなぐれ、君たちが正しいのだ！　おお、わが主たち、奴らはつづいて兵士どもを打ち破り、言葉と愛とを打ち破るだろう。砂漠を遡《さかのぼ》り、海を渡り、ヨーロッパの光をその黒いヴェールで包むだろう。腹をなぐれ、そうだ、目をなぐれ。奴らはその塩を大陸に撒《ま》くだろう。あらゆる植物、あらゆる青春は消え滅びるだろう。そして足枷をはめられた唖の群衆が、真の信仰の残酷な陽の下に、世界の砂漠のなかを、私と並んで歩むだろう。私はもう一人ではないだろう。ああ、痛み、奴らが私に加える苦痛よ。奴らの怒りは善い。今奴らが私を八つ裂きにするこの台の上で、可哀想《かわいそう》に、私は笑っている。私は自分が十字架に釘づけにされるこの音が好きだ。

なんと砂漠の静まり返っていることか。すでに夜。私はひとりきりだ。喉《のど》が乾いた。まだ待たねばならぬ。街はどっちだ。あの遥《はる》かなる物音は。おそらく兵士どもが勝ったろう。いや、そうあってはならぬ。兵士どもが勝ったにしても、奴らは十分に悪党ではない。彼らには支配できまい。またしても、より善くならねばならぬなどと言ったりするだろう。そうなれば、相変らず数百万の人間が悪と善とのあいだで引き裂かれ、うろたえることになる。おお物神よ、なぜ私を見捨てたのか。すべては終った。水が飲みたい。身体《からだ》が燃える。深まる闇が私の目をひたす。

この長い長い夢、私は目をさます。いや違う、私は死ぬのだ。暁が来る。他の生ける人たちのためには、最初の光であり、夜明けなのに、私にとっては、それは残酷な太陽を意味し、蠅《はえ》どもを意味する。誰が話しているのだ、誰でもない。窓は口を開かない。違う、違う。神は砂漠で語らない。それなのに、砂漠のほうからこんな声が聞える。「もし汝が憎悪と力とのために死ぬことを同意するなら、誰がわれわれを赦《ゆる》すだろう」それは、私の内部のもう一つの舌なのか、それとも私の足もとで相変らず死にたがらぬあの男の声なのか。「がんばれ、がんばれ」とその声は繰り返す。ああまたしても私が間違ったのだったら！　かつての仲間たちよ、唯一の頼りよ、ああ寂しい！　この私を見捨てないでくれ、ここだ、ここだ。お前は誰だ、引き裂かれて、口は血まみれで、お前は妖術師《ようじゅつし》だな、兵士どもに打ち破られたな、あそこで塩が燃えている、お前はあの愛する私の主人《あるじ》だな。この憎しみの顔を捨てろ、さあ善良になれ。われわれは間違った。またやり直そう。われわれは慈悲の府《まち》を造り直そう。私は家へ帰りたい。そうだ、手伝ってくれ、そこだ、お前の手をのばして、お前の手を……》
　ひと摑みの塩が、おしゃべりな奴隷の口をいっぱいにした。

啞者

真冬だった。それでも、もう働きだした街の上に、晴れやかな一日が昇っていた。突堤の端では、海と空は同じ一つの光のなかに溶け合っていた。イヴァールはしかしそれらを見ていない。港を見おろす大通りに沿うてのろのろと車を走らせていた。自転車の固定ペダルの上で、利《き》かないほうの脚はじっと休んでいて、動かない。もう一方の脚は、まだ夜露に濡《ぬ》れている舗石を乗り越えるのに苦労していた。頭を起さず、サドルの上にかがみこんだまま、彼は昔の電車のレイルを避けていった。急にハンドルを切って側《わき》によけ、彼を追い抜く自動車を通過させる。時々、腰のところの、フェルナンドが昼飯を入れた袋を、ひじで押し戻す。そのとき彼は袋の中身のことを考えて情けなくなる。大きな二切れのパンのあいだに挟《はさ》んであるのは、彼の好きなスペイン風オムレツとか油であげた牛肉ではなくて、チーズだけなのだ。

仕事場への道がこんなに長く思われたことはなかった。彼もやはり年をとるのだ。四十歳になると、まだ葡萄《ぶどう》の蔓《つる》みたいに痩《や》せこけてはいても、筋肉はなかなか温まってこない。時に、スポーツ記事のなかで三十歳の選手をヴェテランと呼んでいるのを読んだりすると、彼は肩をすくめて、フェルナンドに言ったものだ。「こいつがヴェテランだとすりゃ、この己《おれ》なんぞはすでに老いぼれだ」そうは言っても、新聞記者の言が全然の誤りではないことを彼は承知していた。三十歳で、ほとんど目に見えぬほどではあるが、すでに息が弱まる。四十歳では、まだ老いぼれではない。が、老いぼれの徴候がはじまる。だんだんと、しかもそれは少しずつ進むのだ。樽《たる》工場のある街の向う端にいたる道のりのあいだ、久しく前からもう彼が海を眺めなくなったのは、このためではなかったのか。二十歳のころ、彼は海を眺めて倦《う》むことがなかった。海は彼に、海辺《うみべ》における楽しい週末を約束していた。びっこを引いていたにもかかわらず、あるいはびっこを引いていたせいで、彼は昔から水泳が好きだった。それから幾年かが過ぎていた。フェルナンドと結婚し、男の子が生れた。生活のために、土曜日は樽工場で超過勤務の時間を過し、日曜は個人の家で雑用を手伝った。彼を満足させていたあの強烈な日々の習慣を彼はだんだん失っていた。深く澄んだ水、強い太陽、娘たち、肉体の生活、彼の国にはそれ以外の幸福はなかった。そしてこの幸福は青春とともに過ぎさった。イヴァールは相変らず海が好きだった。しかし、それは、入江の水の暗くなりそめる、日暮れだけのことだった。仕事を終えて腰をおちつけるわが家のテラスのひとときは快かった。そのとき彼は、フェルナンドが上手にアイロンをかけた清潔なシャツに、アニス酒を入れた曇ったコップに満足していた。夜が降りてくる。束《つか》の間《ま》の優しさが空にたたずむ。イヴァールと話していた隣の者もにわかに声を低める。自分が幸福なのか、あるいは泣きたいのか、そのとき彼にはわからなかった。少なくともこうした瞬間には彼は厭《いや》ではなかった。しずかに、それが何かは知らないままに、ただ待つという以外には、なすべきことは何もなかった。

これに反して、ふたたびその仕事にかからねばならぬ朝は、彼はもう海を眺めることを好まなかった。海はいつも忠実に約束の場所にいるのだが、彼はもう夜しか眺めようとはすまい。その朝、彼はうなだれて、いつもより一層のそのそと車を走らせていた。その心もまた重かったのだ。前の晩、彼が集会から戻って、また仕事に戻るのだと告げたとき、フェルナンドは喜んで「それじゃあ親方は賃上げしたの？」と言った。ところが工場主は全然賃金をあげない。ストライキは失敗したのだ。彼らの戦略は巧《うま》くなかった。そのことは認めなければならぬ。かんかんになったストライキ。組合がなかなかついてこないのも一理あった。十五名の労働者なんぞは、そもそもたいしたものではない。組合はついて来ない他の樽工場のことを考慮していた。そうした他の工場をうらむわけにはいかなかった。樽製造業は、船の建造と液体運搬用トラックの建造との圧迫をうけて好調とは言えなかった。大樽小樽の生産はしだいに減った。特に前からあった大酒樽の修理が多かった。工場主たちはその事業を危うしと見ていた。そのとおりだった。しかし、彼らはそれでも一定の利益の幅を守ろうとした。彼らにとっていちばん簡単なのは、物価の騰貴《とうき》にもかかわらず、賃金を釘《くぎ》づけにすることだと思われた。樽工場が消えさるときに樽職人に何ができよう。骨折って一つの仕事を覚えたときに、ひとはなかなか仕事を変えぬ。樽職人になるのはむずかしい。樽職人になるには長い年期が必要であった。腕のいい樽職人、詰物なんぞを使わなくても、ほとんどぎっちりと、その桶板《おけいた》の曲り具合を正し、火にあぶって金《かね》のたがで締めあげるような職人は、稀《まれ》だった。イヴァールはこれが巧くて、得意であった。仕事を変えることは何でもない、が、自分のよく知った技術、自分の腕の冴《さ》えを棄《す》てることは容易でない。見事な腕があっても働き場所がなくてはどうにもならぬ。諦《あきら》めるほかはなかった。しかし諦めもまた容易ではなかった。口を緘《かん》しているのは、文句を言えずにいることはやりきれなかった。毎朝毎朝積み重なる疲労とともに同じ道を通ったあげく、週末にはただ雇い主のくれてやるものしかもらえない、それもだんだん不足がちになるのではやりきれなかった。

そこで彼らは怒りはじめた。逡巡《しゅんじゅん》する者も二、三あったが、工場主との最初の交渉が終ると、怒りがこれらの人にも打ち克《か》った。実際、工場主はまったく無愛想に「どうとでもしろ」と言ったものだ。人間ならこんな言い方はしない。「あいつは何を思っているんだ！　われわれがズボンでもおろすと思ってるのか」と、エスポジートが言った。とは言っても、工場主は性の悪い代物《しろもの》ではなかった。彼は父の跡を継ぎ、工場のなかで育ち、何年も前からほとんどすべての工員を知っていた。樽工場のなかで、時には工員を軽い食事に招《よ》んだりした。木端の火で、鰯《いわし》だの腸詰だのを焼かせた。酒も手伝って、彼は大層親切であった。新年にはいつも工員の一人一人に極上葡萄酒を五本ずつくれた。工員のなかに病人が出たり、あるいは単に結婚とか聖体拝受とかのことがあったりすると、金一封を贈った。その娘が生れたときには、総員にボンボンが出た。二度か三度、イヴァールは海沿いの彼の屋敷で狩りに招ばれた。彼は自分の工員を愛していたにちがいない。それに自分の父親も小僧から始めたことを、よく思い出した。しかし決して工員の家には行かなかった。彼にはよく了解できなかったのだ。彼は自分のことしか考えなかった、自分しか知らなかったからである。さて今はのるかそるかというわけだ。言葉を換えれば、今度は彼が依怙地《いこじ》になっていた。しかも彼のほうは依怙地になることもできたのだ。

彼らは組合に無理を強いた。工場は扉をとざした。「ストライキのピケットなんぞというつまらぬことをするな」と工場主は言った。「工場が動かなければ己は倹約ができる」これは真実ではなかった。が、彼はお情けで連中を働かしてやるのだと面と向って公言していたから、事はそれでは納まらなかった。エスポジートは怒り狂っていた。お前は人間ではない、と言ってのけた。相手も血の気が多い。二人を引き分けねばならなかった。しかし、同時に工員たちは興奮していた。ストライキは二十日つづいた。女どもは家で寂しそうだった。仲間の二、三人は力を落していた。終りに組合は、調停にかけ、ストライキ中の日当は超過勤務時間で償うという約束で譲歩することを勧めた。彼らは仕事に戻る決意をしていた。もちろん、見込みがないわけではない、再検討を要するなどと言って、虚勢を張りながら。しかし、この朝、疲労は敗北の重苦しさに似ていた。肉の代りにチーズが入っている。もはや錯覚をいだく余地はなかった。太陽は空《むな》しく輝いていた。海はもう何ものも約束しなかった。イヴァールはその片方だけのペダルを踏みしめていた。車輪がまわるたびごとに、老いこんでゆくように思われた。工場を、仲間を、これから顔を見る工場主のことを考えると、いよいよ心は重く沈んだ。フェルナンドは心配していた。「あんたあの人に何て言うの」「何も言わん」イヴァールは自転車に跨《またが》って、頭を横に振った。歯がみしていた。皺《しわ》が寄り陽やけしてはいるが、目鼻立ちの整った小さい顔が、こわばっていた。「働けりゃ、それでいいんだ」今彼は車を走らせている、相変らず歯を食いしばって。ひからびた物悲しい怒りは空まで暗くしていた。

彼は大通りを離れ、海を離れた。古いスペイン地区の湿っぽい路《みち》に入った。その路は、もっぱら車庫や屑鉄《くずてつ》置場や車置場に占領された地帯に出る。仕事場の立っているのはここだった。それは一種の上屋《うわや》で、半分の高さまで石造りで、その上はナマコ板の屋根までガラス張りである。この仕事場が元の工場に、古いプレオーに囲まれた中庭に面していた。これは企業が大きくなったとき見捨てられたもので、今では使い古しの機械やら古樽やらの置場にすぎない。中庭の向うに、古瓦《ふるがわら》を敷きつめた小路《こうじ》で隔てられて、工場主の家の庭がはじまり、その端に住居が建っている。住居は大きくて形が悪いが、それでも外の階段をとりまく野葡萄と痩せたスイカズラのおかげで感じは良かった。

イヴァールはまもなく仕事場の扉が締っているのを見た。ひと群れの工員が黙って扉の前にたたずんでいた。彼がここで働きはじめてから、到着してもまだ扉が締っているのを見たのははじめてであった。工場主は一撃を与えておきたかったのだ。イヴァールは左手に行って、上屋のこちら側につながる差掛けのかげにその自転車を並べ、戸口へ向って歩いた。彼は遠くから、自分の隣で働く、毛深くて陽やけした巨大な快漢、エスポジートを見た。また、裏声テノール歌手みたいな顔をした、組合委員マルクーを、この工事場の唯一《ゆいいつ》のアラビア人サイドを、それからその他のすべての者を。彼らは黙って彼の近づくのを眺めていた。しかし、彼が仲間といっしょになる前に、今し方半ば開いた仕事場の扉のほうを、彼らは突然振り向いた。職工長のバレステルが門口に現われた。彼は重い扉の一つを開き、工員たちに背を向けて、しずかにこれを金《かね》のレイルに滑らせた。

バレステルは、皆のなかで、最も年長で、ストライキに不賛成だった。が、エスポジートがあんたは雇い主の利益に仕えているんだと言ってからは、黙りこんでいた。今や彼は、がっちりしているが丈は低い身体《からだ》に紺色のスウェーターを着て、もう裸足《はだし》で、(サイドを除けば、裸足で働くのは彼一人だった)戸口のところに立っていた。厚く垂れた口ひげの下に悲しげな口をして、赤銅色《しゃくどういろ》の老いた顔のなかで無色に見えるほど淡《うす》い色の目で、一人ずつ入って来るのを眺めていた。彼らは黙っていた、こうして敗者として入ることを恥じ、また自分たちの沈黙を憤《いきどお》りながら。しかし、この沈黙が長くつづくにつれて、それはだんだん破りがたいものとなっていた。彼らはバレステルを見ずに通った。自分たちをこんな仕方で入らせて、職工長が一つの命令を実行していることを、彼らは知っていた。その苦々しい憂鬱《ゆううつ》な態度からして職工長が何を考えているかが察せられた。イヴァールは彼を見た。バレステルは、イヴァールが大好きだったから、何も言わずにうなずいた。

今彼らは皆、入口の右手の小さな更衣室にいた。それは白木《しらき》の板で区切られた、明けっぱなしの仕切りで、そのどの面にも、鍵《かぎ》の締る小さな物入れが架けられていた。上屋の壁につき当る、入口から数えていちばん奥の仕切りは、シャワー室になっていた。下の排水用の溝《みぞ》は土間の土にじかに掘られている。上屋の中央には、各々《おのおの》の仕事の場所によって、仕上がってはいるがまだたががゆるく、火で焙《あぶ》って曲げられるのを待つ大樽やら、大きなひびの入った厚い削り台やら（その幾台かのために、大鉋《おおかんな》で削られるのを待つ円い樽底の材が投げこまれていた）黒く消えた火やらが見えた。入口の左手は壁に沿うて仕事台が列をなしていた。その前には鉋を掛けるべき樽板の山が積み上げてある。右手の壁にひっついて、更衣室から遠からぬところに、よく油をさした二台の大きな機械鋸《きかいのこぎり》が威《いか》めしくひっそりと光っていた。

ずいぶん前から、上屋は、これを占めるひと握りほどの人間には広すぎるようになっていた。暑さの激しいころには楽だったが、冬場はつらかった。しかし今日は、この大きなひろがりのなかに、打ち捨てられた仕事、隅のところでしくじった樽、――不細工な木製の花のように上に向って開いた樽板の足をたった一つのたがが束ねこんでいる——削り台や道具箱や機械を蔽《おお》うているおが屑、すべてが仕事場になげやりの風情《ふぜい》を与えていた。今古いジャケツを着て、洗いざらして継ぎだらけのズボンをはいて、彼らはこれを眺めていた。そして、彼らはためらっていた。バレステルは彼らをじっと見ていた。「では始めるか」と彼が言った。一人また一人と、ものも言わず自分の位置についた。一つ一つの持場に出向いて、短い言葉で、始める仕事または仕上げる仕事を命じた。誰一人返事はしなかった。やがて最初の金鎚《かなづち》が、金具のついた木の楔《くさび》の上で鳴りひびいた。それは樽の中膨《なかぶく》れの部分にたがを打ちこんだ。大鉋が木の節《ふし》に当って呻《うめ》いた。エスポジートの使う一本の鋸が、刃金のこすれる快音とともに動きだした。サイドは求めに応じて樽板を持ってきたり、木屑に火をおこしたりした。鉄の薄板のコルセットをはめたまま樽を膨らますために、その火の上に樽をかざした。誰も彼を呼ばなくなると、彼は仕事台で金鎚を振りあげて、錆《さ》びた大きなたがに鋲打《びょうう》ちしていた。木屑の燃える匂《にお》いが上屋を満たしはじめた。イヴァールは、エスポジートの切った樽板に鉋をかけ、板をそろえていたが、この昔ながらの匂いを想《おも》い出すと心の重荷も少しおりた。誰もが黙りこくって働いていた。しかし、一つの熱気、一つの生命がこの仕事にふたたび生れそめた。大きなガラス戸を通して、爽《さわ》やかな光が仕事場を満たしていた。金色の大気のなかで煙は青かった。すぐそばで一匹の虫がぶんぶんうなっているのまで、イヴァールには聞えた。

このとき元の樽工場に通ずる、奥の壁の扉が開いた。ラサール氏、工場主がしきいのところに立ちどまった。痩せた浅黒いこの男はやっと三十過ぎである。ベージのギャバジンの上下揃《そろ》いの服に、ホワイト・シャツの前をゆるゆるとはだけているので、いかにも身体が楽そうに見えた。ナイフの刃で削ったような骨ばった顔にもかかわらず、スポーツマンによくあるさっぱりした態度で、一般にいい感じを与えた。それでもしきいをまたぐときいささか困惑したように見えた。お早うという声もいつもほど朗らかではなかった。ともかく誰も返事をしなかった。金鎚の音がためらい、ちょっと調子が狂ったが、気をとり直して前より激しく鳴った。ラサール氏はふらふらと二、三歩あるいた。それから若いヴァレリイのほうへ進み出た。彼はここで働きだしてからまだ一年にしかならない。機械鋸のそばの、イヴァールから数歩はなれたところで、彼は大樽の底板を張っていた。工場主は彼がやるのを眺めていた。ヴァレリイは仕事をつづけていた。一言も言わなかった。「おい君、どうだい」とラサール氏が言った。青年のしぐさは急にぎごちなくなった。彼はエスポジートのほうを眺めやった。エスポジートは、そのそばで、イヴァールのところへ搬《はこ》ぼうとして、樽板の山を頑丈な腕にかかえこんでいた。エスポジートも青年のほうを見たが、相変らず作業はつづけていた。ヴァレリイは、主人に何も答えずに、自分の樽にまた鼻をつっこんだ。ラサールは少々驚いて、しばらく青年の前に棒立ちでいた。やがて、肩をすくめて、マルクーのほうを向いた。マルクーは自分の台に馬乗りになって、ゆっくり確実にこつこつと、底板の切込みを削り終えようとしていた。「お早う、マルクー」前よりは素気ない調子でラサールが言った。マルクーは返事をせず、その木片からほんのわずかな屑しか出ないようにと、そればかりに気をとられていた。「どうしたんだ」とラサールは激しい声で、今度は他の工員たちのほうを向いて言った、「話合いはつかなかった。それはわかっている。だが、それはいっしょに働くことの妨げにはならぬ。いったい、どうしようと言うんだ」マルクーは立ちあがった。自分の底板を持ち上げた。手のひらで円い切込みを検査し、おおいに満足な様子でそのものうげな目に皺をよせた。相変らず黙ったまま、大樽を組み立てている別の工員のほうへ行った。仕事場じゅうに金鎚と機械鋸の音しか聞えなかった。「よろしい。こだわりがとれたら、バレステルから言ってもらおう」とラサールが言った。しずかな足どりで、彼は仕事場から出ていった。

そのほとんど直後に、仕事場の喧噪《けんそう》をつんざいて、二度ベルが鳴った。煙草《タバコ》を巻こうとして腰をおろしたばかりのバレステルは、のろのろと立ちあがり、奥の小さなドアのほうへ行った。彼が行ってしまうと、金鎚の響きは小さくなった。バレステルが戻ってきたとき、工員の一人はちょうど手を休めたところであった。扉のところから、「親方がマルクーとイヴァールを呼んでる」とだけバレステルは言った。イヴァールの最初の動作は手を洗いに行くことだった。しかしマルクーが途中で彼の腕をつかまえた。イヴァールはびっこを引き引きマルクーについて行った。

戸外の中庭では、日光はまことに爽やかに流れていて、イヴァールはそれを顔にも裸の腕にも感じたほどだった。すでに幾つかの花を見せているスイカズラの陰の、おもて階段を二人は昇った。数々の証書を壁にはりつけた廊下に入ったとき、子供の泣き声とラサール氏の話し声が聞えた。「昼飯が済んだらあれを寝かせなさい。それでだめなら医者を呼びなさい」まもなく工場主は廊下に現われて、農家風まがいに家具をしつらえ、壁にスポーツの賞杯を飾った、二人のもうよく知っている狭い事務室に招じ入れた。「坐《すわ》りたまえ」自分の机の向うに腰を据えながらラサールが言った。二人は立ったままでいた。「君たちに来てもらったというのは、マルクー君は委員だし、イヴァール君はバレステルに次いでいちばん古い従業員だからだ。もうけりのついた議論をここでまたむし返したくはない。諸君の要求どおりに給与することはできない。絶対にできない。事柄は決着した。われわれは仕事を再開せねばならぬという結論に達した。諸君が私を憎んでいるのが私にはわかる。私としてもそれはつらい。私は感ずるがままに今君たちに話しているのだ。私はただこのことをつけ加えておきたい。すなわち、今日私にできないことでも、事業が立ち直った暁にはできるようになるかもしれぬ。そして、私にできるときには、君たちの要求を受ける以前に、進んで実行したい。それまでは、一致協力して働こうじゃないか」彼は口をつぐんだ。考えこむように見えた。彼らのほうに目をあげた。「どうだな」と彼が言った。マルクーは外を見ていた。イヴァールは歯を食いしばっていた。話したいと思ったが、話せなかった。「聞きたまえ」とラサールが言った、「諸君は皆依怙地になっている。そのうちにその気持もおさまるだろう。だが諸君の頭が落ち着いたときに、今私の言ったことを想い出してくれたまえ」彼は立ちあがって、マルクーのほうへ行き、手をさしのべた。「では、これで」と言った。マルクーはさっと蒼《あお》ざめた。艶歌師《えんかし》みたいな顔がこわばり、一瞬の後には敵意をむきだしにした。彼は急に踵《きびす》をかえして外へ出た。ラサールはこれも蒼ざめて、イヴァールを眺めたが、もう手はさしのべなかった。「とっとと失《う》せろ！」と彼はどなった。

二人が仕事場へ帰ったとき、工員たちは昼飯を食っていた。バレステルは外へ出ていた。マルクーがぽつりと言った、「風が出てる」彼は自分の持場に戻った。エスポジートはパンにかぶりつくのをやめて、二人が何と答えたかとたずねた。何も答えなかった、とイヴァールが言った。それから自分の袋をとりに行って、自分の仕事していた台に戻って腰をおろした。彼は食いはじめた。とそのとき、自分の近くに、サイドが木端の山のなかにあおむけに寝ころんでいるのに気がついた。今はもう空も光がかげったせいで青ずんだガラス戸のほうへ、サイドはぼんやり目をやっていた。イヴァールはサイドにもう済んだのかとたずねた。サイドはいちじくを食ったのだと言った。イヴァールは食うのをやめた。ラサールとの会見以来ついて離れなかった不愉快な気持が急に消え失せて、温かい熱情がこれにとって代った。彼は立ちあがって、自分のパンを二つに割った。しきりに遠慮するサイドに向って、来週になれば万事うまくゆく、と言った。「この次には己《おれ》にご馳《ち》走《そう》してくれよ」とも言った。サイドは微笑した。彼は今イヴァールのサンドウィッチの一片をかじった。ただちょっぴりと、まるで腹の減ってない男みたいに。

エスポジートは古ぼけた鍋《なべ》をとって、鉋屑《かんなくず》と木《き》片《ぎれ》に火をつけた。壜《びん》に入れて持ってきたコーヒーをあたためた。ストライキの失敗を知ったとき食料品屋がくれた、工場に対する贈物だ、と彼は言った。芥子《からし》のコップが手から手へまわった。そのたびに、エスポジートは砂糖入りのコーヒーを注いだ。サイドはパンを食うときには示さなかった非常な喜びようで、これを飲みほした。エスポジートは、コーヒーの残りを煮えたぎる鍋からじかに飲んでいた。唇をぺちゃぺちゃ鳴らしたり、「熱いぞ、こん畜生」と言ったりしながら。このときバレステルが入ってきて、仕事始めを告げた。

彼らが立ちあがって、紙や食器類を自分の袋にしまいこんでいると、バレステルが来てその中央に立って、あれは誰にとってもひどい打撃だった、己にとってもそうだ、しかし、そうかと言っても子供じみた振舞に出る理由にはならぬ、すねたりふくれたりしたところで何の役にも立たぬ、とだしぬけに言った。エスポジートは鍋を手に持ったまま彼のほうを振り向いた。厚みのある馬面《うまづら》がさっと紅潮した。エスポジートが何を言おうとしているか、エスポジートと同時にみんなが何を考えているかがイヴァールにはわかった。誰もすねているわけではない、ただ口を封ぜられてしまったのだ、のるかそるかだ。怒りと空しさとは時に声も出なくなるほど深い傷を与えるのだ、と。彼らは人間だった、それだけだ。無理に微笑や、愛嬌《あいきょう》をつくろうとしなかったのだ。しかしエスポジートは、こうしたすべてをひと言も言わなかった。その表情もようやく和らいだ。彼はやさしくバレステルの肩を叩《たた》いた。他の連中はめいめいの仕事に戻った。また金鎚が鳴った。広い上屋は、親しみ深い騒音、鉋屑の匂い、汗に濡《ぬ》れた古ぼけた作業服の匂いに満たされた。大鋸は、エスポジートがしずかにその上に押しだす樽《たる》用の新しい材木にくらいついて、唸《うな》りをたてていた。切り口のところから濡れた鋸屑《おがくず》が噴きこぼれて、パン屑か何かのように、唸りをたてる鋸の歯の両側からしっかりと木片を押えている、毛深い大きな手を蔽った。樽板が切られてしまうと、もうモーターの音しか聞えなかった。

イヴァールは大鉋の上に背をかがめていて、今疲労困憊《こんぱい》したのを感じた。いつも、疲労がやってくるのはもっと遅かった。動かずにいた数週間、鍛錬を欠いたせいだった。それは明らかだ。しかし彼は、この仕事が単なる精密さだけではないからには、年をとって手仕事がだんだんつらくなることも考えざるを得なかった。この疲労は同時に老いの衰えを彼に告げていた。筋肉がガタガタになってくると、労働はついに呪《のろ》わしいものとなる。それは死の前触れだ。おおいに奮闘した夜々に、眠りはまさに死のように深い。息子は教師になりたがっていた。彼は正しかった。手仕事についていろいろ論じるような連中は、自分の語る当のものに関して何も知ってはいないのだ。

イヴァールが背をまっすぐにのばしてひと息つき、こういう悪《あ》しき想念を追い払ったとき、ふたたびベルが鳴った。しつっこく、しかも、ちょっと切れたりまた急を告げるように鳴りだしたり、いかにも妙な鳴り方だったので、工員たちは動きをやめた。バレステルは驚いて耳をすました。それから意を決して、ゆっくりと戸口へ向った。

彼が姿を消して何秒か経《た》ってから、ようやくベルがやんだ。彼らはまた仕事にかかった。ふたたび扉が荒々しく開いた。バレステルが更衣室のほうへ走って行った。彼はサンダルをつっかけ、上着を着ながら外へ出た。通りすがりに「娘さんが発作を起した。これからジェルマンをさがしてくる」とイヴァールに言って、正門のほうへ駆けだした。ジェルマンは工場のかかりつけの医者だ。郊外に住んでいた。イヴァールはこのニューズをそのまま繰り返した。工員たちは彼のまわりに集まり、当惑してたがいに顔を見合っていた。勝手にまわっている機械鋸のモーターの音しか聞えなかった。「何でもないさ」と一人が言った。彼らは自分の持場に帰った。作業場はふたたび作業の音に満たされた。しかし、彼らはしずかに働いていた、まるで何かを待ってでもいるように。

十五分の後、バレステルがまた入ってきて、上着を置いて、ひと言も言わずにまた側戸《わきど》から出ていった。ガラス戸に陽ざしは衰えていた。しばらくして、鋸が木片に食いこまぬ、そのひまひまに、救急車のサイレンが聞えてきた。最初は遠く、しだいに近く、さらにはついそこに、そして今音は絶えた。一瞬の後バレステルが戻った。みんな彼のほうへ進み出た。エスポジートはモーターを切っていた。自分の部屋で服を着換える最中に、娘さんは、なぎ倒されたとでも言うように急に倒れたのだ、とバレステルが言った。「それはたいへんだ!」とマルクーが言った。バレステルはうなずいて、作業場に向って曖昧《あいまい》なしぐさをした。しかし彼は仰天した様子だった。ふたたび救急車の響きが聞えた。みんなそこに集まっていた。ひっそりとした作業場に、ガラス戸から注がれる黄ばんだ光の波を浴びながら。ごつごつした役に立たぬ手は、鋸屑だらけの古ズボンのわきに、だらんと垂れていた。

午後の残りの時間はなかなか経たない。イヴァールはもう、相変らず胸をしめつけられる想いと疲労以外には何も感じなかった。彼は話をしたかったのだろう。しかし何も言うべきことがなかった。他の連中も同じだった。黙りこんだ彼らの顔には、ただ悲しみと一種の片意地だけが読みとられた。時々、彼の心のなかには、ふしあわせという言葉が出てこようとした。が、出てきたかと思うとたちまち消えた。生れたかと思うと破けるあぶくのように、うちへ帰って、フェルナンドや息子に会いたかった。テラスも見たかった。ちょうどそのときバレステルが終業を告げた。機械がとまった。いそぎもせずに、彼らは火を消し、持場を片づけはじめた。それから一人また一人と更衣室へ入った。サイドが最後に残った。彼は仕事場を掃除して、ほこりっぽい土間に水を撒《ま》かねばならない。イヴァールが更衣室に行ったとき、でかくて毛深いエスポジートはすでにシャワーの下にいた。彼はみんなに背を向けて、音たてて石鹸《せっけん》をつかっていた。いつもは、みんなで彼の羞《は》ずかしがりをからかったものだ。この大熊《おおぐま》は強情にその大事なところをかくすのだ。しかし、この日は誰もそれに気がつかぬように見えた。エスポジートは後すざりして出て、腰のまわりに、腰巻きみたいに手拭《てぬぐい》を巻きつけた。他の連中も順番に浴びた。マルクーは裸の横っぱらをぱんぱん叩いた。そのとき、大扉が金《かね》の車輪で、ゆっくりとまわる音が聞えた。ラサールが入ってきた。

彼は最初にやってきたときと同じ服を着ていた。が、その髪は幾らか乱れていた。彼はしきいに立ちどまり、がらんとした広い作業場を見まわし、五、六歩あるいて、また立ちどまり、更衣室のほうを見た。エスポジートは、相変らず腰巻きをつけたまま、彼のほうを振り向いた。裸で、困りきって、両足を重ね合せてふらふらしていた。何か言うのはマルクーだ、とイヴァールは考えた。しかし、マルクーは、頭からかぶるシャワーの雨の向うに隠れて立っていた。エスポジートはシャツを摑《つか》んだ。いそいでそれをかぶったとき、ラサールは少ししずんだ声で「さよなら」と言い、側戸のほうへ歩きだした。声をかけなければいけないとイヴァールが思ったとき、扉はもう締っていた。

イヴァールはそこで身体《からだ》も洗わずに服を着た。彼もさよならと言った。こころをこめて。仲間も同じように心をこめて答えた。いそいで外へ出た。自分の自転車を探しだした。それに跨《また》ったとき、また疲労を感じた。彼は今、午後の終りの、街の雑踏のなかを車を走らせていた。いそいでいた。古ぼけた家とそのテラスを目にしたかった。坐って海を眺める前に、彼は洗濯場で身体を洗うだろう。その海は、大通りの欄干《らんかん》の向うに、朝よりも暗い色をして、もう彼についてきていた。しかし、あの小娘もまた彼についてきていた。あの娘のことを考えずにはいられなかったのだ。

家では、息子は学校から帰って来ていて、写真入り雑誌を読んでいた。フェルナンドはイヴァールに万事巧《うま》くいったかとたずねた。彼は何も言わなかった。洗濯場で身体を洗って、腰掛に坐りテラスの小壁によりかかった。継ぎのある下着が頭の上に架かっていた。空は澄み透《とお》ってきた。壁の向うに、夕暮れのやさしい海が見られた。フェルナンドがアニス酒とコップ二つと冷たい水の壜を搬《はこ》んできた。彼女は夫のそばに坐った。彼は妻にすべてを語った。結婚の最初の日々のように、妻の手をとりながら。話し終ったとき、彼は海のほうを向いてじっと動かずにいた。海の上では、水平線の端から端まで、もう速やかな黄昏《たそがれ》の色が流れていた。「ああ、あいつがいけなかったんだ！」と彼が言った。彼は若くなりたかった。フェルナンドも若くなってほしかった。そうしたら、二人で出発しただろう、海の向う側へ。

客

教師は自分のほうへ二人の男が登ってくるのを眺めていた。一人は馬に乗り、一人は徒歩である。丘の中腹に建てられた学校へと通ずる、切り立った急坂には二人はまだかかっていない。砂漠の高原の広大なひろがりに、岩間を抜け雪を踏んで行き悩み、道はなかなかはかどらない。時々馬がつまずくのがはっきり見える。音はまだ聞えないが、そのとき鼻づらから立ち昇る白い息が見える。男の一方は、少なくともこの土地を知っている。数日前から白く汚れた褥《しとね》の下に消えている山径《やまみち》を二人はたどっている。るのだ。半時間ではこの丘に達すまい、と教師は計算した。寒かった。スウェーターをとりに校舎へ戻った。

がらんとして凍《い》てついた教室を通った。黒板の上には四色の白墨で描かれた、フランスの四大河が、三日前から各々《おのおの》の河口に向って流れていた。八カ月の乾燥期が過ぎると、雨とともに移り変りの時期を経るということもなく、十月半ばにはいきなり容赦なく雪が降ってきて、高原に散らばった村々に住む二十名ばかりの生徒はもうやってこない。天気になるのを待たねばならなかった。ダリュは、教室の隣の、自分の住居になっている一室しか暖めようとしなかった。その室《へや》も東は高原に面していた。教室の窓々と同じく、もう一つの窓は南に開いていた。こちら側では、学校は、高原が南にくだりはじめる地点から数キロのところに位置していた。晴れた日には、そこに砂漠の入口が開かれている、山の支脈の紫色のかたまりが見えた。

少し暖まると、ダリュは、最初二人の男に気づいた窓に戻った。が、もう見えない。だから二人は急坂にさしかかっていたのだ。空は暗さを減じた。夜のうちに雪は降りやんでいたのだ。雲の天井が高くなるにつれて辛うじて強まる汚れた光の上に、朝が昇ってきた。午後の二時になってようやく昼間になると言えただろう。それでも、小刻みに風が急に変っては教室の二重扉をゆすぶり、不断の闇《やみ》のなかに厚い雪が降りつづけていた、この三日間に比べればましだった。ダリュはそのあいだ自分の部屋で長い時間を耐えていた。差掛けの小屋へ行って牝鶏《めんどり》の世話をし、炭の貯《たくわ》えをとり出す以外には外へ出なかった。幸い、北側の最も近い村、タジッドの小型トラックが、大吹雪の二日前に補給の糧食を搬《はこ》んできてくれた。トラックは四十八時間以内には戻ってくるだろう。

彼はそれに籠城《ろうじょう》をささえるに足るものを持っていた。小部屋をいっぱいに塞《ふさ》ぐ小麦の袋があったが、これは、生徒のなかで、旱魃《かんばつ》の犠牲となった家の児《こ》たちに配給するよう役所が彼に貯蔵せしめたものだ。現実には、誰もが貧しかったから、災害を免れた者は誰もなかった。毎日ダリュは子供たちに割当を配給した。この天候の悪い数日、子供たちには割当がない。彼はそれを知っていた。おそらく父親たちの一人または兄貴どもの一人が今夜あたり来るかもしれない。そうしたら、穀類を補給してやれるだろう。次のとり入れまで食いつながなければならぬ。それだけだ。小麦の船は今やフランスから到着した。いちばんつらい時期は過ぎた。しかし、この悲惨、陽の光のなかをさまようこのぼろ着のあやかしの群れ、月が経《た》つにつれて灰になってゆく高原、文字どおり太陽に焙《ほう》じられて、少しずつ縮んで反りかえる大地、踏みつけられては塵《ちり》とくだける石また石、——こうしてものを忘れることはむずかしかろう。そのとき羊は幾千となく死に、人間さえ幾たりかここかしこで死んだ。あるときはひとに知られることとすらなしに。

わずかな持ちものと、この厳しい生活に甘んじ、人里離れた学校でほとんど修道僧のように暮していた彼は、この悲惨な窮乏を前にすれば、その粗塗《あらぬ》りの壁、その狭いソファー、その白木の棚、その井戸という生活でも、さらには水と食糧とを毎週補給してもらうことで、みずからを王侯のように感じていた。そして、前触れもなく、雨という気候の和らぎもなしに、いきなりこの雪が来た。土地柄は、かように、生きるにつらかった。人間すらいなかった。いたところで何をどうすることもできなかったのだ。しかしダリュはここの生れだった。よそへ行けばどんなところでも、彼は追放を受けたように感じた。

彼はおもてへ出て、学校の前の土手を進んだ。二人の男は今坂の中腹にいた。馬上の男は、ずっと前から知っている老憲兵、バルデュッシであることがわかった。バルデュッシは縄の先に一人のアラビア人をつないでいた。男は、両手を縛られ、うなだれて、バルデュッシの後からついてきた。憲兵は挨拶《あいさつ》のしぐさをしたが、ダリュはこれに答えなかった。もとは青色だったらしいジェラバ（モロッコ人の着る上っ張り）を着て、足にはサンダルをはいているのに、黄色の厚ぼったい毛の半靴下を着け、頭には幅の狭くて短い懸章《シエーシユ》を着けたこのアラビア人に、彼はすっかり目を奪われていた。二人は近づいてきた。アラビア人に怪我《けが》をさせぬように、バルデュッシは馬を並足にさせていた。この一組はしずかに進んできた。

声のとどくところへ来ると、バルデュッシが叫んだ、「エル・アムールからここまで三キロの道を一時間だ」ダリュは答えなかった。丈の低い、角張った身体《からだ》に、厚ぼったい手編みのスウェーターを着こんで、二人の登ってくるのを眺めていた。一度もアラビア人は頭をあげなかった。二人が土手に出たとき、ダリュが言った、「やあ、入って暖まれよ」バルデュッシはやっとのことで馬からおりたが、縄ははなさなかった。ピンと立った口ひげの下で、その口が教師に向って微笑《ほほえ》んだ。赤銅色《しゃくどういろ》の額の下に、深く落ち窪《くぼ》んだ、暗い小さな目、また口のまわりの皺《しわ》が、彼に注意深い勤勉な印象を与えていた。ダリュは手綱をとって、馬を差掛け小屋のほうへ連れていった。二人の男のほうへ戻ってくると、彼らはもう校舎に入って待っていた。彼は二人を自分の部屋へ引き入れた。「教室に火をたいてくる。あそこのほうが楽だろう」と彼が言った。彼が部屋に戻ってきたとき、バルデュッシはソファーに坐《すわ》っていた。自分とアラビア人とをつないでいた縄をほどいた。アラビア人はストーヴのそばに蹲《うずくま》っていた。両手は相変らずくくられたまま、長い懸章《シェーシュ》は今うしろに垂らして、男は窓のほうを眺めていた。ダリュは最初、並はずれに大きい、張り切ってなめらかで、ほとんど黒人みたいなその唇しか見なかった。しかし鼻はまっすぐで、暗い目は熱っぽい。懸章《シェーシュ》は依怙《いこ》地《じ》な額をあらわにしていた。陽にやけてはいるが、今は寒さのために幾らか色褪《いろあ》せている皮膚——顔の全体が不安で同時に反抗的な様子に見えた。それがダリュの心を打った。そのときアラビア人はダリュのほうに顔を向けて、その目をまっすぐに見た。「あちらへどうぞ。薄荷《はっか》入りのお茶をいれよう」と教師が言った。「ありがとう」バルデュッシが言った、「ああ厭《いや》な仕事だ。隠退したいものだ」それから捕虜に向ってアラビア語で、「おい。こっちへこい」アラビア人は立ちあがった。ゆっくりと、くくられた両の手首を前にさし出したまま、校舎のなかを歩いた。

茶といっしょに、ダリュは椅子《いす》を一脚搬んできた。しかし、バルデュッシはすでについそこの生徒用の机の上にふんぞりかえっていた。アラビア人は、教師の机と窓とのあいだにあるストーヴに向い、教壇にぴったりついて蹲っていた。茶碗《ちゃわん》を囚人にさし出しながら、ダリュはくくられた手を見てためらった。「ほどいてもいいだろうな」

「いいとも」とバルデュッシが言った、「あれは護送のためなんだ」彼は立とうという顔をした。しかし、ダリュが床に茶碗を置いて、アラビア人のそばに跪《ひざまず》いた。アラビア人はひと言も言わずに、熱っぽい目で彼のするのを眺めていた。手が自由になると、アラビア人はふくれた手首をたがいにこすり合わせた。茶碗をとり、煮えかえる茶をごくごく飲んだ。

「結構」とダリュが言った、「さてと、これからどこへ行くんだ？」

バルデュッシは茶碗から口ひげを引きあげて、「ここさ」

「何だって、ここへ寝るって？」

「いや、わしはエル・アムールへ戻る。君は、この道連れをタンギーに連れてってくれ。役所がこいつを待っている」

友情のこもった微笑をちらりと浮べて、バルデュッシはダリュを見つめた。

「何を言ってるんだ」と教師が言った、「己《おれ》をばかにする気か」

「いいや、これは命令だ」

「命令？　己は、でも……」ダリュは躊躇《ちゆうちよ》した。コルシカ生れのこの老人を困らせたくはなかったからだ。「とにかく、これは己の仕事じゃない」

「おい、それはどういう意味だ？　戦争になりゃ、みんなどんな仕事だってやる」

「じゃあ、己は宣戦の布告を待つことにしよう」

バルデュッシはうなずいた。

「結構。だが命令はもうここに来てる。それはお前にも関係があるんだ。事は起りかけてる。近々叛乱《はんらん》が起るという噂《うわさ》だ。ある意味で、われわれは動員されているんだ」

ダリュは依怙地な態度を変えなかった。

「おい、よく聞け」とバルデュッシが言った、「お前はいい男だ。わしの言うことがわからなくては困る。小さいとはいえ一つの県という区域を哨戒《しようかい》するのに、エル・アムールに仲間は一ダースしかいない。だからわしは戻るのだ。こいつをお前にまかせて、ぐずぐずせずに帰ってこいと、わしは言いつけられた。こいつをあそこに置いとくわけにはいかん。こいつの村はざわざわしている。奴《やつ》らはこいつを奪い返そうとしていたのだ。明日じゅうにお前はこいつをタンギーに連れていかねばならん。お前はどの猛者《もさ》なら、二十キロの道のりは何でもない。それで仕事は終りだ。お前はまた自分の生徒に会えるし、結構な暮しがつづけられるというわけだ」

壁の後ろで、馬の荒い鼻息が聞え、蹄《ひづめ》を踏み鳴らすのが聞えた。ダリュは窓のそとを眺めていた。天気はすっかりよくなった。雪の高原の上に陽の光がひろがっていた。雪がすっかり溶けると、ふたたび太陽が支配し、またしても石の野を灼《や》くだろう。さらに、何日も何日も、変らぬ空は、人間を想《おも》い起させる何ものもない寂寥《せきりよう》のひろがりの上に、その乾いた光を浴びせるだろう。

バルデュッシのほうに向き直って彼は言った、「いったいあいつは何をしたんだ?」

そして、憲兵が口を開くより先に、「フランス語をしゃべるのか?」とたずねた。

「いや、ひと言も。ひと月も前からあいつを探していたのに、仲間の奴らがかくまっていたのだ。あいつは従弟《いとこ》を殺したのさ」

「われわれに反抗してるのか?」

「わしはそうは思わん。でも結局のところはわかりっこない」

「なぜ殺したんだ?」

「家のなかのごたごただろう。片っぽが片っぽに小麦か何か借りていたらしい。そこははっきりしない。要するに、あいつは鎌《かま》で従弟を斬《き》り殺したというわけだ。ほら、羊みたいに、グイとばかり……」

バルデュッシは自分の喉《のど》に刃物を当てて引くまねをした。アラビア人は、それに気をとられて、不安な様子で彼を眺めていた。ダリュのなかには、この男に対し、またあらゆる人間とその薄ぎたない悪意に対し、そのしつっこい憎悪《ぞうお》と血を求める狂気とに対する怒りがにわかに湧《わ》きたった。

ストーヴの上で湯沸かしが鳴っていた。彼はバルデュッシにふたたび茶をいれた。ためらったが、やがてアラビア人にもついだ。男は二杯目もむさぼり飲んだ。腕をもちあげると長い上っ張りが半ば口を開いた。教師は痩《や》せてるが筋肉の逞《たくま》しいその胸を見た。

「ありがとう、じゃあ、わしは退散する」とバルデュッシが言った。

彼は立ちあがって、アラビア人のほうへ行き、ポケットから細縄を出した。

「どうするんだ」と無愛想にダリュがたずねた。

バルデュッシは、驚いて、縄を示した。

「それには及ばない」

老いた憲兵はためらった。

「好きにしろ。お前は武器はあるんだろうな」

「猟銃がある」

「どこに」

「スーツケースのなかだ」

「寝台のわきに置いたらよかろう」

「なぜだ。己はこわいものなしだ」

「いかれてるぞ、お前は。奴らが蜂起《ほうき》したら、安全な者は誰もいない。われわれは一《いち》蓮托生《れんたくしょう》さ」

「自分で守るさ。奴らの姿を見つけるだけのひまはある」

バルデュッシは笑いだした。が、また急にまだ白い歯を口ひげがおおった。

「ひまがあるって？ そのことをわしは言ってるんだよ。お前さんは昔から少しいかれていたぞ。それがまたお前さんのいいところだ。わしの息子もそうだった」

彼は同時にピストルをとり出して、机の上に置いた。

「これを持ってろ。ここからエル・アムールまで、わしには二つの武器はいらない」

ピストルは机の黒い塗料の上で光っていた。憲兵が自分のほうを振り向いたとき、教師はその皮と馬の匂《にお》いをかいだ。

「おい、バルデュッシ」と急にダリュが言った、「何もかも気に入らん。お前の引っぱって来たこの男がだいいちに気に入らん。だが、己はこいつを連れてったりはしない。仕方がなければ、なぐり合いはするさ。だがこいつを連れてゆくことはご免だ」

老憲兵は彼の前に立ちはだかって、厳しい目で彼をにらんだ。

「ばかげたことをする」と憲兵はしずかに言った、「わしだって、こんなことは好きじゃない。人間をふんじばるなんて仕事は、年期を積んだところで、誰も慣れるもんじゃない。むしろ恥ずかしくなる。だが、奴らおっ放しとくわけにはいかん」

「己はこいつを引き渡したりなどしない」とダリュが繰り返した。

「繰り返して言うが、これは命令だ」

「そうか。己の言った言葉を彼らに言ってやれ、——己は引き渡したりしない」

バルデュッシは明らかに想い悩んでいた。彼はアラビア人を眺めダリュを眺めた。ようよう決心がついた。

「いや、わしは仲間に何も言うまい。お前がわれわれを裏切りたいのなら、勝手にしろ。わしは密告はせん。わしは囚人を引き渡すように命令を受けた、だからわしはそのとおりやる。さあこの紙に署名してくれ」

「むだだ。あんたがこいつを置いてったことを、己は否定はしない」

「わしに対して意地悪くするな。お前は嘘《うそ》はつかんだろうが、お前は土地の者だし、一人前の男だ。とにかく、署名がいる。それは規則だ」

ダリュは引出しをあけて、紫インクの小さな角壜《かくびん》と、赤い色の木のペン軸と、書き方の手本を書くのに使っていた、セルジャン・マジォール印のペン先とを、とり出して、署名した。憲兵は注意深く紙を折り畳んで、財布に入れた。それから戸口へ向った。

「送っていこう」とダリュが言った。

「いや」とバルデュッシが言った、「ご丁寧な挨拶《あいさつ》には及ばない。わしは恥をかかされたよ」

同じ場所にじっと動かぬアラビア人を彼は眺め、不機嫌《ふきげん》そうに洟《はな》をすすり、顔をそむけて戸口に向ったまま、「あばよ」と言った。出て行ったあとに、扉がばたんばたん鳴った。バルデュッシの姿は窓の向うに現われ、やがて消えた。足音は雪に吸いこまれた。仕切り壁の後ろで馬がふるい立ち、牝鶏《めんどり》どもがおびえた。しばらくして、バルデュッシは、手綱をとって馬を引きながら、ふたたび窓のところを通った。振り返りもせずに、急坂のほうへ進み、まず人の姿が消え、つづいて馬が消えた。大きな石がごろごろ転がる音が聞えた。ダリュは囚人のほうへ戻った。囚人は動いていなかったが、ダリュから目をはなさなかった。「待ってろ」と教師はアラビア語で言い、寝室のほうへ向った。しきいを越そうとして、彼は思い直して、机のところへ行き、ピストルをとって、ポケットにつっこんだ。それから、振り返りもせずに、寝室に入った。長いあいだ、彼は自分のソファーに寝そべって、空がだんだん閉ざされるのを眺め、沈黙に聞き入っていた。戦後、ここに到着した最初のころ、彼につらく思われたのは、この静けさだった。高原を砂漠から隔てる山の支脈の麓《ふもと》の小さな村に、彼は職を求めていた。そこでは、岩壁が、北側では緑と黒、南側では薔薇《ばら》色と薄紫に、永遠の夏との国境のしるしとして聳《そび》えていたのだ。ところが、彼は、もっと北の、高原そのものの上にある職場に任命された。最初は、石しか住まぬこの稔《みの》りなき土地で、孤独と沈黙とが彼には何ともつらかった。時には、鋤《すき》でつけた畝溝《うねみぞ》が耕作のことを想い起させたりしたが、それは、建築用のある種の石材をとり出すために掘られたものだった。ここでは石をとり入れするためにしか耕さないのだ。またあるときは、ひとは窪《くぼ》みに溜《たま》った土くずを掻《か》きとっていた。それで、村の瘦せた畠《はたけ》に肥料をやっていたのだ。こうしたあんばいだった。石だけでこの国の四分の三を蔽《おお》っていた。街々はそこに生れ、光り輝き、やがて消えていった。人間はそこを通り、愛し合いあるいは喉笛に食いつき合い、やがて死んでいった。この砂漠のなかでは、誰も、自分もまたこの客も何ものでもない。にもかかわらず、この砂漠の外では、どちらも真の生を生きることはできなかったろう——ダリュはそれを知っていた。

彼が起きあがったとき、教室からは何の音も聞えてこなかった。アラビア人は逃げたかもしれない。そうすればもう決心を要するようなことはなくなって、ふたたび一人に戻るのだ——そう考えただけで隠しようのない喜びが湧いてきて、われながら驚いた。しかし、囚人はそこにいたのだ。ストーヴと机とのあいだに彼は寝そべっていた。目を見ひらいて、天井を眺めていた。この位置では、とりわけて彼の厚い唇が目立った。それは彼にふてくされた様子を与えていた。「こい」とダリュが言った。アラビア人は立って、ついてきた。寝室に入ると、教師は、窓の下、机のわきの椅子をさした。アラビア人はダリュから目を放さずに腰をおろした。

「腹が減ったか」

「ああ」と囚人が言った。

ダリュは二人前の食器をならべた。小麦粉と油をとり、皿のなかでギャレット（菓子の一種）を捏《こ》ねて、天然ガスの小さな竈《かまど》に火をつけた。ギャレットが焼けるあいだに、外へ出て、小屋からチーズ、卵、棗椰子《なつめやし》の実やコンデンス・ミルクを持ってきた。ギャレットが焼けてしまうと、これを冷ますために窓の縁に置き、コンデンス・ミルクを水で割って暖め、終りに、卵をかきまぜてオムレツにした。身体を動かすうちに、右のポケットにつっこんだピストルに触れた。彼は鉢《はち》を置いた。教室を通って、自分の机の引出しにピストルをしまった。寝室に戻ったときは、暗くなっていた。彼は明りを灯《とも》し、アラビア人に飯を出した。「食べろ」と彼が言う。相手はギャレットの一片をとり、がつがつと口にはこんだが、途中でやめた。

「それで、あんたは？」と彼が言った。

「お前が済んでから、己も食べる」

厚い唇が半ばひらいた。アラビア人は逡巡《しゅんじゅん》した。やがて思いきってギャレットに食いついた。

飯が済むと、アラビア人は教師を見つめていた。

「お前が裁判官か？」

「違う。己は明日までお前を預かるのだ」

「なぜ己といっしょに飯を食うんだ？」

「腹が減ってるからさ」

相手は黙った。ダリュは立って、出ていった。小屋から折畳みの寝台を持ってきて、自分の寝台と垂直に、机とストーヴのあいだに、これをひろげた。隅に立てて書類棚に使っている、大トランクから、二枚の毛布を引っぱり出して、これを折畳み寝台の上に敷いた。それから、彼は立ちどまり、することのないのに気づき、自分の寝台に腰かけた。もはやなすべきこと、準備すべきことは何もなかった。この男を見ていなければならない。そこで彼は男を見ていた、この顔が怒りに逆上したところを想像しようと努めながら。が、それは巧《うま》くいかなかった。憂鬱《ゆううつ》で同時にキラキラ光る眼《まな》ざしと動物的な口もとだけが目に映った。

「なぜお前はそいつを殺したんだ？」その声はいかにも敵意に満ちていて、思わず自分でも驚いた。

「あいつが逃げた。己はそれを追っかけた」

男はふたたび目をダリュに上げた。その目は悲しい問いかけのようなものに満ちみちていた。

《これから己をどうしようというのか？》

「お前こわいのか？」

相手は身をこわばらせ、目をそむけた。

「後悔してるのか？」

アラビア人は口をあけて彼を見つめた。明らかに、男は意味がわからずにいた。苛《いら》立《だ》ちがダリュをとらえた。同時に、二つの寝台に挟《はさ》まれた、自分の大きな図体《ずうたい》を、ぎごちなく堅苦しく感じた。

「そこへ寝ろ」と彼は苛々して言った。「それがお前の寝台だ」

アラビア人は動かなかった。

「おい」とダリュを呼んだ。

教師は男を見た。

「憲兵はまた明日来るのか?」

「わからない」

「あんたはわれわれといっしょに来るのか?」

「わからない。だが、どうしてだ?」

囚人は立ちあがって、足を窓に向け、毛布の上に身を伸べた。電球の光がまっすぐその目に落ちるので、彼はすぐに目をつむった。

「どうしてだ?」ダリュは寝台の前につっ立ったまま繰り返した。

アラビア人はまぶしい光の下で目をあけて、まばたきしないように努めながら、彼を見た。

「われわれといっしょに来てくれ」と彼は言った。

真夜中になっても、ダリュは相変らず眠れずにいた。すっかり服を脱いでから寝床についた。彼は裸で寝る習慣だったから。しかし、部屋のなかで何も着ていない自分に気づくと、尻《しり》ごみした。自分を無防禦《むぼうぎょ》に感じた。また服を着けたいという誘惑に駆られた。それから、肩をすくめた。こわい想いをするのも初めてではない。必要があれば、彼は敵を二つに折りひしぐだろう。その寝台から相手を監視することができた。男はあおむけに寝て相変らず身動きもせず、きつい光を浴びて目をつむっていた。ダリュがあかりを消すと、闇《やみ》は急に凝り固まるように思われた。星なき空がしずかに動いている窓の中で、夜は少しずつ生気をとり戻した。教師はやがて自分の前に横たわる身体《からだ》を見分けた。アラビア人は相変らず動かなかった。しかし、その目はあいているように思われた。かすかな風が校舎のまわりをさまよっていた。風はおそらく雲を追い払うだろう。そして太陽がまた戻ってくるだろう。

夜のうちに風が激しくなった。牝鶏どもが少しさわいだ。やがて黙った。アラビア人が寝返りを打って、側《わき》を下にした。背中がダリュの目の前に来た。男のうめきが聞えるように思った。男の呼吸をうかがった。それはいよいよ強くいよいよ規則的になった。彼はついそばのこの息づかいが耳について、夢みるばかりで眠れずにいた。一年前から一人で寝ていた同じ寝室なのに、この男がいることが彼を悩ましているのだ。しかし、彼が悩まされるのは、また、この男の存在が、現在の状況の下では彼が拒否しているが、彼のよく承知している一種の友情を彼に押しつけてくるからでもあった。人間というものは、同じ部屋に寝ると、それが兵士であれ囚人であれ、不思議な絆《きずな》を結ぶものだ――あたかも、甲冑《かっちゅう》と着物とを脱ぎすててしまえば、その差異を超えて、古い昔から共通する夢と疲労のなかに、毎夜毎夜一つに結ばれていたとでも言うように。しかし、ダリュは気をとり直した。こうした愚かな考えを好まなかった。眠らねばならなかった。

にもかかわらず、しばらく経《た》ってアラビア人がかすかに身動きしたときも、教師は相変らず眠らずにいた。囚人が二度目に動くと、彼は不安を感じて身をこわばらせた。アラビア人はほとんど夢遊病者のような動作で、ゆっくりと腕をつっぱって身体を起した。寝床の上に坐《すわ》って、男は待った、動かずにダリュのほうに頭《こうべ》をめぐらさずに、そのすべての注意力を集めて耳をすませているかのように。ダリュは動かなかった。ピストルは机の引出しのなかにあると考えたところだった。すぐに行動するほうがよかったろう。しかし、彼は相変らず囚人の監視をつづけていた。男は同じ滑るような動作で、床に両足をおろして、さらに待っていた。ついでゆっくりと立ちあがった。ダリュが声をかけようとしたとき、アラビア人は、今度は非常に自然な、だが異常にしずかな足どりで、歩きだした。男は小屋に向って開く奥の扉へと進む。注意深く掛金を動かし、扉を自分の後ろに押しやって、あけっぱなしで、外へ出る。ダリュは動かなかった。「あいつ逃げるな。これで厄介払いだ！」それだけしか考えなかった。それでも彼は耳をすませた。牝鶏どもは騒ぎ立てない。だから、あいつはおもてへ出たのだ。すると、かすかな水音が響いてきた。アラビア人がふたたび戸口に入ってきて、注意深く扉をしめ、音一つたてずに寝床に戻ったときになって、はじめて、その音が何であったかを悟った。そこで、ダリュは男に背を向けて眠りこんだ。もうしばらくして、その眠りの深みから、校舎のまわりを忍び足でゆく足音が聞えるように思われた。「夢だ、夢だ」と彼は心に繰り返していた。そして眠っていた。

目がさめたとき、空は晴れていた。巧くしまらぬ窓から、冷たく澄んだ空気がしのびこんでいた。アラビア人は眠っていた。今は毛布の下に縮こまって、口をあけ、なにもかも委《ゆだ》ねきった形で。しかしダリュが男をゆすぶると、怖《おそ》ろしい勢いではね起き、狂おしい目でダリュを見つめたがそれと見分けがつかなかった。その表情は怯《おび》えきっていて、教師も一歩後に退《すさ》ったほどだった。「こわがるな。己《おれ》だ。飯を食おう」アラビア人は頭を横に振り、それでいて、ああ、と言った。その顔に落着きが戻ってきた。が、その表情はうつけたようにぼんやりしていた。

コーヒーの用意ができた。二人とも折畳みの寝台に腰かけ、ギャレットの片《きれ》っぱしをかじりながら、コーヒーを飲んだ。次いでダリュはアラビア人を小屋に連れてゆき、蛇口をおしえた。男はそこで顔を洗った。彼は寝室に戻り、毛布をたたみ、折畳みの寝台を始末し、自分の寝台を整え、部屋を整頓《せいとん》した。そこで校舎を通って土手の上へ出た。太陽はもう青い空に昇っていた。優しくきつい光が荒涼たる高地に溢《あふ》れている。急坂の上では、ところどころ雪が溶けている。石どもはふたたび顔を出そうとしている。高台の端に蹲《うずくま》って、教師は荒涼たるひろがりを眺めていた。バルデュッシのことを考えていた。彼はあの男に厭《いや》な想《おも》いをさせたのだ。一蓮托生《いちれんたくしょう》は厭だとでも言うように、ある意味であの男を追い返してしまった。憲兵の別れの言葉はいまだに耳に残っていた。なぜかわからないが、奇妙に自分が空虚で無防禦のように感じられた。このとき、校舎の向う側で、囚人が咳《せき》をした。われにもあらず、ダリュはそれに聞き入った。それから、狂おしく石を投げた。石は空中をうなりを帯びて飛び、やがて雪のなかに沈んだ。この男のばかげた罪は彼を憤激させる。しかし、この男を引き渡すのは信義にもとる振舞だ。それを考えただけでも恥ずかしさに気が狂いそうだった。そして、同時に、このアラビア人を自分のところに送りつけた仲間たちと、あえて殺人を犯しながら逃げることもできなかった男との両方を呪《のろ》っていた。ダリュは立ちあがり、土手の上でぐるりとまわり、じっと待った。それから校舎に入った。

アラビア人は、小屋のセメントの床に身をかがめて、二本の指で歯を磨《みが》いていた。ダリュは男を眺め、それから「こい」と言った。彼は囚人の先に立って、寝室に戻った。スウェーターの上に猟の上着を引っかけ、山歩きの靴をはいた。アラビア人がその懸章《シエーシユ》とサンダルをつけるのを、彼は立ったまま待った。二人は校舎のなかを通り、教師はその伴《つ》れに出口を示した。「行け」と彼は言った。相手は動かなかった。「己は行く」とダリュが言った。アラビア人は外に出た。ダリュは寝室に戻り、ラスクと棗《なつめ》と砂糖の包みをつくった。教室から外に出ようとして、自分の机の前で一瞬彼はためらった。が、校舎のしきいを越え、戸口をしめた。「あっちだ」と彼は言った。囚人を従えて、東のほうへ向った。しかし、校舎を出てわずか行くと、背後にかすかな物音が聞えるように思った。彼は踵《きびす》をかえした。家の周囲を調べた。が、誰もいない。

アラビア人は彼のすることを眺めていたが、わかっているようには見えない。「行こう」とダリュが言った。

二人は一時間歩き、石灰質の尖《とが》った岩のそばで憩《やす》んだ。雪の溶け方はますます早くなった。太陽はただちに水溜りの水を汲《く》みあげ、全速力で高地を清掃していた。高地はだんだんと乾燥してきて、大気そのもののようにふるえていた。二人がふたたび歩きだしたとき、足に踏まれた土が鳴った。間をおいて、鳥が、二人の目の前の空間を、愉《たの》しげな鳴き声で切り割いた。ダリュは、深く息をして、爽《さわ》やかな光を飲んでいた。青天井のもとに今すっかり黄色を帯びつつある、その親しい大きなひろがりを前にして、彼のなかには一種の興奮が生れていた。二人はさらに一時間歩いて、南へ降りた。もろい岩石から成る平たい高みに着いた。ここから高原は下りになる。東は、若干の瘠《や》せた樹木が見分けられる低い原野に向い、南は、風景に苦しげな外観を与える岩山のたたなわりに向う。

ダリュは二つの方角を調べた。地平には空しかない。人影一つ見えない。彼はアラビア人のほうを向いた。男は訳もわからずに彼を見つめていた。ダリュは男に包みをさしだした。「持って行け。棗とパンと砂糖だ」と彼は言った、「これで二日はしのげる。ここに千フランある」アラビア人は包みと金を受け取った。しかし、品物をのせた両手を胸の高さにひろげたままでいた。与えられたものをどうしていいかわからないとでもいうように。「さあ見ろ」と教師が言った。彼は東の方角をさし示した。「あれがタンギーへの道だ。歩いて二時間かかる。タンギーには役場と警察がある。彼らはお前を待っている」アラビア人は東を見た。しっかりと包みと金とをかかえたままでいた。ダリュは男の腕をとって、乱暴に四分の一だけ南へその男をまわした。「あれが高原を横切る山径《やまみち》だ。ここから一日歩けば、草原に出て、遊牧民にぶつかる。連中は、その掟《おきて》に従って、お前を迎え、お前をかくまってくれるだろう」アラビア人は今ダリュのほうを向いた。一種狼狽《ろうばい》の色がその顔に現われている。「聞いてくれ」と男が言った。ダリュは頭を横に振った。「いや、何も言うな。さあ、これからは勝手にしろ」彼は男に背を向け、校舎の方角に二歩大またで歩き、ちょっと踏ん切りのつかぬ様子でアラビア人を眺め、そして出発した。数分のあいだは、冷たい土にひびく自分の足音しか聞えず、頭をめぐらさなかった。しばらくしてようやく彼は振り返った。アラビア人は相変らずもとの場所にいる。丘陵の端に、今は手をだらりと垂らして……男は教師を見つめている。ダリュは喉《のど》がつまるのを感じた。しかし、じれったさに口ぎたなく罵《ののし》り、激しく合図を送り、そしてまた歩きだした。ふたたび立ちどまったときには、もう遠くに来ていた。そして眺めた。丘の上にはもう誰もいなかった。

ダリュは逡巡した。太陽は今空にかなり高く、彼の額を焼きはじめていた。教師は踵を返してさっきの道を戻った。はじめは少し不安げに、それから確信をもって。低い丘に達したときには汗が流れていた。彼は全速力で登った。頂上で、息を切らして、立ちどまった。南は、岩場のひろがりが青空の下にはっきりと浮き出ていたが、東の草原の上にはすでに熱気の靄《もや》が立ち昇っていた。そして、この薄靄のなかに、ダリュは、胸を締めつけられて、牢獄《ろうごく》への道をしずかに進むアラビア人の姿を見いだした。しばらく経って、教室の窓べに突っ立ったまま、教師は、高原の縁《へり》一面に、黄色の光が空からさっと躍り出るのを、見るとはなしに眺めていた。彼の背後の黒板には、フランスの大河のうねりくねりのあいだに、下手くそな筆跡の、白墨で書かれた文字がならんでいた。それはこう読まれた、「お前は己《おれ》の兄弟を引き渡した。必ず報いがあるぞ」ダリュは空を眺め、高原を眺め、さらに、そのかなた海までのびている目に見えぬ土地を眺めていた。これほど愛していたこの広い国に、彼はひとりぼっちでいた。

ヨナ

あるいは制作する芸術家

われを取りて海に投げ入れよ……そはこの大いなる颶風《はやて》の汝《なんじ》らにのぞめるは
わがゆえなるを知ればなり。
ヨナ書第一章第十二節

画家、ジルベール・ヨナは、自分の星を信じていた。のみならず、自分の星をしか信じなかった。他人の信仰に対しては、尊敬さらに言えば一種讃嘆《さんたん》の念を抱いていたにもかかわらず……星を信ずるということは、それだけの功徳《くどく》がないわけではなかった。それは、それに値せぬのに多くを手に入れることを何となく認めてしまうところに存したからである。それゆえ、三十五歳前後になって、一ダースほどの批評家が彼の才能を見いだしたという光栄を相争ったときにも、彼は全然驚かなかった。しかし、彼の心の平静は、あるひとはこれをうぬぼれのせいだとしたが、反対にむしろあけっぱなしの謙遜《けんそん》ということで説明のつくものだった。自分の業績よりもむしろ自分の星のほうに価値を認めていたのである。

一人の画商が、これからは月給制にして、いっさいの煩《わずら》いから解放してあげたいと申し入れてきたときには、彼も少々驚いた。中学以来の友で、ヨナとヨナの星を愛してきた、建築家のラトーが、こんな月極《つきぎ》めではぎりぎりの生活しかできはせぬ、得をするのは画商のほうだけだと言いきかしたが、むだだった。「かまわない」とヨナが言った。ラトーは、腕一本で、自分の企てるすべてに成功した男だが、その友を叱《しか》りつけた。「何だ、かまわないって？ とにかく交渉の必要がある」どうもならなかった。ヨナは心中自分の星に感謝していた。「ご希望どおりに」と彼は画商に言った。そこで、すべてを画《え》にうちこむために、これまで勤めていた、親父《おやじ》の出版社の仕事をやめた。「またとない機会だ」と彼は言った。

彼は現実に「幸運はつづくだろう」と考えていた。記憶に遡《さかのぼ》れる限り、この幸運が働いているのを見いだした。両親に対しては優しい感謝の念を養っていた。第一には両親が彼を育てるのに上《うわ》の空で、その結果彼は夢想のひまが与えられたから。第二には姦通《かんつう》事件で二人が別れるようになったから。姦通というのは少なくとも父親の側から採用された口実であったが、彼はそれがかなり特殊な姦通であることをはっきりさせるのを忘れていた。すなわち、その妻の慈善事業を耐えることができなかったのである。妻のほうはまさしく俗界の聖女で、そこに何の悪をも認めずに、悩める人類に対してその身を献《ささ》げた。しかし、夫は主人として妻の貞操を掌中に握りたいと主張した。このオセロは言った、「貧乏人どもに瞞《だま》されるのは、もうたくさんだ」

こうした誤解はヨナには利益をもたらした。両親は、両親の離別に由来して、嗜虐《しぎやく》的な殺人狂が生れるさまざまなケースがあることを読んだり聞いたりして、こういう忌《い》むべき傾向は、芽が出たか出ぬうちに摘みとってしまおうと、競って息子を甘やかした。彼らによれば、子供の意識のうけるショックの結果が、おもてに現われなければ現われぬほど、心配は大きい。すなわち、目に見えぬ被害こそ最も深い被害であるはずだ。少しでもヨナが自分や自分の一日を満足だと言えば、その両親の例の不安は狂わんばかりに高まった。二人の気の配りようは常に倍した。そうなると子供は何ももうほしいものはなくなった。

この仮想の不幸は、ついに、友人ラトーの姿で、一人の献身的な兄弟をヨナにもたらした。ラトーの両親は、その不幸をあわれんでいたから、息子の学友の少年をしばしば招待した。両親の同情にあふれた言葉は、その頑丈でスポーツ好きな息子に、すでにその無頓着《むとんじやく》な成功ぶりに感心していた友人を、自分の保護下に置きたいという気持を喚《よ》び起した。感嘆と親切とが溶け合って一つの友情をつくった。その友情を受けるヨナも、他のものを受けるときと同様に、気持のいいさっぱりした態度だった。さらに、別段の努力もせずに、ヨナが学業を終えると、父親の出版社に入って暮しの基礎を固め、なお間接的に画家としての自己の天職を見つけるという幸運に恵まれた。フランス第一級の出版者であるヨナの父は、「出版は、かつてないほど、実に文化の危機であるがゆえに、有望だ」という意見であった。「本を読まねば読まぬほど、ひとは本を買いこむ」と彼は言った、「それは歴史が示している」従って、あずけられた原稿もめったに読まず、その出版を決めるのにも、作者の有名度と主題の今日性にしか考慮を払わなかった。(この見地からして、いつでも今日的な唯一《ゆいいつ》の主題は性であるから、出版社はおのずから専門化してしまった)。ただ、人目をひく紹介の仕方とただの広告とにだけ熱中していた。ヨナは、そこで、原稿審査を分担させられるとともに、その使用法を見つけねばならぬおびただしい暇を与えられた。こうして彼は絵画に出逢《であ》ったのである。

生れてはじめて彼は思いがけぬしかも倦《う》むことを知らぬ熱意を見いだした。やがてその日々は画を描《か》くことに献《ささ》げられた。相変らず努力もせずにその習練に頭角をあらわした。他の何一つとして彼の関心を呼ぶものはないかに見えた。適齢期に結婚できたのもやっとのことである。絵画はすっかり彼をのみこんでしまったのだ。人生の通例の出来事、普通の存在に対して、彼は愛想のいい微笑しかとっておかなかったが、その微笑によってそういう煩いから脱《のが》れていた。さて、その友人を尻《しり》にのせてラトーがあまり乱暴に運転したので、オートバイが事故を起した。その結果、ヨナはとうとう右手を包帯に縛られて、退屈しながら、はじめてここに恋に心を向けることができたのだ。このときにもまた、彼は、この大事故のうちに自己の星の功徳を見たがった。事故がなかったら、ルイズ・プーランを眺める暇は得られなかったろう。彼女はそれに値したのだ。

ところがラトーの意見によれば、ルイズは眺められるに値しなかった。自分自身小柄でがっしりしているのに、彼は丈の高い女しか好まなかった。「あんな蟻《あり》みたいな女のどこがいいのか、己《おれ》にはわからぬ」と彼は言っていた。ルイズは事実小柄で肌も毛も目も黒かったが、姿がよくて可愛《かわい》い顔をしていた。大きくて頑丈なヨナは、彼女が働き者であればあるだけに、いっそうこの蟻さんに惚《ほ》れこんでしまった。ルイズの天職は活動性にあった。彼女のこの性向は、ヨナの惰性的無為への好みと幸いにも巧《うま》く釣り合い、それが彼の利益にもなった。ルイズは最初、少なくともヨナが出版に心を向けていると信じられた限りは、文学に専心した。彼女は手当りしだいに何でも読んだ。わずか数週間で何でも語れるようになった。ヨナはそれに感心した。ルイズがよく教えてくれるし、近代の諸発見の真髄を伝えてくれるのだから、自分はきっぱり読書から縁が切れたと思った。「あるひとが悪いとか醜いとか言ってはならない」とルイズは断言した、「そのひとはみずから悪くもしくは醜くあることを望んでいると言うべきだ」ニュアンスは重大であった。ラトーの指摘したとおり、少なくとも、人類を断罪するにいたるおそれがあった。しかし、ルイズは、この真実はミーハー新聞も、哲学雑誌もこれを支持しているのだから、普遍的真理であり、論議の余地はあるまいと言って、話を打ち切った。「あんたの思いどおりに」とヨナが言った。もうただちにこの残酷な発見を忘れて、自分の星を夢みていたのだ。

ヨナが絵画にしか関心を持たぬことを悟ると、たちまちルイズは文学を見捨てた。彼女はただちに造型美術に専心した。美術館や展覧会を馳《は》せめぐり、同時代人の描くところがよく理解できず、芸術家らしい単純さでそれに悩んでいるヨナを引っぱっていった。彼のほうは自分の芸術に関するいっさいについて明るくなることを喜んでいた。翌日になれば、彼は、その作品を見てきた画家の名前まで忘れてしまうのは事実だった。しかし、ルイズは彼女が文学にこっていた時期から抱いている一つの確信、すなわち、現実にひとは決して何ものも忘れはしないということを、断乎《だんこ》として彼に想《おも》い起させたのは正しかった。たしかに星はヨナを護《まも》っていた。ヨナはこうして良心に恥ずることなく、記憶しているという信念と忘れるという便利さを兼ねそなえることができたのだ。

ところで、ルイズが惜しみなく与える献身の宝は、ヨナの日常生活のなかで、最も美しい火花を散らして燦《きらめ》いた。この親切な天使は彼が靴だの衣類だの下着だのを買う手間を省いた。普通の人は誰でも、もう先も短い人生の日々をこうした雑事に食いつぶされてしまうのだ。彼女は断乎として、時間つぶしの機械のあらゆる発明をば、身に引き受けた。社会保障の訳のわからぬ印刷物から、絶えず改正される徴税規則にいたるまで。「なるほど」とラトーが言った、「しかし君の代りに歯医者には行けまい」彼女は代りには行かなかった。が、電話をかけ、いちばんいい時間を約束した。彼女は小型車のオイルの入れかえやら、暑中休暇のホテルの部屋借りの交渉やら、家事用石炭やらに気を配った。ヨナがしようとする贈物の品は、彼女は自分で買ってきた。彼女が選んで、花を送りとどけた。またある宵《よい》は、さらに彼の留守中にその部屋に入りこんで、寝床《ベッド》をつくって寝る前の手間を省いてやったりした。

これまた同じ熱情をもって、彼女はこの寝床に入りこんだ。ついで結婚のことに専念し、ヨナの才能が認められる二年前に市長のところへ連れてゆき、あらゆる美術館が見物できるように、新婚旅行を仕組んだ。住宅難の最中だったが、あらかじめ三部屋のアパルトマンを見つけておいたから、帰ってきてそこに落ち着いた。彼女はそれからつづけざまに二人の子、息子と娘を製造した。これは三人まで産むという彼女の計画によったものだが、計画は、ヨナが出版社をやめて画業に専心した直後に達成された。

さてお産を済ませると、ルイズはもう自分の子供、いや子供たちにしか奉仕しなかった。彼女はなお夫を扶《たす》けようと試みたが、時間が足りない。もちろん、ヨナをおろそかにすることを彼女は悔やんでいた。しかし、そのきっぱりした性根は、こうした悔恨にぐずぐずしていることを妨げた。「仕方がない」と彼女は言った、「それぞれ自分の仕事台がある」この表現は、ヨナが気に入ったと称していたものだ。けだし、同時代のあらゆる芸術家とひとしく、彼もまた職人で通したいと願っていたからである。職人はそこで少々なおざりにされ、靴を自分で買わねばならなかった。ところで、事物本然の理を超えるほどに、ヨナはこのことを喜ぶ気になった。恐らく、彼は商店に出かけるのに努力を要したが、この苦労は、それあって、夫婦生活の幸福の値打が高まるところのあの孤独の時間を手に入れることで報いられたのだ。

生活空間の問題は、しかるに、前々から家庭生活の他の何よりも重大であった。二人のまわりでは、時間と空間とが同時にちぢまっていたからである。子供たちの誕生、ヨナの新しい仕事、狭い住居、月給は乏しいのでもっと大きなアパルトマンを買うことはできない——その結果、ルイズとヨナの二つの仕事にはごくわずかな場所しか残らない。アパルトマンは、首都の古い街の、十八世紀の古びた館《やかた》の二階にあった。多くの芸術家がこの地区に住まっていた。芸術においては、新しいものの探究は古い框《かまち》のなかでされねばならぬ、という原則に忠実に。ヨナもまたこの同じ信念を持っていたから、この街に生活することをおおいに喜んでいた。

とにかくそのアパルトマンは古ぼけていた。が、若干のきわめて現代風な手入れを加えたので、独自の趣を具《そな》えるにいたった。それは主として、このアパルトマンの坪数はごく狭いのに、客に大いなる空気量をご馳走《ちそう》するということにあった。部屋部屋は、特別に天井が高くて、すばらしい窓がついており、その荘重な広さから判断すれば、接待や宴会に用いられたにちがいない。しかるに、人間をつめこんで、部屋代をあげる必要から、やむを得ず、歴代の持主はこれらの広すぎる部屋を衝立《ついたて》で仕切り、こうやって部屋数をふやしては、群れなす借手に高い値段で貸しつけていた。それがために彼らの言う「おびただしい空気の容積」の価値が下がったわけではない。その利点は否定することができなかった。それは単に家主が部屋の上部まで仕切ることができぬせいであったろう。そうでなければ、彼らはためらうことなく、若い世代、特にこの時期に結婚好きで生殖力の強い世代に対し、さらに数室の小部屋を提供するために必要な犠牲を惜しまなかったろう。かつまた、空気の容量は利点しかもたらさなかった。冬には部屋を暖めにくいという不便もあった。このため不幸にして家主は暖房費をあげざるを得なかった。夏はガラスの面が広いせいで、アパルトマンは文字どおり光に侵入された。鎧扉《よろいど》がなかったのだ。家主が鎧扉をつけることを怠っていたのは、おそらく窓が高いのと建具屋の勘定が高くつくのであきらめていたのだ。厚地のカーテンでもとにかく、同じ効果があるし、どうせ借家人の負担なのだから、値段も問題にはならなかったのだ。家主たちは、とどのつまり、借家人に援助することを拒まず、自分たちの店から来たカーテンを、低廉《ていれん》な価格で、借家人に提供した。が、家主の博愛は実のところ、アングルのヴァイオリン（得意の余技）にすぎなかった。この新しい旦那《だんな》がたは綿織物やビロードの販売を日常の業務としていたのである。ヨナはアパルトマンの長所・利点にうっとりしていて、苦痛なしにその不便をも受け入れた。暖房費については家主に、「お好きなように」と言った。カーテンに関しては、寝室だけにつけて、他の窓はむきだしのままで足るとしたルイズの意見に同意した。「われわれに隠すべきものは何もない」とこの無垢《むく》の心は言った。ヨナはいちばん大きな部屋が特に気に入った。その天井はあまり高かったので、そこに照明の設備をつけることは問題になり得ぬほどだった。この部屋に入ると、狭い廊下がこれを他の二部屋、ずっと小さくて隣り合って並ぶ二部屋にむすびつけている。アパルトマンの端には、台所につづいて便所とシャワー室というりっぱな名前のついた一隅とがある。が、実のところ、そこに装置を入れて垂直に据え、絶対不動の姿勢でありがたいしぶきを受けることを承知して、はじめてシャワー室で通るような代物《しろもの》だった。

天井の異様な高さと部屋の狭さとのために、このアパルトマンは、扉も窓もほとんどすべてガラス張りの、不思議な平行六面体のかたまりのように見えた。そこでは家具はささえを見つけられず、人間は白い激しい光のなかにさ迷い、垂直な水槽のなかの潜水人形のように漂うかと見えた。おまけに、窓という窓は、中庭に、すなわちわずか離れて、同じスタイルの他人の窓に向いていた。そのほとんどすぐ後ろには、二番目の中庭に向いたまた別の窓の高いかたちが見られた。ヨナは嬉《うれ》しがって「鏡の間だ」と言った。ラトーの勧めに従って、夫婦の部屋は小部屋の一つに決めていた。もう一部屋にはすでに兆《きざ》しのある子供を入れるはずであった。大きな部屋は、日中はヨナのアトリエに用いられ、夜と食事のときには共同の部屋に用いられた。かつまた、やむを得ぬ場合には、ヨナあるいはルイズが立ったままいることを承知さえすれば、台所でも食事ができた。ラトーはと言えば、便利な家具を増やしてくれた。引戸や引込み板や折畳み式の机のおかげで、この独得なアパルトマンのびっくり箱のような風《ふ》情《ぜい》を強調し、家具の貧しさを償うことに成功した。

しかし、部屋部屋が画と子供たちでいっぱいになってしまうと、もう遅滞なく新しい仕掛を考えねばならなかった。三番目の子の生れるまでは、事実、ヨナは広い部屋で仕事をし、ルイズは夫婦の部屋で編物をしていた。一方二人の子供は最後の部屋を占領して大騒ぎをし、アパルトマンじゅうを、(できる限りで)転げまわっていた。そこで、生れたばかりの子は、ヨナが屏風《びょうぶ》のように画を重ね合せて仕切った、アトリエの一隅に置くことに決めた。この仕掛には、声が耳にとどくところに子供を置き、その呼びかけに応じられるという利点があった。そのうえ、ヨナが邪魔される余地は全然なかった。ルイズが彼より先に駆けつけるからである。子供が泣きだす前に彼女はアトリエに入ってくる。ただひどく気を配って、いつも爪《つま》立《だ》って歩いていた。ヨナは、こうした遠慮を気の毒に思って、自分はそんなに敏感ではない、お前が足音をたてても大丈夫仕事はできるのだ、とある日彼女に保証した。ルイズは子供の目をさまさせぬためもあるのだと答えた。ヨナは、こんなふうに彼女の示す母親らしい心づかいにいたく感心して、自分の勘違いを心から笑ったものである。とうとう彼は、ルイズがつつましくしのびこんでくるのは、大びらに侵入してくるよりもいっそう邪魔になるのだ、とはあえて口に出さずにしまった。第一に、しのびこみは時間が長くかかったし、第二に一種の黙劇みたいに行われたからである。そのとき、ルイズは両腕を大きくひろげ、上体を少々後ろへ倒し、足を前に高く振り上げるのだから、気づかれずに通れるはずがなかった。こうした仕方は彼女が口にする意図にすら反するものだった。ルイズはどの瞬間にも、アトリエにいっぱいのカンヴァスのどれかを引っかけるおそれがあったからだ。すると、その物音は子供を起し、子供はその不満を、自分の仕方で、しかもなかなか強烈な仕方で表現した。父親は、息子の肺臓の能力に感動し、あやすために駆け寄るが、やがて妻と交代する。ヨナはそこでカンヴァスを起す。それから筆を手にしたまま、息子の堂々と主張する声に、うっとり耳をすましていた。ヨナの成功のおかげで、多くの友達ができたときだった。こうした友人たちは、電話をかけてきたり、前触れなしに訪問してきたりした。電話は、いろいろ考えた末、アトリエに置かれていたが、頻繁に鳴った。そのたびに子供の眠りは破られて、電話機の威圧的なベルの音に子供の泣き声がいりまじった。たまたまルイズが他の子供たちの世話をやいている最中だったりすると、彼女はその子供たちといっしょに駆けつけようとする。がたいがいの場合、一方の手に子供を抱き、もう一方の手には、筆と彼に親切に昼食への招待を伝えている受話器とを握るヨナの姿を見いだした。自分の会話は一向おもしろくないのに、みんながやたらに昼飯を共にしたがるのでヨナは喜んでいた。しかし、昼間の仕事の時間をとられぬように、夜の外出のほうを好んでいた。たいがいの場合、不幸にして、友人は昼飯しか申し出ない。親愛なるヨナ君のために特にその昼飯をあけておいたと友人は固執して譲らない。親愛なるヨナ君は承知してしまう。「お好きなように」受話器をかける。「彼はいい奴《やつ》だ」そして子供をルイズに返す。それから、また自分の仕事にとりかかるが、まもなく昼飯か晩飯で中断される。カンヴァスをどけて便利机をひろげ、子供たちといっしょに腰をおろさねばならない。食事中もヨナはやりかけの画から片目をはなさない。少なくとも最初のうちは、子供たちの嚙《か》み方吞《の》みこみ方がのろのろしすぎると思ったことがある。そのため食事はばかばかしく長くかかったのだ。ところが、彼は新聞でよく消化するにはゆっくり食事をせねばならぬという記事を読んだ。以来食事のたびにゆっくりと楽しむのが正しいと思った。

またあるとき、新しい友人たちが訪ねてきた。ラトーだけは、晩飯のあとでしかこなかった。日中は自分の事務所にいたし、それに画家というものは昼の光で仕事をすることを、知っていたからである。しかるに、ヨナの新しい友人たちは、ほとんどすべて芸術家ないし批評家の種族に属していた。ある者は画を描《か》いたことがあったし、他の者はこれから描こうとしていた。さらに最後の者は、描かれたものあるいは描かれるであろうものを研究していた。誰も彼もたしかに芸術的制作を尊重し、いわゆる仕事の追求や、芸術家に不可欠な沈思黙考をかくも困難にしている現代社会の仕組を嘆いていた。彼らは午後のあいだじゅう引きつづいて嘆いていた、ヨナに向っては、仕事をつづけるように、自分たちがここにいないかのようにやってもらいたい、自分たちは俗人ではないし、芸術家の時間というものがいかに尊いかを心得ているのだから、自由勝手に振舞うようにと懇願しながら……。ヨナは、その面前でも仕事するのを許してくれる友達を持つことに満足して、自分の画に戻ったが、一方、たずねられた質問に答えたり、話してくれる逸話に高笑いすることはやめなかった。

こうした気どりのなさから、友人たちはますますくつろいできた。その上機嫌はまったく本物になって、食事の時間を忘れるほどだった。ところが子供たちのほうは記憶がいい。子供たちは駆け寄ってきて、仲間に入りこみ、大声をあげ、お客に抱きとめられては、膝《ひざ》から膝へ跳ねまわる。太陽は中庭に浮き出る空の四角の上にようやく衰えて、ヨナは筆を擱《お》く。ありあわせのもので友人たちに食事をすすめ、さらに夜更《よふ》けまでお喋《しゃべ》りをつづけるほかはない。もちろん、芸術について。また特に、剽窃屋《ひょうせつや》であれ、私利に汲々《きゅうきゅう》たる奴であれ、その場にいない、無能な画家たちについて。ヨナは早起きが好きだった。朝の早い時間の光線を用いるためである。それは困難だろう、朝飯の用意が間に合わないし、自分もまた疲れているだろう。しかし、一夜にして、これだけ多くを学んだことを喜んでもいた。それは目には見えぬが、彼の芸術に役立つにちがいない。「芸術においては、自然におけると同じく、失われるものは、何一つない」と彼は言った、「これは星のちからだ」

友達に加えて、時には弟子どもが集まった。ヨナは今や一派をなしていたのである。彼は最初そのことに驚いた。すべてこれから発見せねばならないのだから、自分からひとが学べるようなものを見いだせなかったからである。彼の内の芸術家は、闇《やみ》のなかを歩いていた。どうして真の道など教えられたろう。しかし、彼はじきに、弟子というものは必ずしもしきりに何かを学ぼうとする者ではないことを悟った。むしろしばしばこれに反して、その師を教育しようという無私の喜びのために、ひとは弟子となる。以来、彼は謙虚にかかる光栄が増えるのを受け入れることができた。ヨナの弟子たちは彼に彼の描いたものを、その理由まで、長々と説明してくれた。こうしてヨナは、自分の作品のなかに、自分で少々驚くほどの数々の意図を発見し、自分では描かなかったつもりの数多《あまた》のものを発見した。自分を貧弱だと思っていたのに、その生徒のおかげで一度に豊かになったのを感じた。時にはそれまで知らなかったあまりの富を前にして、ちょっぴり高慢の心が湧《わ》きそうになったりした。「とにかくそれは真実なのだ」と彼は心につぶやいた、「いちばん奥にある、あの顔、それしか見えない。

間接的人間化について語るとき、彼らの言おうとするところは、己《おれ》にはよくわからない。しかし、それの効果によって、己はさらに進歩したのだ」しかし程なく彼は、その星に関するこうした窮屈な抑制を追い払った。「先に進むのは星だ」と彼は言った、「己はルイズと子供たちとのそばに止《とど》まる」

弟子たちにはもう一つ別の功績もあった。自己に対してきわめて厳格たることをヨナに余儀なくさせたことである。弟子たちはその話のなかでヨナを非常な高みに置くから、特に彼の良心、制作力についてはそうであったから、そうなるともういかなる弱味も彼には許されぬほどだった。こうして、彼は、困難な条《くだり》を終えたとき、ふたたび仕事にとりかかる前に、砂糖やチョコレートのかけらをかじるという、昔からの習慣を失った。ひとりきりでいたら、何はともあれ、こっそりこの悪習に負けただろう。しかし、絶えず弟子と友人がかたわらにいることによって、彼はこの道徳的進歩を扶《たす》けられたのだ。そういう人たちの前で、チョコレートをかじるのは少々具合が悪かったし、そのうえ、こんなつまらぬ悪癖のために、おもしろい会話を中断することはできなかったからである。

おまけに、弟子たちはヨナが自分の美学に忠実であることを要求した。ヨナは、そのとき現実が新しい光のなかに現われ出るかに見える、束《つか》の間《ま》の閃光《せんこう》を、間を置いて、受け取るのに、長いこと苦労していたのだが、自分の美学については曖昧《あいまい》な観念しか持っていなかった。弟子たちは、これに反して、相矛盾しながらしかも絶対的な、幾つもの観念を持っていた。この点に関してはふざけたりしなかった。ヨナは、時には、あの芸術家のつつましい友人、《気まぐれ》の加護を祈りたかったであろう。しかし、自分たちの観念から隔たる画布を前にして、弟子たちが眉《まゆ》をひそめるのを見ると、彼はもう少し自分の芸術について反省せざるを得なかった。これは彼のためになることだった。

終りに、弟子たちはヨナに自分たちの制作に意見を加えさせることによって、別な仕方でヨナを扶けた。実際、粗《あら》描《が》きされたばかりの画布が彼のところに持ちこまれない日はなかった。その制作者は、いちばんいい光によって素描がよく見えるように、ヨナと進行中の画《え》とのあいだに、その素描を置いたものである。意見を出さぬわけにはゆかない。このときまで、ヨナはいつも、芸術作品を判定するさいの自分の本質的な無能力について、ひそかに羞《は》じらっていた。彼を興奮させるひと握りほどの画については例外である。どう見ても粗雑ななぐり描きについては、すべて一様におもしろいがどうでもよく見えた。そこで、彼はみずから判定の庫《くら》となることを強いられた。都のあらゆる芸術家と同じく、弟子たちはそれ相応に若干の才能を持っていただけに、その判定はいっそう多様であり、弟子たちがその場にいるときは、銘々を満足させるためにさまざまなニュアンスをつけねばならなかった。この楽しい義務によって、彼はみずから辞典となり、自己の芸術に関する意見をつくることを余儀なくされた。とはいえ、彼の生れつきの親切さは、こうした努力で損なわれることはなかった。じきに彼は、弟子たちは批評を求めているのではなくて、――批評だとすればどうにもしようがなかったが――ただ励ましを、叶《かな》うことなら、賞讃《しょうさん》を求めていることを悟った。ただ賞讃もいろいろでなければならなかった。彼はもはや、いつもの例の調子で、愛想よくすることに満足しなかった。巧妙に、愛想よくしたのである。

こうしてヨナの月日が流れた。今や画架のまわりに円形にならぶ椅子《いす》に腰を据えた、弟子たち友人たちの真ん中で、彼は画を描いていた。しばしば、隣人たちが向いの窓に姿をあらわして、見物に加わった。彼は論じ、意見を交わし、持ってこられた画布を吟味し、ルイズが通りかかるのに微笑《ほほえ》みかけ、子供たちをあやし、熱をこめて電話の呼出しに応答したが、決して絵筆をはなさず、時々手をつけた画に筆を加えていた。ある意味で、その生活は充実し、その時間は残りなく利用されていた。自分に倦怠《けんたい》の余地を残さない運命に向って彼は感謝していた。また別の意味では、一枚の画をいっぱいにするには多くのタッチ（筆触）が必要であった。彼は時には、倦怠もいいところがある、仕事にうちこむことで倦怠から脱《ぬ》け出ることができるから、と考えることがあった。ヨナの制作は、これに反して、その友人たちがおもしろくなるにつれて、速度が鈍った。彼がまったくひとりでいる稀《めず》らしい時間でも、急いで仕事を仕上げるには疲れすぎているように感じた。そしてこういうとき、彼は、友情の悦《よろこ》びと倦怠の徳とを和解せしめる新しい仕組を夢みるほかはなかった。

彼はルイズには心を打ち明けた。ルイズのほうは、二人の子供が大きくなるのに部屋が狭いことを心配していた。彼女は二人を広い部屋に入れて、寝台を衝立《ついたて》で目かくしする、幼児は小部屋に移す、そうすれば電話で目をさますこともない、と提案した。幼児は全然場所をとらないのだから、ヨナは小部屋をアトリエにすることができる。そうすれば、広間は日中は応接用に使えるだろうし、ヨナは、自分の孤独の欲求を理解されていることを確信して、行ったり来たり、友達のほうを見に行ったり仕事に戻ったりできるだろう。おまけに、大きな子供たちを寝かす必要から、夜の集いを短くすることもできよう。「素晴らしい」ちょっと考えてからヨナが言った。「それに」とルイズが言った、「お友達が早く帰れば、私たちもうちょっと仲良くできるわ」ヨナは彼女を眺めた。悲しみの影がルイズの顔を過《よ》ぎった。胸をうたれて、彼は妻をぐっと引き寄せ、優しさをこめて接吻《せっぷん》した。妻はされるままにしていた。しばらくのあいだ、二人は結婚したてのころのように幸福だった。しかし、彼女は身を振りほどいた。部屋がヨナには狭すぎるかもしれぬ。ルイズは折り尺を手にとった。彼の作品、それより遥《はる》かに多い弟子たちの作品が場所を塞《ふさ》いでいるために、彼がいつも仕事していた空間も、今後彼にあてがわれる空間もたいして違わないことを、二人は見いだした。ヨナはぐずぐずせずに引越しに取りかかった。

幸いなことに、仕事をしなくなればなるほど、彼の声望はいよいよあがった。どの展覧会も前々から期待され、賞讃された。事実、アトリエの常連客二人をも含めて、少数の批評家は、若干の留保をつけて、自分の批評が熱狂に走ることを抑えていた。しかし、弟子どもの憤激は、このささやかな不幸を償い、いや償ってはるかにあまりあった。言うまでもなく、弟子たちは強引に主張する。初期の画布を最上のものとなし、最近の探究を真の革命を準備するものと言うのである。初期の作品を讃《ほ》めそやされたり、心情を吐露して感謝されるたんびに、軽い苛立《いらだ》ちを覚えて、ヨナはみずから心を咎《とが》めた。ただラトーだけがぶつぶつ言った、「変な奴らだ……奴らのお気に入るには、銅像になって、じっと動かずにいなければならん。奴らに気兼ねしていたら、生きるのをやめねばならん！」しかし、ヨナは弟子たちをかばった。「君にはわかるまい」とラトーに言った、「でも、己のやることなら何でも好きだろうに」ラトーは笑った、「何だって。己の好きなのは君の一枚一枚の作品《タブロー》じゃない。君の画なんだ」

作品はとにかく相変らず評判が好《よ》かった。ある展覧会が熱狂的に迎えられたあとで、画商は、自分のほうから、月極《つきぎ》め報酬の増額を申し入れた。ヨナは、感謝を表明して、承知した。「あなたの話を聞いていると」と画商は言った、「あなたはなかなか金銭にも意味を認めておられるようだ」こうした親切の仮面がたちまち画家の心を摑《つか》んだのだ。ところが、彼が画を一枚慈善のための即売会に出そうとして、画商に許可を求めたとき、画商はそれが《利潤をあげる》慈善なのかどうかを知りたがった。ヨナはそれを知らなかった。そこで画商は、販売に関して彼に独占的権利を付与するところの契約の条項を誠実に遵守《じゅんしゅ》したいと申し入れた。「契約は契約だ」と彼は言った。二人の契約においては、慈善のことは予想されていなかった。「お好きなように」と画家は言った。

新しい仕組はヨナに数々の満足をもたらした。実際、彼は、今自分が受け取る数多くの手紙に返事を書くために、しばしば孤《ひと》りになることができた。礼儀正しい彼はこれに返事せずにおくことができなかったのである。手紙のあるものは、ヨナの芸術に関わるものであったが、他のはるかに多くの手紙は、手紙の書き手の身の上に関わるものだった。あるいは、その画家としての使命において激励されることを求め、あるいは、勧告だの金銭的援助だのを求めていた。ヨナの名が新聞紙上に現われるにつれて、彼も皆と同じように、憤慨すべき不正の告発に参加することを懇請された。ヨナは返事を出し、芸術について書き、感謝し、意見を与え、一本のネクタイを我慢してささやかな寄附金に充《あ》て、おまけに、頼まれれば正当な抗議に署名までした。「君は政治までやるのかい？　そんなものは、作家や不器量な娘さんたちに委《まか》しておけ」とラトーは言った。いや、彼は、いかなる党派とも関わりがないという抗議にしか署名しなかった。ところが、どんな抗議もすべて、党からは全然独立だと主張していたのだ。毎週毎週、ヨナは、絶えず忘れたり入れ替ったりする郵便物で膨れたポケットをもち歩いた。彼は最も緊急のものに返事を書いた。それはたいがい未知の人から来たものだった。ひまなときに返事をくれというもの、すなわち、友達の手紙は、もっとよい時間のために、とっておいた。これほど義務が重なっては、とにかくぶらぶらすることも許されず、のんきにしていることも禁ぜられてしまった。彼はいつでも遅刻しているように、いつでも自分を罪あるように感じた。仕事をしているときですら、この感じは時折彼を見舞ったのだ。

ルイズはいよいよ子供たちに煩《わずら》わされることが多くなった。他の場合なら、彼にもできる家の仕事を、すべて彼女が引き受けるために、身心をすり減らしていた。彼にはそれが悲しかった。なんといっても、彼のほうは自分の喜びのために仕事をしている。彼女のほうが割の悪い役を引き受けているのだ。彼女がおつかいに行っているとき、彼はそのことに気づいた。「電話！」と上の子が叫ぶ。ヨナは画をその場に打ち捨てる。また新たな招待を受けて、心しずかに、仕事に戻る。「ガス屋でござい！」子供のあけた戸口のところで、小僧がどなる。「今行くよ」ヨナが電話あるいは戸口から戻ってくると、友人が、弟子が、時には両者が同時に、小部屋のなかまでついてきて、話のつづきをはじめる。だんだんに誰もが廊下に親しんできた。誰もがそこにいて、たがいにお喋りしたり、遠くからヨナに証言を求めたり、時には狭い部屋までちょいと入りこんできたりした。なかに入った者が叫ぶ、「ここならば、少なくともあなたの顔がのぞける、ゆっくりと」ヨナは感動した。「そのとおりだ」と彼が言った、「もうなかなか顔を合わすひまもないんだ」彼は同時に自分が会っていない人たちを裏切っていることを痛感した。彼はそれを寂しく思った。自分で会いたいと思う友達でも、よくそういうことがあった。とにかく時間が足りない、すべてを受け入れるわけにはゆかないのだ。それゆえ、彼の評判もその影響を蒙《こうむ》った。「名前が出てから、あの男は傲慢《ごうまん》になった」とひとが言う、「もう誰にも逢《あ》おうともしない」あるいは「あの男は誰も愛さない、自分ひとりを除いては」いや、彼は自分の画を愛していた。ルイズ、子供たち、ラトー、さらに若干の人たちを愛していた。そしてみんなに対してある共感の気持を持っていた。しかし、人生は短く、時は過ぎやすく、彼自身の精力にも限度があったのだ。世界と人間たちとを描き、同時に人間たちとともに生活することは困難であった。他面、彼は自分のさしつかえを訴え、これを説明することができなかった。というのは、そんなとき、ひとは彼の肩を叩《たた》いて、こう言ったからである。「幸福な奴め、それが光栄の報いというものさ」

かくて、郵便はうずたかく溜《たま》り、弟子たちは全然骨休めを許さず、社交界の人たちは今や、彼らが皆と同じように、イギリスの王家に熱をあげたり、食道楽に息を入れたりするときにも、ヨナは休まず絵画にうちこんでいるらしい、と噂《うわさ》していた。実際のところ、それは上流の婦人に多くて、全然勿体《もったい》ぶった様子のない人たちだった。婦人たちは自分では画を買わない。芸術家のところへ、自分の友人を連れてくるだけだった。代りに買うだろうと見込みをつけるのだが、その見込みはしばしば裏切られた。その代り、婦人たちは、特にお客に茶を用意したりすることで、ルイズを手伝ってくれた。茶碗《ちゃわん》は手から手へと渡り、台所から広い部屋まで廊下を通り、それから戻って狭いアトリエに着陸する。そこでは、ヨナが、それだけで部屋がいっぱいになってしまうひと握りほどの訪問客と友人たちに囲まれて、画を描きつづけていた。やがて彼が筆を擱《お》いて、魅惑的な女人が特に彼のために満たした茶碗を、感謝しつつとりあげるまで。

彼は茶を飲み、弟子の一人が彼の画架に架けた素描を眺め、友人たちとともに笑い、途中でやめて、前の晩書いた手紙の束を郵便で出してくれないか、と友人の一人に頼み、股《また》のあいだに倒れていた二番目の子を引き起し、写真のためにポーズを構える。と、「ヨナ、電話！」彼は茶碗を振りまわし、言い訳しつつ、廊下にいっぱいの人ごみを押し分ける。戻ってきて、画の隅に筆を入れ、手をやすめて魅惑的な女性に必ず肖像を描きますと、返事をする。また画架に戻る。仕事をしている。「ヨナ、署名を一つ」「何だい、郵便屋かい？」と彼が言う。「いや、カシミールの徒刑囚です」「今行くよ」そこで彼は戸口へ駆けつけて、人類の若き友とその抗議とを迎え入れる。政治と関係ありやを知ろうと気づかうが、芸術家の特権がまた彼に課する義務についての勧告を受けると同時に、すっかり気持が折れて、署名をする。また紹介をうけるために、姿を現わす。その名前を理解することもできない。最近、勝ちっ放しの拳闘《けんとう》選手だとか、外国の最大の劇作家だとか言う。劇作家は五分間、彼と向き合っている。フランス語を知らぬのではっきり言えぬところを、感激の目つきに物言わせるわけである。この間ヨナは心からの共感をもってうなずいている。幸いに、この出口のない状況は、偉大な画家に紹介されたがっている最後のエセ布教師の侵入によって、終りを告げる。ヨナは、大喜びで、非常にうれしいと言い、ポケットの中の手紙の束を手でさぐり、筆を握り、またひとしきり取りかかろうと準備する。が、まず今しがた連れこまれた一つがいのセッター（猟犬）のお礼を言わねばならない。犬を夫婦の部屋へ入れに行き、戻ってきて、犬の贈り主からの昼飯のご招待を受け、疑いもなく、セッターがアパルトマンで暮すようにしつけられていないために、ルイズのあげた悲鳴に応じて部屋を出て、犬をシャワー室に連れてゆく。犬はあんまり執拗《しつよう》に吠《ほ》えたてるので、しまいには誰にも聞えなくなる。間を置いて、人間の頭のかなたに、ヨナはルイズの視線に気がつく。その眼《まな》ざしは悲しげに見える。ようやく一日の終りがくる。訪問客は別れを告げる。他の者たちは広い部屋でぐずぐずしている。ルイズが子供たちを寝かすのを感心して眺めている。帽子をかぶった上品な婦人がルイズを優しく手伝っている。彼女はこれからその大邸宅に戻らねばならぬことを悲しんでいる。そこでの生活は、二つの階に散らばっていて、とてもヨナ家のような具合に、親しみのある、あたたかいものではないのだ。

ある土曜の午後、ラトーはルイズに、台所の天井にとりつけられる、便利な下着干しを持ってきた。彼はアパルトマンが満員なのを見た。狭い室《へや》に、玄人《くろうと》たちに囲まれて、ヨナは、犬と犬をくれた女とを描いていたが、彼自身もまたお上《かみ》の画家《えかき》に描かれつつあった。ルイズの言葉によれば、その男は国家の注文を執行しているのだ。「これが《制作する芸術家》よ」ラトーは部屋の一隅に引きこんで、明らかに仕事に夢中になっている友を眺めた。ラトーに逢ったことのない、通人の一人が、ラトーのほうに身を傾けて、「ああ、彼はいい顔色をしている!」と言った。ラトーは答えなかった。「あなたもお描きですか」と相手はつづけた、「私も描きます。ねえ、お聞きなさい。彼は下り坂ですよ」「もうですか?」とラトーが言った。「そうです。彼は成功した。ひとは成功に抵抗することはできない。彼はおしまいです」「彼は下り坂なんですか、おしまいですか?」「下り坂の芸術家というものはおしまいです。ねえ、彼はもう描くものがない。彼自身が画に描かれる、そして壁に架けておかれるでしょう」

もっと後で、真夜中の夫婦の部屋に、ルイズとラトーとヨナは黙りこくっていた。ヨナは立ったまま、他の二人は寝台の端に腰かけていた。子供たちは眠っている。犬どもは田舎にやってある。ルイズは数多い食器類を洗い、ヨナとラトーがそれを拭《ふ》いた。疲労は快かった。「女中を雇えよ」と皿の山を前にしてラトーが言った。しかし、ルイズが寂しく答えた、「でもどこに置けばいいの?」三人はまた黙った。「君は満足してるか?」突然ラトーがたずねた。ヨナは微笑したが、疲れた様子だった。「うん、誰も彼も己《おれ》には親切だ」「いいや違う」とラトーが言った、「用心しろ。みんな親切というわけではない」「誰が？」「君の画家の友達さ、たとえば」「わかってる」とヨナが言った、「だが、多くの芸術家はそういうふうなんだ。どんな偉大な人物でも、自分の存在に自信がない。だから、彼らは証拠を求め、裁き、刑を宣告する。このことが彼らを鍛える。これがすなわち存在の始めというわけだ。彼らは孤独なのだ」ラトーは頭を振った。「信じてくれ」とヨナが言った。「己は彼らを知っている。彼らを愛さなければいけない」「そういう君は」とラトーが言った、「いったい存在しているのか。君は誰についても悪口を言ったことがないが」ヨナは笑いだした。「ああ、よく欠点を考えることはある。ただ忘れてしまうんだ」彼は真面目《まじめ》になって、「己も自分の存在に自信はない。でも今に存在するだろう。それを確信している」

ラトーはこれをどう思うかとルイズにきいた。彼女は疲労から抜けだして、ヨナが正しいと言った。訪問客の意見は何の意味もない。ただ、ヨナの仕事だけが大切だ。子供がヨナの邪魔になることも、彼女は十分感じている。おまけに子供は大きくなる。ソファーを買わなければならないが、これがまた場所をとるだろう。もっと大きなアパルトマンが見つかるまで、どうしたらよかろう。ヨナは夫婦の部屋を眺めていた。もちろん、それは理想的ではなかった。寝台が大きすぎた。しかし、部屋は一日じゅう空いている。彼がそう言うと、ルイズは考えこんだ。寝室の中では、少なくともヨナは邪魔されないだろう。それにとにかく彼らの寝台に寝ようとは誰もすまい。「どう思う？」と今度はルイズがラトーにたずねた。ラトーはヨナを眺め、ヨナは正面の窓を眺めていた。ヨナは星のない空に目をあげた。カーテンを引きに行った。戻ってくると、彼はラトーに微笑み、床の上のラトーのそばに腰かけた。が何も言わない。ルイズは、明らかに疲れ果てて、シャワーを浴びてくると言った。二人の友達同士だけになると、ヨナはラトーの肩が自分の肩に触れているのを感じた。ヨナはラトーを見ずに、こう言った、「己は画《え》が好きだ。一生涯昼も夜も画を描きたいと思う。これは幸運ではなかろうか」ラトーは優しく彼を見つめた。「そうさ、それは幸運さ」と彼は言った。

子供たちは大きくなった。ヨナは快活で丈夫な子供たちを見ると幸福だった。子供たちは学校へ行き、四時には帰ってきた。ヨナはまだ土曜の午後や木曜日は、これを楽しむことができた。たびたびの長い休暇のあいだには、一日じゅうにわたって。子供たちはおとなしく遊べるほどまだ大きくはなかった。しかし、その喧嘩《けんか》だの笑い声だのでアパルトマンをいっぱいにするに足るほどには、逞《たくま》しくなっていた。子供たちをなだめたり、おどかしたり、時にはなぐる振りをする必要があった。また下着を清潔にしておかねばならず、ボタンを着け直さねばならなかった。ルイズにももう手がまわり兼ねた。女中を住まわせることもできなかったし、彼らの水入らずの暮しのなかに他人を入れる余地もなかったから、ヨナは、ルイズの妹のローズを手伝いに呼ぶようにすすめた。ローズは大きな娘が一人いて、やもめ暮しをしていた。「そうね」とルイズが言った。「ローズなら、誰も遠慮がいらないわね。いつだって、御引取りを願えるわ」ヨナは、妻の疲労を見て困りきっていたから、ルイズと同時に自分の良心をも楽にさせる、この解決法を喜んでいた。妹はしばしばその娘まで応援に連れてきたから、それだけ、いよいよ負担の軽減は大きくなったわけである。二人とも世に稀《まれ》な善い心の持ち主であった。美徳と清廉《せいれん》とが誠実な性質のなかに輝いていた。家事の手伝いに来るためには万難を排し、自分たちの時間を惜しまなかった。二人は、その孤独な暮しの倦怠《けんたい》と、ルイズの家で見いだされる、くつろいだ喜びとにささえられていた。予期されたとおり、実際誰も気兼ねしなかった。二人の身寄りは、最初の日から、まったくわが家にいるように感じた。広い部屋は共通になり、同時に食堂となり、下着部屋となり、託児所となった。末っ子の寝る狭い部屋は、画布と折畳み寝台の倉庫に用いられた。その寝台には、娘を連れずに来たときに、ローズが眠ることもあった。

ヨナは夫婦の部屋を占領して、寝床と窓とのあいだの空間で仕事をしていた。ただ子供たちの寝室が済んでから、この部屋が片づけられるのを待たねばならなかった。そのあとは、もう何か下着類をとりにくる以外には邪魔されることはなかった。この家の唯一《ゆいいつ》の箪笥《たんす》はこの部屋に置かれていたからである。訪問客のほうは、多少数が少なくなったとはいえ、いろいろ習慣がついて、ルイズの希望に反して、ヨナとよく喋《しゃべ》るためには、夫婦の寝台に寝そべることもあえて辞さなかった。子供たちが父親に接《せっ》吻《ぷん》に来る。「画を見せて」ヨナは子供たちに自分の描いた画を見せてやり、優しく接吻する。子供たちを送りだすとき、子供たちが自分の心の隅々まですっかり限りもなく占めているのを感じた。子供たちがいなくなったら、彼はもう空虚と孤独しか見いださないだろう。彼は自分の画と同じほどに子供たちを愛していた。この世の中で子供たちだけが、画と同じように生きていたからである。

にもかかわらず、ヨナの仕事はだんだん少なくなった。その訳は自分にもわからなかった。相変らず孜々《しし》として勉《つと》めていた。が、今は、孤《ひと》りでいるときですら、描くことに困難を覚えた。こうした折、彼は空を眺めて時を過した。昔からぼんやりして、絵画に心を奪われていたのだが、彼はいっそう夢みるようになった。画を描く代りに、絵画について、自分の天職について考えた。「己《おれ》は描くのが好きだ」と彼は心につぶやく。

そして、筆をもつ手は身体《からだ》のわきに垂れていた。彼は遠くのラジオを聞いていた。

同時に、彼の名声も下り坂になった。故意に冷たい記事が彼のところに届いた。他の記事は良くなかった。そのあるものは、胸が締めつけられるほど意地悪かった。しかし、もっと仕事をするように彼を駆りたてる、こうした攻撃からは、また利益も引き出せると彼は心につぶやいた。引きつづき来る連中は、彼を扱うのに、さらに敬意を欠いていた。遠慮する必要のない、旧友といった具合である。彼が仕事に戻ろうとすると、連中は「なあに、時間はいくらもあるさ」と言った。ある意味で、連中はすでに自分たちの失敗とヨナとを一つに重ね合したように感じた。しかし、別な意味で、この新しい連帯は何かよいものを持っている。ラトーは肩をすくめた。「君はばかすぎる。彼らは君を愛してなんぞいない」「いや、今では少し己を愛しているんだ」とヨナは答えた、「わずかな愛、これはたいしたことだ。これが手に入るなら、あとはかまわぬ」そこで、できる限り、彼は語り、手紙を書き、画を描きつづけた。間を置いて、彼は実際に画を描いた。特に日曜日の午後、子供たちがルイズとローズとともに外出したときに。夜、やりかけの仕事が少し進んだことを彼は喜んだ、このころ、彼は空を描いていた。

画商が、残念ながら、売行きが目立って減ったので、月々の報酬を減額せねばならないと通告してきた日、ヨナはこれを承知したが、ルイズは不安を示した。九月の月で、新学期のために、子供の服をつくらねばならなかった。ルイズは、例の健康な態度でみずから仕事にかかったが、やがて能力の限度を超えた。ローズは、繕いものやボタン着けはできたが、お針女《はりこ》ではない。しかし、その夫の従妹《いとこ》はお針女だった。それがルイズを手伝いに来た。時折、ルイズは、ヨナの部屋の、隅の椅子《いす》に坐《すわ》ったりした。そこに、この無口な男はしずかにしていた。あんまりしずかなので、ルイズはヨナに《働く女》の画を描いたらどうかとすすめてみた。「いい考えだ」とヨナは言った。彼は試みた。二枚のカンヴァスをむだにして、それから描きかけの空の画に戻った。明くる日、彼は長いこと住居のなかを行ったり来たりして、画を描く代りに考えた。一人の弟子が激昂《げっこう》して現われ、彼に長い記事を示した。そうでなかったら、彼は読みもしなかったろう。彼の画ははったりで同時に時代遅れだと書かれていた。画商が彼に電話してきて、売上げのカーヴがさらに不安になったと告げた。それでも彼は夢みつづけ考えつづけた。彼は弟子に、記事のなかには真実なところもあるが、まだ長年の研鑽《けんさん》を信頼することができようと言った。画商に対しては、その不安は了解できるが、彼は同じ不安を持ってはいないと答えた。彼は、真に新しい、大作をやるはずだった。すべてはやり直しだ。話していると、自分が真実を言っており、自分の星もそこにあるのだ、と彼は感じた。生活の仕組がよければ十分だった。

それにつづく日々、彼は廊下で仕事を試み、翌々日は電燈《でんとう》をつけてシャワー室で、その明くる日は台所で試みた。しかし、はじめて彼はどこでもひとに逢《あ》うことで悩まされた。彼の知りもしない人たちやら、身うちの者やら——そういう人たちを愛してはいたのだが。しばらくのあいだ、彼は仕事をやめて、考えた。もし季節がよければ、モチーフに基づいて描いたであろう。ところが残念ながら冬に入ろうとしていた。春より前に風景をやることは困難だった。それでも彼は試みた、そして諦《あきら》めた。寒さが心臓までしのびこんできた。彼は数日自分の画布といっしょに暮した。たいがい画布のそばに坐り、時には窓べりに立ちつくして。彼はもう描かなかった。そのころ、朝外出する習慣ができた。ある細部とか、樹木とか、歪《ゆが》んだ家とか、通りすがりに捉《とら》えた横顔とかをスケッチする計画をみずからに課した。ところが一日が終っても、何もしてなかった。新聞とか、人に逢《あ》うとか、飾り窓とか、喫茶店《キャフェ》の暑さとか、どんなつまらぬ誘惑でも、彼を仕事から外《そ》らせてしまう。毎夜、つきまとって離れぬ良心のやましさに苦しみ、りっぱな言い訳をとめどなく述べたてた。彼は描こうとしていた、それは確かだった。あの明らかな空白の時期のあとで、さらによく描こうとしていた。その気持は内部で働いていたが、それだけだった。星は、あの暗い霧から抜けでて、新しく洗われて、燦《きらめ》くであろう。それまでは、彼はもう喫茶店《キャフェ》を離れなかった。自分の子供たちの前でしか感じたことのない、あの優しい熱情をもって、自分の画について考えていたとき、アルコールは、大きな仕事をしている日々と同じ興奮を授けてくれることを、発見した。二杯目のコニャックで、彼は、自分を世界の師にして同時に下僕にしてしまうあの刺すような感動をふたたび見いだした。ただ、彼はこの感動を無為のうちに楽しんでいただけだ、手を束《つか》ねて、これを作品に移すことなしに。しかし、彼の生き甲斐《がい》である真の悦《よろこ》びに最も近いものも、またここにあった。今や彼は、長い長い時間を、煙と騒音の場所に坐って、夢みつつ過した。

彼はそれでも芸術家たちのよく通う場所や界隈《かいわい》は避けていた。自分の画について語りかける知人に逢ったりすると、恐慌《きょうこう》をきたした。彼は逃げようとする。それが目に立つ。それでも彼は逃げだしてしまう。自分の背後でどんな言葉がつぶやかれるかを彼は知っていた、「彼は自分をレンブラントだと思ってるんだ」そして彼の不快の念は増した。もうどんな場合にも、笑わなかった。旧友たちはここから奇妙な、しかし避けがたい結論をひきだした。「彼がもう笑わないのは、自分についておおいに満足しているからだ」このことを知ると、彼はますます人を避けがちになり、ますます疑り深くなった。喫茶店《キャフェ》に入って、その場に居あわせた一人のひとに自分だと知られたという感じを持つだけで、彼の内部のいっさいが暗くなった。一瞬、彼はその場につっ立っていた、無力感と奇妙な苦痛に満たされて。自分の動揺と、また貪《むさぼ》るような唐突な友情の欲求には、表情を閉じたまま。彼はラトーの優しい目つきを考えていた。彼は突然に外へ出た。「おかしな面《つら》をしやがる」ある日、彼が姿を消そうとしたとき、すぐそばにいた男が、こう言った。

彼はもう場末の区域にしか通わなかった。そこでは誰も彼を知らないからである。そこでは、彼は話したり、微笑《ほほえ》んだりした。愛想のよさを取り戻した。ひとからは何も要求されなかった。気むずかしくない数人の友もできた。彼はその一人といっしょにいるのが特に好きだった。男は、彼のよく行く駅の食堂で、彼に給仕をしてくれた。この給仕は彼に「何をやっているのか」をたずねたことがある。「画かきさ」とヨナが答えた。「画家かね、それともペンキ屋かね」「画家だ」相手は答えた、「そいつは、むずかしい」そして二人はそれ以上問題に取り組もうとしなかった。そのとおり、それはむずかしかった。しかし、ヨナは、その仕事をいかに仕組むかを見いだしたらたちまち、難問を切り抜けるだろう。

日々の偶然と酒杯のまにまに、彼は違う逢引きも重ねた。女たち相手である。色ごとの前または後に、女どもと話ができた、特に少々自慢ができた。女どもは説得されなかったにしても、少なくともそれを理解した。時には自分の昔の力が戻ったように思われた。ある日、その情婦の一人に励まされたとき、彼は決心した。家へ戻り、お針女《はりこ》は留守だったので、もう一度部屋で仕事をしようと試みた。しかし、一時間経《た》つと、彼は画布を片づけ、その顔を見ずにルイズに微笑み、外へ出た。彼は一日じゅう飲み、その情婦のところで夜を過したが、欲情するどころではなかった。朝になると、ルイズは身体じゅうに悲しみをみなぎらせ、うちひしがれた顔で、彼を迎えた。ルイズは彼がその女を抱いたかどうかを知りたがった。ヨナは、酔っぱらっていたから抱かなかったが、昔別の女たちを抱いたことはある、と言った。はじめて彼は、ルイズの面《おもて》に、あまりの悲しみと驚きとからくるあの溺《おぼ》れた女のような顔を見いだして、胸を裂かれる想《おも》いがした。このあいだじゅうルイズのことなど考えなかったのに気づいて、これを恥じた。彼は妻に赦《ゆる》しを求めた。これで済んだ。明日からはすべて昔のようにやり直しだ。ルイズは言葉が出ず、顔をそむけて涙をかくした。

明くる日ヨナは朝早く外出した。雨が降っていた。茸《きのこ》みたいに濡《ぬ》れて戻ってきたとき、彼は板をかついでいた。彼の家では、様子を見に来た二人の旧友が、広い部屋でコーヒーを飲んでいた。「ヨナは手法をかえる。彼は板に描くぞ」と二人は言った。ヨナは微笑した。「そうではない。が、己は新しいことをはじめるんだ」シャワー室と手洗いと台所に通ずる狭い廊下に出た。二つの廊下が直角に交わる角のところで立ちどまり、暗い天井までつづく、高い壁をじっと眺めた。脚立《きゃたつ》が必要なので、門番のところへ取りに行った。

彼が戻ってきたとき、家にはさらに数人が集まっていた。彼に逢えたことを喜ぶ訪問客の親愛の情を押しのけ、さまざまな家人の質問を切り抜けて、ようやく彼は廊下の端に出た。妻はこのとき台所から出てきた。ヨナは、脚立を置いて、妻をかたく抱きしめた。ルイズは彼を見つめて、言った、「お願い、またはじめないでね」「いや、違うよ。画を描くんだ。描かなきゃならないんだ」とヨナは言った。しかし、それは自分自身に言いきかせるように見えた。その目は他の場所に向いていた。彼は仕事にかかった。壁の中程の高さに、床を張って、高くて奥行は深いが、狭い屋根裏部屋のようなものを造った。午後の終りには、工事はすっかり終了した。そこで脚立を使って、ヨナは屋根裏部屋の床にぶらさがり、仕事がしっかりしてるかどうか試すために、二、三度懸垂を行なった。やがて、彼は他の人たちのあいだに入った。各人はふたたびこんなに愛想のいい彼に逢うことを喜んだ。夜になり、訪問者が帰ってしまったとき、ヨナは、石油ランプと椅子と腰掛と額縁とを手にとった。三人の女と子供たちの不審な目に見守られながら、そのすべてを屋根裏部屋に上げた。「さあ、これで」と高いねぐらから彼は言った、「もう誰の邪魔もせずに仕事をするぞ」できるかしらとルイズがたずねた。「大丈夫、場所は狭くていいんだ。何でも勝手ができる。蠟燭《ろうそく》で描いた大家もいたことだし……それに……」「床はしっかりしてるの？」床は大丈夫だった。「安心しろ」とヨナが言った、「これが最善の解決だ」そう言って彼はまた降りてきた。

翌日は朝早く彼は屋根裏部屋によじのぼり、腰をおろし、壁ぎわに立てた腰掛の上に額縁を載せ、ランプをつけずに待った。直接に耳に入るのは、台所と手洗いの音だけだった。他の物音は遥《はる》か遠くに聞えた。訪問客も、入口や電話のベルも、人の往《ゆ》き来《き》も、話し声も、彼の耳には半ば押し殺されたように響いた、それらの音が街の通りや隣の中庭から来るとでもいうように。おまけに、アパルトマンの全体がまばゆい光に溢《あふ》れているのに、ここの薄闇《うすやみ》は心をやわらげた。時々友人が来て、屋根裏部屋の下に身をかまえて、「何をしてるんだ、ヨナ？」——「仕事をしている」——「明りもなしか？」——「ああ、今のところは」彼は描かなかった。ただ考えていた。この半ば沈黙の場所は、彼がこれまで暮してきたところと比べれば、砂漠か墓場のように想われたが、——その沈黙と闇のなかで、彼は自分の心に耳をすませていた。屋根裏部屋まで届いてくる物音も、自分に向けられていても、もう関わりがないように思われた。彼は、自分の家で眠ったまま孤独に死んでゆくあの男たちに似ていた。朝がくると、人気《ひとけ》のない家の、もう永遠に何もきこえぬ屍体《したい》の上に、電話の呼びかけが、熱っぽく、執拗《しつよう》に鳴り渡るばかりなのだ。しかし、彼は生きていた。みずからの内部のあの沈黙に耳をすませていた。自分の星を待っていた。星はまだ隠れてはいたが、また昇ろうと用意していた。この空白な日々の混乱を超えて、変ることなく、ついには現われるにちがいない。「光れ、光れ」と彼は言った、「お前の光を己《おれ》からとりあげるな」星はふたたび輝こうとしていた、彼はそれを確信していた。しかし、自分の身寄りから別れることなしに孤《ひと》りでいられる機会がやっとのことで与えられたのだから、彼はもう暫《しばら》くのあいだよく考えなければならなかった。彼が前からよく知ってはいるが、そして知っているかのように前から描いてはいるが、彼がまだはっきりと理解していないものを見いだす必要があった。単なる芸術上のものではない、ある秘密を摑《つか》まなければならない。彼はそれを知っていた。それゆえ彼はランプをつけなかったのだ。

こうなると、毎日ヨナは屋根裏部屋にのぼった。訪問客もますます減った。ルイズは仕事に夢中で、あまり話に加わらない。ヨナは食事に降りてきては、またねぐらにのぼった。一日じゅう闇のなかでじっとしていた。夜になると、もう寝ている妻のところに来た。数日たつと、彼はルイズに昼飯を渡してくれるように頼んだ。ルイズは心をこめてこれを作ったので、ヨナは感動した。他のときにも彼女を煩《わずら》わさないように、屋根裏部屋に入れておける食料品を造るように頼んだ。だんだん日中に降りてくることも少なくなった。しかし、食料にはほとんど手がついていなかった。

ある晩、彼はルイズを呼んで、毛布を数枚くれと言った、「あそこで夜も過すから」ルイズは、頭をのけぞらせて夫を眺めた。彼女は口を開き、それから黙った。彼女はただ不安な悲しげな表情でヨナの様子をうかがっていた。彼は突然、どれほどまで彼女が老いこんだかを見、生活の疲労が彼女にも深手を負わせたことを悟った。そのとき彼は本当に彼女を扶《たす》けてやったためしがないことを考えた。しかし、彼がそれを口に出すより前に、彼女は夫に微笑んだ。その優しさはヨナの心を締めつけた。「あなたのお気に入るように」と彼女は言った。

その後は、夜も屋根裏で過して、もうほとんど降りてくることはなかった。とうとう、家に訪問客も姿を見せない。昼でも夜でももうヨナに会うことができないからである。ある人には、田舎に行ったと言ってあった。また別な人には、同じ嘘《うそ》をつくことにうんざりすると、アトリエを見つけたのだ、と言っておいた。ただラトーだけは忠実にやってきた。彼は脚立によじのぼる。すると、善良な大頭が床の線を超える、「どうだい」と彼が言う。――「好調だ」――「仕事してるか？」――「そんなもんだ」――「でもカンヴァスがないぞ」――「仕事はしてるさ」脚立と屋根裏との会話を長くつづけるのは困難だった。ラトーはうなずいて、下に降り、ヒューズだの錠前だのを直してルイズをたすけた。それから、脚立にのぼらずに、ヨナにさよならを言いにきた。ヨナは闇のなかから、「あばよ、おっさん」と答えた。ある晩、ヨナは「あばよ」に、ありがとう、とつけ加えた。「ありがとう、とは何だ？」――「君は己に優しいからさ」――「これはこれは、大ニュースだ」とラトーが言った。彼は出て行った。

また別の晩、ヨナはラトーを呼んだ。ラトーは駆けつけた。はじめてランプがともっていた。ヨナは、不安な表情で、屋根裏部屋の外へ顔をのぞかせた。「一枚カンヴァスをくれ」と彼が言った。――「だが、どうしたんだ。痩《や》せたぞ。幽霊みたいだ」――「ここ数日ほとんど食べていないからだ。何でもない。己は仕事しなけりゃならない」「まず食べろ」――「いや、腹は減ってない」ラトーは一枚カンヴァスを持ってきた。屋根裏に消えようとして、ヨナがたずねた、「どうしてる？」――「誰がさ？」――「ルイズと子供たちさ」――「元気だよ。君がいっしょにいればもっと元気になるだろう」――「別れはしない。彼らに、別れはしないと言っておいてくれ」そして彼は姿を消した。ラトーはルイズのところへ行って、その不安を語った。ルイズは数日来自分も悩んでいたことを打ち明けた。「どうしたらいいの。ああ、あのひとの代りに仕事ができたなら！」彼女はラトーの顔を見た、悲しげに。「あのひとなしには生きられない」と言った。彼女はふたたび若い娘のような顔をしていた。それがラトーを驚かした。彼女が顔を赤らめているのに彼は気づいた。

ランプは一晩じゅうさらに翌日の朝じゅうともったままだった。ラトーとかルイズとか、見舞いに来る者に対《むか》って、ヨナはただ、「ほっといてくれ、仕事をしてるんだ」とだけ答えた。昼に、石油をもとめた。ランプは、くすぶっていたのが、また強い光になって、晩までともっていた。ラトーはルイズと子供たちとともに夕飯をとるために残った。真夜中に彼はヨナに別れを告げた。相変らず明るい屋根裏の前で、彼はちょっと待ったが、やがて何も言わずに帰った。二日目の朝、ルイズが起きたときにも、ランプはまだともっていた。

美しい一日がはじまっていたが、ヨナはそれに気づかなかった。彼はカンヴァスを壁ぎわに裏返した。疲れきって彼は待っていた。坐ったまま、両手は膝《ひざ》の上にのせたままだった。自分はもう仕事をしないだろう、と彼は心につぶやいた。彼は幸福だった。子供たちのつぶやき、水の音、食器類の触れ合う音が聞えた。ルイズが話している。通りをトラックが通ると、大きな窓ガラスが振動する。世界はあそこにある、若若しく、愛すべく……。ヨナは人間たちのたてる美しいざわめきに耳をすませていた。あんな遠くにあって、それは彼の内部のこの快活な力、彼の芸術を妨げはしなかった。また、彼がどうしても表現し得ず、永遠に沈黙に守られてはいるが——しかし自由な生き生きとした大気のなかで、彼があらゆるものにまして価値を認める、あの思想をも……。子供たちは部屋から部屋へ駆けまわっている。娘が笑っている。ルイズも今は笑っている。久しい前から妻の笑い声は聞いたことがなかったのだが……。彼はこれらを愛していた！　どんなに愛していただろう。彼はランプを消した。戻ってくる闇のなかで、あそこ、光りつづけているのは彼の星ではなかったか？　それは彼の星だった。彼はそれを見分けて、心は感謝でいっぱいだった。音もなく彼が倒れたときですら、彼はまだ星を眺めていた。

「何でもない」呼んできた医者はしばらくしてこう申し渡した、「仕事のやりすぎです。一週間したら起きあがれるでしょう」——「直りますって。確かでしょうか？」と顔をひきつらせてルイズが言う。——「直りますよ」別の部屋でラトーはカンヴァスを眺めていた。それは全然白のままだった。その中央にヨナは実に細かい文字で、やっと判読できる一語を書き残していた。が、その言葉は、solitaire（孤独）と読んだらいいのか、solidaire（連帯）と読んだらいいのか、わからなかった。

生い出《い》ずる石

すっかりぬかるんだ紅土《こうど》の径《みち》を車は苦しげに曲った。ヘッド・ライトが急に径の片側に一軒、次いで反対側に一軒、トタン葺《ぶ》き木造バラックを、闇《やみ》のなかに浮きあがらせた。右手の、二つ目の小屋の近くに、粗末な材木で組んだ櫓《やぐら》が、薄靄《うすもや》のなかに見分けられる。櫓の天辺《てっぺん》からは一本の金属の索《ケーブル》が走っている。その出発点は見えないが、ヘッド・ライトの光のなかを降りてくるにつれてきらきら光り、道を断ち切る崖《がけ》の向うに消えている。車は速力を落した。バラックから数メートルのところで止った。

運転手の右にいた男は外へ出ようとして、扉《ドア》から身体《からだ》を抜きだすのに苦労した。地面に降り立つと、巨人のような大きな身体が、少しよろけた。車のそばの、光の当らぬところで、疲れきって元気なく、ぐったりとその場に立ったまま、モーターの鈍い音に聞き入るかと見えた。やがて崖のほうへ歩き、ヘッド・ライトの光の円錐《えんすい》のなかへ入った。闇の中に広い背中を浮きださせて、彼は傾斜の頂点で立ち止った。しばらくして振り向いた。運転手の黒い顔が、計器板の上で、光って、微笑《ほほえ》んでいる。男は合図をした。運転手はスウィッチを切った。ただちに、冷え冷えした大きな沈黙が径と森との上に降りた。すると、水の音が聞えた。

男は河を眺めていた。河は、下のほうに、石のかけらが鋭く光る、広々とした闇の流れによって、わずかにそれと知られた。遠く向う側の、一段と濃く動かない闇は岸らしい。よく見ると、しかし、その動かぬ向う岸に、遥《はる》か遠くのケンケ燈《とう》みたいな、黄ばんだ火があるのに気がつく。大男は車のほうへ戻り、頭を振った。運転手はライトを消して、点《つ》けた。それから規則正しく明滅させた。崖の上に男の姿が現われたり消えたりした。繰り返すたびに、その影はいよいよ大きくどっしりと見えた。突然、河の向う側で、目に見えぬ腕のかかげる、ランタンが一つ、何度も空にあがった。見張番の今の合図を受けると、運転手は最終的にヘッド・ライトを消した。車も男も闇に消えた。ヘッド・ライトを消すと、河はほとんど目に見えるようだった。あるいは、少なくとも、時々光るその長い水の筋肉のあるものは、目に見えた。径の両側は、森の黒いかたまりが空に浮きでていて、ごく近くに見える。一時間前に径を水びたしにした雨の名残は、まだ生あたたかい空中に漂っていて、処女林のただなかのこの広い空地のびくとも動かぬ静けさを重苦しくしている。暗い空に曇った星々が慄《ふる》えている。向う岸から鎖の音と忍ぶような水音とが昇ってきた。相変らず待っている男の右手の、バラックの上で、ケーブルがぴんと張った。鈍い軋《きし》みがケーブルを渡りはじめる。と同時に、河からは、幅広くかつ弱く水を打つ音が立ち昇る。軋む音が一様になった。水音はなおひろがり、やがてはっきりした、同時にランタンが大きくなった。今は、ランタンのまわりの黄ばんだ光のかさが、はっきり見分けられる。光のかさは少しずつひろがり、ふたたび縮んだ。ランタンは靄のなかで光り、その上に、またそのまわりに、四隅を太竹でささえた、棕櫚《しゅろ》葺《ぶ》きの四角な屋根みたいなものを照らしだしていた。この荒作りの小屋は、はっきりせぬ物影がそのまわりに揺れ動いているが、ゆっくりと岸に向って進んでくる。それが河のほぼ中央に来たときには、黄いろい光のなかに浮きでた、三人の小男がはっきり見分けられた。男たちは上半身裸で、ほとんど黒人みたいで、円錐形の帽子をかぶっていた。彼らは、脚をわずかにひらき身体《いかだ》を少しかがめて、じっと踏ん張って、最後に闇と水とから抜けでてきた大きな粗末な筏の側腹《わきばら》に、目に見えぬ波を吹きつけてくる河の、強烈なうねりに対し、釣合いをとっていた。渡し舟がさらに近づくと、男は、差掛けの後ろ、川下のほうに、これまた大きな麦藁帽《むぎわらぼう》をかぶり、褐色の麻ズボンしか着けていない、大柄な黒人を二人見つけた。二人ならんで、筏の後方の河にしずかにもぐってゆく竿《さお》の上に、彼らは全体重をかけていた。竿がしずむにつれて、まさに平衡を失おうとするまで、波の上に身をかがめた。船首には、三人の黒白の混血児が、動かず、黙りこくって、自分たちを待ち受ける男のほうに目もあげず、岸の近づくのを眺めていた。

筏は急に、水に突き出た桟橋《さんばし》の端にぶつかった。ランタンはやっと今桟橋を照らしだしたばかりなのだ。大男の黒人共はじっと動かない。両手を頭上にあげて、ほとんど沈んでいない竿の先にしがみついていた。が、筋肉は、緊張して、水そのものと自分の重量とからくるかに見える絶え間ない慄えが走っていた。そのほかの渡《わた》し守《もり》は、桟橋の杭《くい》に鎖を投げて巻きつけ、板の上に飛び降りた。筏の舳《へさき》に斜め板をかける、粗末な跳ね橋みたいなものをおろした。

男は車へ戻り、腰をおろした。運転手はモーターをかけた。車はゆっくりと勾配《こうばい》に近づいた。エンジンの覆《おお》いが空に跳ねあがり、つづいて河のほうへ垂れ落ち、車は急坂を降りはじめた。制動機をかけっぱなしで、車は進み、少々ぬかるみを滑り、止ってはまた動きだす。音たてて板を跳ね返らせながら、車は桟橋に入り、黒白の混血児《あいのこ》が相変らず物も言わず両側にならんでいる桟橋の端に達し、しずかに筏に落ちこんだ。筏は、車の前輪が来ると、舳を水にもぐらせたが、ただちに浮きあがって、車の全重量を受けとめた。運転手は、後部の、ランタンが架かっている四角な屋根の前まで、車を走らせた。たちまち、混血児《あいのこ》は斜め板を桟橋に畳み返し、一飛びで渡し舟に移ると同時に、ぬかるみの岸から舟を放した。筏はしっかりと河に抱きとられて、水面に浮び、ケーブルに沿うて空中を走る長い線につながれて、しずかに岸を遠ざかった。大男の黒人共はようやく力を抜いて、竿をひっこめた。男と運転手は車から出て、筏の上に立ってじっと動かず、川上を見つめていた。こうした操作のあいだに声を出す者は誰もなかった。そして今もなお、銘々自分の持ち場に立って、言葉なくじっと動かずにいた。大男の黒人の一人がザラ紙に煙草《タバコ》を巻いているのを除いては。

男は、そこから河が発して自分たちのほうへ下ってくる、ブラジルの大森林の狭間《はざま》を見つめている。河はここでは数百メートルにひろがっていて、渡し舟の横腹に絹のようなどんよりした水を打ち寄せ、二つに分れて舟を押し包み、それからふたたびのびのびと力強い一つの流れとなって、暗い森のなかを、海と闇とに向ってしずかに流れてゆく。水から来るのか、海綿みたいな空から来るのか、気の抜けた匂《にお》いが漂っている。渡し舟を打つ重たい水音、両岸に打ち寄せる水のざわめき、水牛の間をおいた呼びかけ、あるいはまた奇妙な鳥の啼《な》き声が聞える。大男は運転手に近づいた。運転手は小柄で痩《や》せている。一本の竹の柱にもたれかかり、作業服のポケットに拳《こぶし》をつっこんでいた。その服は昔は青だったのが、今は赤土にまみれている。二人は一日じゅう赤土の埃《ほこり》を口にかみしめてきたのだ。若いのにすっかり皺《しわ》のよった顔に微笑を浮べて、彼は、湿っぽい空にまだ漂っている弱々しい星を、見るともなしに眺めていた。

しかし、鳥の啼き声はいっそうはっきりしてきて、聞いたこともない囀《さえず》りもそこにまざってきた。と、じきに、ケーブルが軋みはじめた。黒人の大男たちは竿をさして、盲人みたいなしぐさで底をさぐった。男は今さっき自分たちの離れた岸のほうを振り返った。その岸が今度は闇と水とに蔽《おお》いかくされて、かなたに数千キロにわたってひろがる樹木の大陸と等しく、渺茫《びょうぼう》として野趣に溢《あふ》れていた。近くの大洋とこの樹海とのあいだに、このときこの荒涼たる河に漂うひと摑《つか》みほどの人間は、今やまったく迷い子になったように見える。筏が新しい桟橋につき当ったときには、錨索《いかりづな》が切れて、恐ろしい漂流の幾日を過したのち、闇のなかで一つの島にたどり着いたという風情《ふぜい》だった。

土を踏むとようやく人声が聞えた。運転手は連中に支払いを済ませたところだ。重苦しい夜のなかに妙に陽気な声音で、彼らはふたたび動きだした車に向ってポルトガル語で挨拶《あいさつ》した。

「イグアペまで、六十キロだと連中は言った。三時間すればおしまいだ。ソクラトはうれしい」こう運転手が言った。

男は笑った。善良な笑い声で、どっしりとして熱があり、彼によく似合った。

「ソクラト、私もうれしい。道はひどいな」

「重すぎるんでさ。ダラストさん、あんたは重すぎるよ」運転手もとめどなく声をたてて笑った。

車は少し速度を増した。べとつく甘ったるい匂いのなかを、解きがたい草木のからみ合いでできた高い垣のあいだを進んだ。光る虫がしきりに飛びかい、森の闇を絶えず横切る。赤い目の鳥があっというまに来て前窓にぶつかる。時折、奇妙なうなり声が夜の深みから耳にとどく。運転手はおどけて目玉をくるくるまわしながら、隣の男の顔を見る。

道は曲りに曲り、迂《うね》りに迂った。がたがた揺れる板橋で小川を幾つも渡った。一時間すると、霧が濃くなりだした。細かい雨が降りだして、ヘッド・ライトの光を散らした。ダラストは、揺られながら半分眠っていた。車はもう森のなかを走ってはいず、ふたたび、サン・パウロを出て今朝彼らがとったセルラの道だった。絶え間なく、この泥の道からは赤土が舞いあがり、いまだに口にその味わいが残っている。また、見はるかす限り、どちらの側も、大草原《ステップ》のまばらな樹木は、赤土の埃に蔽われている。鬱陶《うっとう》しい太陽、蒼白《あおじろ》く雨に削られた山々、途中に出逢《であ》うひもじそうなコブ牛、その唯《ゆい》一《いっ》のお供として付き従うきたない禿鷹《はげたか》の疲れた飛び方、赤い砂漠を渡る長い長い航海……。彼はとびあがった。車がとまった。彼らは今日本にいる。道の両側には脆《もろ》い建具の家々、家のなかにちらりと見えたキモノ姿。運転手は一人の日本人に話しかけた。相手はよごれた作業服を着て、ブラジル風の麦藁帽子をかぶっていた。それから車は動きだした。

「あと四十キロだと言った」

「あそこはどこだっけ、東京かな？」

「いや、レジストロ。この国の日本人はみんなあそこへ集まる」

「なぜだ」

「わからない。でもやつらは黄色人種だからね。ダラストさん」

森は少し明るくなった。道は滑るが楽になった。車は砂の上を滑る。ドアから、湿って生あたたかい、すっぱい風が入ってくる。

「匂うね」と鼻をくんくんさせて運転手が言った、「海だ。もうじきイグアペだ」

「ガソリンは足りるな」とダラストが言った。

そしてまたしずかに眠りこんだ。

夜明けにダラストは寝台の上に坐《すわ》り、今しがた目ざめた部屋の様子を、驚きの目で眺めた。大壁は半分の高さまで、褐色の石灰で新しく塗り直されていた。もっと上の部分はずっと昔に白く塗られたままで、黄ばんだかさぶたのくずが天井まで蔽ってい る。一列六つの寝台が、二列向き合っている。ダラストは、自分の列の端の寝台が一つだけ乱れているのを見た。その寝床はからだった。しかし、彼は左手に物音を聞いた。扉のほうを振り向くと、そこにソクラトが両手に一本ずつ鉱水の壜《びん》を持って、微笑《ほほえ》んで立っていた。「いい想《おも》い出か！」と彼が言った。ダラストは身ぶるいした。そうだ、前の晩町長が二人を泊めてくれた病院は、《いい想い出》という名で呼ばれていた。「忘れられぬ想い出さ」とソクラトがつづけた、「連中は己《おれ》に言った。まず病院を建設する、それから水道を引くと。それまでは、いい想い出だよ、顔を洗うには刺すような水を使わなきゃならない」笑いながら歌いながら彼は姿を消した。一晩じゅうとてつもないくしゃみに身を慄わしていたのに、見たところ彼は全然疲れていないようだった。一方ダラストのほうはそのため目をつぶることも叶《かな》わなかったのに。

今ダラストはすっかり目がさめた。目の前の、格子《こうし》のついた窓から、雨に浸された赤土の小さな中庭が見えた。蘆薈《ろかい》の茂みの上を雨は音もなく流れていた。両腕をあげて頭の上に黄いろのスカーフをひろげたまま、女が一人通る。ダラストはまた横になり、またすぐに起き直って、寝床から出た。寝床は彼の重みで曲り、音たてた。ちょうどそのときにソクラトが入ってきた。「ダラストさん。あんたを町長がおもてで待ってる」しかし、ダラストの様子を見て、「あわてなさんな。あのひとは決していそいだりしない」と付け加えた。

鉱水でひげを剃《そ》って、ダラストは、離れのポーチに出た。町長は、金縁眼鏡をかけているが、可愛《かわい》い、いたちみたいな顔つき、体つきだった。憂鬱そうに雨に見入っていた。しかし、ダラストに気がつくと、たちまち素晴らしい微笑が彼の顔を変えた。その小柄な身体をぴんと張って、駆け寄り、《技師さん》の上体にその腕をまきつけようとした。ちょうどそのとき、一台の車が二人の前、中庭の低い壁の向う側で、ブレーキをかけ、濡《ぬ》れた粘土で横滑りして、そして斜めに止った。「判事だ！」と町長が言った。判事は、町長と同じく碧《あお》い服を着ていた。しかし、はるかに若かった。あるいは少なくとも若く見えた。彼は容姿端麗で、びっくりした青年みたいな潑剌《はつらつ》たる顔つきをしていたからである。判事は、優美な身ごなしで水溜《みずたま》りを避けつつ、今中庭を渡って、二人のほうへ来る。ダラストから数歩はなれたそこから、彼はもう手を差しのべて、歓迎の辞を述べた。（自分は技師さんを迎えることを誇りとしている。技師さんのお仕事はこの貧しい町の光栄のいたりである。下町区域の定期的氾濫《はんらん》をふせぎとめる、あのささやかな堤防建設によって、技師さんがイグアペにもたらすところの量りがたい寄与を、自分は心から喜んでいる。水を支配し、河を征服するとは、なんというりっぱなお仕事だろう。きっとイグアペの貧しい民は技師さんのお名前を記憶にとどめ、幾年たってもなお、その名を祈りのなかでつぶやくであろう)。ダラストはこのお愛想と雄弁にやられて、お礼を言い、堤防工事について判事に何をしてもらえるのか、とたずねようとはしなかった。おまけに、町長の言によれば、技師さんは、下町を視察に行く前に、クラブへ出かけて、有力者たちの盛大な歓迎宴に臨まねばならない。有力者とはいったい誰か？

「たとえば」と町長が言った、「町長である、このわたくし。ここにいる、港務部長のカルヴァルホー氏。それからこれほど大物ではないが、まだ若干おる。もっともこういう連中をお気になさることはない。連中はフランス語が話せないから」

ダラストはソクラトを呼んで、お午《ひる》に会おう、と言った。

「わかった」とソクラトが言った、「己は《泉の園》へ出かける」

「《園》へ行くって？」

「そう、誰でも知ってるとこだ、心配するな、ダラストさん」

病院は、出がけにダラストは気がついたのだが、森の端《はた》に建っていて、重なり合った葉むらが、屋根の上にのめりだしている。樹々《きぎ》の表には、今、薄い水のヴェールが垂れているが、巨大なスポンジのように、深い森は音もなくこれを吸いこんでいる。街と言えば、色あせた瓦葺《かわらぶ》きの百戸ばかりの家並が、森と河とのあいだにひろがっている。その遠い息吹《いぶき》は病院にまでとどいてくる。車はまず水びたしの通りに入った。が、じきにかなり大きい長方形の広場に出た。その赤い粘土は、数多い水溜りのあいだに、タイヤや鉄の車輪や蹄《ひづめ》のあとを残していた。そのまわりに、色さまざまな漆喰《しっくい》壁の低い家々が、広場を閉ざしていた。広場の後ろには、いかにも植民地ふうな、青と白との二つのまるい寺の塔がのぞかれた。この裸の背景の上に、河口からくる潮の匂いが漂っている。広場の真ん中に、ぐしょぬれの人影がうろうろしている。家並に沿うて、ガウチョーや、日本人や、混血インディアンやお上品な顔役連中から成る雑多な一群が——この暗鬱な組合せがここでは異国的に見えるのだが——小股《こまた》に、かつゆっくりとしたしぐさで、歩きまわっていた。彼らは慎重にわきによけて車を通し、それから立ち止って、車を見送っていた。車が広場の家々の一つの前で止ったとき、ずぶぬれのガウチョーの一団が、無言で車のまわりに集まった。

クラブは、二階に竹づくりのカウンターとブリキの円卓を設備した小さな酒場《バァ》があり、有力者たちが集まっていた。市長が杯を手にして、ダラストに対し、歓迎と祝福の辞を述べたのち、みんなでダラストのために砂糖きびの酒を乾杯した。ところが、ダラストが飲んでいると、窓の近くに、乗馬ズボンをはいて脚絆《きゃはん》をつけた、人相の悪い大男がやってきて、よろよろしながら、早口で訳のわからぬことを喋《しゃべ》った。技師には《旅券》という言葉しかわからなかった。彼は躊躇《ちゅうちょ》したが、やがて書類をとりだすと、相手はこれを引ったくった。旅券にざっと目を通すと、人相の悪い男は明らかな不機嫌の色をおもてに出した。技師の鼻先に旅券をひらひらさせながら、また演説をぶったが、技師は冷静に、激昂《げっこう》した男を眺めていた。このとき判事が来て、微笑みながら、何でもめているのだとたずねた。酔っぱらいは一瞬、自分の演説を中断させたこのかぼそい男をにらんだが、やがて、いっそう猛烈によろけながら、新しい話相手の目の前に、旅券をひらひらさせた。ダラストは、落ち着いて、円卓のそばに腰かけて、待った。会話は非常に激烈になった。と突然判事は、彼のものとは思えぬようなすさまじい声で叱咤《しった》した。予期すべからざることであったが、人相の悪い男は、にわかに、失策を見つかった子供みたいな様子で、退却した。判事の最後の命令で、男は罰をくらった劣等生みたいに斜めによたよたと歩いて、戸口のほうへ行き、姿を消した。

判事はすぐダラストのところへやってきて、もう落着きを取り戻した声で、あの無礼な男は警察署長であり、奴《やつ》が旅券が適法でないとあえて言い張っていたこと、そしてその気違いじみた振舞いは罰せられるはずだと説明した。次いで、カルヴァルホー氏が有力者たちに声をかけると、連中は円陣をつくった。氏は彼らにたずねているように見えた。短い議論ののちに、判事はダラストに恭《うやうや》しくお詫《わ》びの言葉を述べた。イグアペの街全体が技師先生に対して抱く感謝と尊敬の念を忘《ぼう》じ果てたこの振舞いは、偏《ひと》えに酒乱のためと言うほかに説明のしようがないことを認めてほしいと言い、終りに、このしようのない人物に科すべき罰を、自身で決めていただきたいと言った。ダラストは、罰を加えることは望まない、これは大した事件ではないし、それに自分は河へ行くことを急いでいるのだと言った。そこで町長が発言して、罰は絶対に必要であり、犯人は拘束しておかねばならぬ、そしてこの卓《すぐ》れたお客様がその処分をお決めになるのを一同は待つことにいたしたい、と、愛嬌《あいきょう》は失わずに、しかしきっぱりと言いきった。いかなる反論も、この微笑をたたえた厳格な決定を崩すことはできなかった。ダラストは考慮しようと約束せざるを得なかった。それから下町を見にゆくことになった。

河はすでに、低くて滑りやすい河岸にひろびろと黄いろい水をひろげていた。一同はすでにイグアペの最後の家々をあとにしていた。河と、荒壁土と木の枝でつくった小屋がしがみつくように並んでいる、切り立った高い崖《がけ》とのあいだに彼らはいた。目の前の、盛り土の端からは、向う岸と同じように、いきなり森がはじまっていた。しかし、水の通り路《みち》は速やかに樹々のあいだにひろがり、不確かな線の辺までのびていた。黄色というよりむしろ灰色のそれは、海だった。ダラストは無言で断崖《だんがい》のほうへ歩いた。崖の横腹には、増水時のさまざまな線がまだ生々しいあとを残していた。ぬかるみの径《みち》が小屋のほうへのぼっている。小屋の前には、黒人たちが立っていて、黙ったまま見なれぬ訪問者たちを眺めている。幾組かの男女は手をつないでいた。盛土のつい端に、成人《おとな》たちの前に、腹が毬《まり》のように膨れて腿《もも》のかぼそい、幼い黒人の子供が一列に並んで、まるい目を大きく見ひらいていた。

小屋の前に達すると、ダラストは港務部長に合図した。これは肥《ふと》った笑い上戸の黒人で、白い制服を着ていた。ダラストは彼に小屋を見物できるかとスペイン語でたずねた。部長は大丈夫だと言った。これはいい考えだと思うし、技師さんはおもしろいものがいろいろ見られるだろう、と言った。彼は黒人たちに向い、河とダラストをさしながら、長々と説明した。相手はひと言も言わずに聞いていた。部長が話し終えても、身動きするものは誰もいない。部長はじれったそうな声でもう一度話をした。それから中の一人にたずねたが、その男は頭を振った。すると部長は命令的な口調で短くふた言み言いった。男は人垣をはなれて、ダラストの前に出て、道を示すしぐさをした。しかしその視線には敵意があった。それはかなり年配の男で、頭は短い半白の毛で蔽《おお》われ、顔は痩《や》せてしなびていたが、それでも身体《からだ》だけはまだ若々しい。肩の肉は引き締って頑丈で、麻ズボンと破れたシャツの下に、筋肉が目につく。二人は歩きだした。部長と黒人の群れがあとからついて来た。一段と傾斜の急な、新しい崖によじのぼった。そこにある泥や、トタンや、葦葺《あしぶ》きの小屋は地面にかじりついていること自身まことにむずかしくて、その基礎を大きな石で固めなければならなかったほどなのだ。一行は女に擦れ違った。女は水をいっぱいにしたブリキ罐《かん》を頭にのせて、時時はだしで滑りながら、小径を降っていった。やがて、三軒の小屋で仕切られた小さな広場みたいなところに着いた。男はその一軒に歩み寄り、竹の扉を押した。その蝶番《ちょうつがい》は蔓《つる》くさでできている。男は無言で、技師には同じ無表情な目を据えたなり、姿を消した。小屋に入ると、ダラストには最初、部屋のちょうど真ん中の、土間にある、今しも消えそうな火を除いては、何一つ見えなかった。やがて、奥のほうの一隅に、底が抜けてスプリングがむきだしになった、銅の寝台が一つ、また別の一隅に、せともの食器をのせた机が一つ、その両者の間に、聖ジョルジュをあらわすひどい色つき石版刷りが一枚鎮座している一種の演台みたいなものが、見分けられた。その余はと言えば、入口の右手に、ぼろの山があるのと、天井に、火で乾かしている極彩色の腰巻が何枚かかかっているだけだった。ダラストはじっと動かず、煙の匂《にお》いと、土から立ち昇って彼の喉《のど》をしめつける貧窮の匂いとを吸いこんだ。後ろで、部長が手を叩《たた》いた。技師は振り返った。しきいの上に光を背にして、黒人の若い娘の美しいシルエットが近づくのが見えた。娘は何かをさしだした。彼は杯をとり、そこにつがれた砂糖きびのきつい酒を飲んだ。娘は盆をさしだして、空の杯を受け取り、外に出た。その動作はまことにしなやかで生き生きとしていたので、ダラストは思わず娘をひきとめたいと思ったほどだった。

しかし、娘のあとから外へ出たとき、小屋のまわりに集まった有力者たちや黒人の群れのなかに、彼はその顔を見いだすことができなかった。彼は年とった男にお礼を言い、男は無言でお辞儀をした。そして彼は出かけた。部長は後ろで、ふたたびいろいろと説明をはじめ、また、ソシエテ・フランセーズ・ド・リオはいつから工事にかかれるのか、堤防は雨期までに築かれるのか、とたずねた。ダラストは知らなかった。真実考えてもいなかった。細い雨の降るなかを、彼は涼しい河のほうへ降っていった。到着以来耳からはなれたことのない、あの大きな広やかな響きに相変らず聞き入っていた。その音が、水のせせらぎなのか、樹々のざわめきなのか、誰にも言うことはできなかった。河岸に来て、彼は遥《はる》かに、定かならぬ海の線、幾千キロの寂しい水のひろがり、アフリカ、さらにその向うに、自分の出かけてきたヨーロッパを眺めていた。

「部長」と彼が言った、「今逢った連中はどうやって暮しているのかね」

「仕事がありゃ働きまさあ」と部長が答えた、「われわれは貧乏なんで」

「さっきの連中がいちばん貧乏かな？」

「奴らがいちばん貧乏だ」

判事はこのときその華奢《きやしや》な靴で軽やかにしのび寄ってきて、技師さんは連中に仕事を与えるのだから、すでに彼らから好意を寄せられている、と言った。

「連中は毎日毎日踊ったり歌ったりしてるんですよ」と彼は言った。

それから、いきなりダラストに、処罰のことを考えたかとたずねた。

「処罰ですって？」

「そうですよ。警察署長の——」

「許しておやりなさい」

判事はそれは不可能だ、罰せねばならぬ、と言った。ダラストはすでにイグアペのほうへ歩いていった。

細かな雨にうたれて、神秘的にもの優しく見える《泉の園》では、バナナの樹とタコの樹々をわたる蔓に添うて、めずらかな花々の房が垂れていた。湿った石を寄せたところが、小径と小径との交差点を示している。小径にこの時刻は雑多な人群れが歩きまわっている。混血児《あいのこ》たちや数人のガウチョーがそこで低い声でお喋りしている。あるいは同じゆっくりした歩調で、竹藪《たけやぶ》の径を、茂みや雑木林がだんだん密集して、やがては踏みこめなくなるところまで、入ってゆく。そこからはいきなり森がはじまっていた。

ダラストは人ごみのなかでソクラトを探していると、後ろからつかまえられた。

「お祭だ」と笑いながらソクラトが言った。背の高いダラストの肩に手をかけて、彼はその場に飛びあがった。

「何の祭だ?」

「何だって!」ソクラトは驚いてダラストに顔を向けた。「知らないのか。イエス様の祭だ。毎年毎年みんな金鎚《かなづち》をもって洞窟《どうくつ》へ行く」

ソクラトがさしたのは、洞窟ではなくて、園の一隅で待っているかに見える一団だった。

「そら。あるとき、イエス様のりっぱな像が海からやってきた、河を遡《さかのぼ》って。漁師たちがこれを見つけた。奇麗な、奇麗なものだ。そこで漁師たちはここの洞穴《ほらあな》で洗った。そして今では、洞穴のなかに一つの石が生えてきた。毎年お祭がある。金鎚であんたが叩き壊す。祝福をうけた幸福のために、こなごなに叩き壊す。ところが、そのあとで、石はまた生えてくる。そこであんたがまた壊す。これは奇蹟《きせき》だ」

二人は洞窟のところに着いた。待っている人たちの上に、低い入口が見える。内部は、蠟燭《ろうそく》の慄《ふる》える炎が闇《やみ》を貫いて、蹲《うずくま》った物影がこのとき金鎚で叩いていた。その男は、長い口ひげのある痩せたガウチョーで、ふたたび立ちあがると、出ていった。湿ったちっぽけな岩のかけらを掌《てのひら》に握りしめていて、この手をみんなにひろげて見せた。しばらくして、立ち去る前に、男はまた注意深く掌を握りしめた。と、次の男が身をかがめて洞穴に入った。

ダラストは振りかえった。身のまわりには、巡礼の列が並んでいた。彼のほうを見ようともせず、樹々から薄いヴェールとなって落ちてくる雨の水も一向意に介せずに……。彼もまた待っていた。この洞穴の前に、同じけぶる雨にうたれながら、それが何かわからずに……。真実、この国に到着して以来ひと月、彼は待つことをやめなかった。彼は待っていた、湿っぽい日々の耐えがたい暑さのなかで、夜の細かい星々の下で、堤防の建設やら道路の敷設《ふせつ》やら、自分に定められた任務にもかかわらず。……あたかも、彼がここにやりにきた仕事は、単なる口実にすぎず、彼の想像すらしなかった、しかし、世界の果てで辛抱づよく彼の来るのを待っていたところの、一つの驚き、あるいは一つの出会いのための機会ででもあるというように。彼は思いきってその場を去ったが、この人群れのなかで彼に気づいたものは一人もいない。彼は出口へ向った。河へ戻って、仕事をせねばならないのだ。

しかし、ソクラトは戸口で待っていた。小柄だが肥って、逞《たくま》しく、皮膚の色は黒というより黄いろい男と、ぺらぺらお喋りに夢中になっていた。男の頭はすっかり剃《そ》りこまれていたので、見事な曲線の額をいっそう広く見せていた。その色艶《いろつや》のいい大きな顔は反対に、四角に刈りこんだまっ黒なあごひげに飾られていた。

「このひとは選手だ!」とソクラトが紹介して言った、「明日、行列をするんだ」

男は、厚ぼったいサージの水兵服を着て、上着の下には青・白の縞《しま》の肌着を着けていたが、落ち着いた黒い目で注意深くダラストを観察した。同時に彼は豊かな艶のある唇のあいだに、まっ白な歯をすっかり見せて笑った。

「このひとは、スペイン語を喋る」とソクラトは言い、今度は見知らぬ男のほうを向いて、

「ダラストさんに話せよ」そして彼は踊りながら別のグループのほうへ行ってしまった。男は微笑をやめて、率直に好奇心を示してダラストを見つめた。

「おもしろいかね、船長」

「私は船長じゃない」とダラストが言った。

「かまわない。でもあんたは貴族だ。ソクラトがそう言ってた」

「私は違う。私の祖父《じいさん》は貴族だったが……。曾祖父《ひいじいさん》もそうだった。その前はみんなそうだった。今はわが国に貴族というものはない」

「ああ」と笑いながら黒人が言った、「わかる。誰でも皆貴族なんだ」

「いや、そうではない。貴族もないし、平民もないのだ」

相手は考えこんでいたが、やがて思いきって、

「誰も働かず、誰も苦しまないのか？」

「いや、何百万の人間が働き、苦しんでいる」

「それなら、それが民衆だ」

「そういう意味なら、そのとおりだ。民衆というものはある。しかし、その主人は警官とか商人とかなんだ」

混血児《あいのこ》の愛想のいい顔は閉ざされてしまった。やがて彼はぶつぶつ言った。「フン、買ったり売ったり。ヘン！　なんてきたならしい！　警察さえついていりゃ、犬だって命令を下すさ」

いきなり彼は笑いだした。

「あんたはものを売ったりしないか?」

「ほとんどしない。橋を造ったり、道を造ったりする」

「それは結構。私は船のコックだ。お望みなら、黒豆の料理をご馳走《ちそう》しよう」

「食べたいね」

　コックはダラストに近寄って、その腕を握った。

「聞いてくれ、あんたの言うことが気に入った。私もあんたに話がしたい。たぶんあんたも気に入るだろう」

　コックは、入口の近く、竹藪の足もとの、濡《ぬ》れた木のベンチへ彼を連れていった。

「沿岸の港々に給油するために、沿岸航海する小型の油送船に乗って、私はイグアペの沖の、海に出ていた。船火事が起った。私の責任ではない、もちろん。私は自分の仕事はよく心得てる! いや、運が悪かったんだ。ボートを水に降ろすことができた。夜になって、海は波がでてきた。波はボートを傾かせた。私は沈んだ。浮びあがったときボートに頭をぶつけた。漂流した。夜はまっくらで、波が高かった。それに泳ぎが下手なので、こわかった。突然遠くに一条《ひとすじ》の光が見えた。イグアペのイエス様の教会のドームがわかった。そのとき私は、もし助けてもらえれば、五十キロの石を頭にのせて行列に出ると、イエス様に誓った。あんたは信じないだろうが、波はおさまり、心も落ち着いた。私はしずかに泳いだ。うれしかった。こうして私は海岸にたどりついた。明日私は約束を果すのだ。

彼はにわかに疑い深い様子でダラストを眺めた。

「あんたは笑わないいな？」

「笑わない。約束したことは守らなくちゃいけない」

相手は彼の肩を叩いた。

「さあ、河のそばの兄弟の家へ来てくれ。インゲン豆を煮てあげよう」

「いや、用がある」とダラストが言った、「よかったら、今夜にしてくれ」

「結構。ただ今夜はみんな大きな小屋で踊ったり祈ったりする。聖ジョルジュの祭だ」ダラストはあんたも踊るのかとたずねた。すると急にコックの顔がこわばり、その目をはじめてそむけた。

「いや違う。私は踊らない。明日石をはこばなけりゃならない。石は重い。今夜行くのは、聖人を祭るためだけだ。済んだら私は早目に引きあげる」

「踊りは長いことやってるのか」

「一晩じゅう、明け方近くまで」

なんとなく恥ずかしそうに彼はダラストを見つめた。

「踊りに来てくれ。そのあとで私を連れて帰ってくれ。さもないと、私はいつまでも残って、踊る。きっと我慢なるまい」

「あんたは踊りが好きなのか?」

コックの目が貪《むさぼ》るように輝いた。

「そのとおり。好きだ。それに、葉巻もあるし、聖人たちも女どももいるし……。みんな何もかも忘れ、もう誰にも服従しない」

「女もいるのか? 街のあらゆる女たちが?」

「街の女はいない。小屋の女たちだけだ」

コックは微笑を取り戻した。

「来てくれ。船長には、服従する。そうして明日約束を果す、手扶《てだす》けしてくれ」

ダラストはなんとなく自分が苛立《いらだ》つのを感じた。このばからしい誓約はこの男にとって何になるのか? しかし、彼は、信頼しきって微笑《ほほえ》みかけている、この美しいあけ放しの顔を見つめた。その黒い皮膚は健康と生命に光っていた。

「来るよ」と彼は言った、「これから、少々お供しよう」

なぜだかわからないが、彼は同時に黒人の若い娘が自分に歓迎の杯を献《ささ》げる姿をふたたび目にした。

二人は園を出て、ぬかるみの通りを幾つか過ぎ、掘り返されたような広場に達した。まわりの家々の軒が低いために、広場はよけい広いように見えた。雨は激しくなってはいないが、壁の漆喰《しっくい》の上を水が流れ落ちている。スポンジのような空のひろがりを通して、河と樹々《きぎ》のざわめきが鈍く二人の耳にとどいてくる。二人は同じ歩調で歩いたが、ダラストのそれは重苦しく、コックのそれは逞しかった。時折コックは頭をあげて、道づれに微笑みかけた。家々の上に見える教会を目ざして、広場の端に達し、さらに、今や料理の食欲をそそる匂《にお》いの漂う、街筋に沿うて歩いた。時折、皿や台所道具を手にした女が、戸口にもの珍しげな顔を見せ、またすぐに姿を消した。彼らは教会の前を通り、古い界隈《かいわい》に入りこみ、同じく低い家々のあいだを抜け、急に、目に見えぬ河の響きのなかへ、ダラストの知っている小屋の立ちならぶ区域の背後に出た。

「それでは、ここで失敬。今晩また」と彼が言った。

「教会の前で」

しかしコックはこのときダラストの手を抑えた。ためらっていたが、やがて思いきって、

「あんたは、前に救いを呼んだことも、誓いをしたこともないのか?」

「いや、確か、一度ある」

「難破したとき？」

「まあね」

そしてダラストは乱暴に手を振りほどいた。しかし、踵《きびす》を返すときに、コックと視線が合った。彼は躊躇《ちゅうちょ》した。が、やがて微笑した。

「それをお話ししよう。たいした出来事ではないんだが。私のせいで、あるひとが死にかけていた。そのとき救いを呼んだように思う」

「あんたは誓ったのか？」

「いや、しない。誓約したかったんだろうが」

「ずっと昔か？」

「ここへ来るちょっと前のことだ」

コックは両手でひげを握った。その目は輝いていた。

「あんたは船長さんだ」と彼は言った、「私の家はあんたの家だ。それに、あんたは私が約束を果すのを手伝ってくれる。あんた自身が約束をしたとでも言うように。それはあんたのためにもなる」

ダラストは微笑した。「私は信じない」

「あんたは傲慢《ごうまん》だ、船長」

「かつては傲慢だった。が、今は孤独だ。ただこのことを言ってくれたまえ。あんたのイエス様はいつでもあんたに答えてくれたかね?」

「いつでもだって? 違う、船長!」

「それで?」

コックは子供っぽい爽《さわ》やかな笑い声をたてて、ふきだした。

「とにかく」と彼は言った、「イエス様は自由なんだ。違うか?」

クラブでダラストは有力者たちと昼食を共にしていたが、町長は、彼がイグアペに来たという大事件の証拠を少なくともあとに遺《のこ》すために、町の署名帳に署名せねばならない、と言った。判事のほうは、また新しい言い方を見つけだして、賓客の美徳と才能のみならず、彼がその国に属する光栄を有するところの大国を代表するに当っての淡々たる態度を賞《ほ》め称《たた》えた。ダラストはただ、自分はその光栄を有するし、また確信をもってそれを光栄だと主張するが、さらに、この長期の土木工事の入札を落札したことは自分の会社にとって利益でもあるとだけ言った。そこで、判事はこうした謙《けん》遜《そん》に対して抗議の声をあげた。「時に」と彼は言った、「署長に対してわれわれのとるべき処置について、お考えいただきましたか?」ダラストは微笑みながら彼を見つめた。「決めましたよ」ダラストは、イグアペの美しい町とりっぱな住民を知ることをたいそううれしく思っているが、その滞在が協調と友好の空気のなかではじめられるように、自分の名において、あの軽はずみな男を赦《ゆる》してもらえるならば、自分はこれを個人的な恩恵と想《おも》い、真に例外的な好意と考えるだろう、と言った。判事は、これに聞き入って微笑みながら、うなずいた。彼はその道の専門家らしく、しばらく言い方を考えていたが、まもなく列席者に向って、フランスという偉大な国民の寛仁大度《かんじんたいど》の伝統を賞め称えたいと言った。それからふたたびダラストのほうを向いて、満足ですと言った、「こうと決ったからには」と彼は言葉を結んだ、「今夜署長といっしょに食事をしましょう」しかしダラストは、友達から小屋におけるダンスの会に招かれていると答えた。「ああそうですか」と判事が言った、「あなたが行かれるのは結構なことです。わが民衆は実に愛さざるを得ない、それがよくおわかりになりましょう」

その晩、ダラストとコックとその兄弟とは、技師がすでにその晩訪れた小屋の中央の、消えた火のまわりに坐《すわ》っていた。兄弟のほうも、彼の顔を見ても別に驚いたふうもなかった。彼はほとんどスペイン語を話さず、たいがいは頷《うなず》くだけだった。コックはと言えば、大寺院のことに夢中になっていたが、次には黒豆のスープについて長々と論じた。今、日は暮れようとして、ダラストはコックとその兄弟はまだ目に見えるにしても、小屋の奥に蹲《うずくま》っている人影は見分けがつかなかった。その一人は老婆《ろうば》で、もう一人は、ふたたび彼に給仕をしに来た例の娘である。遥《はる》か低いところに、単調な河音が聞えた。

コックは立ちあがって、「時間だ」と言った。男どもは立ちあがった。が、女たちは動かなかった。男だけがおもてへ出た。ダラストはためらったが、やがて二人に追いついた。もうすっかり暮れて、雨もやんでいた。空は蒼黒《あおぐろ》い色で、まだ濡れているように見える。その暗く透明な水のなかに、地平線の上に低く、星々がともりはじめる。星々はじきに消えて一つまた一つ河のなかに落ちる。あたかも空がその最後の光を滴《したた》らすかのように。濃い空気は水と煙の匂いがする。巨大なしかし動こうともしない森林のざわめきがごく近くに聞える。突然、太鼓の音と歌声が遥かかなたに立ち昇った。その音は最初は鈍く籠《こも》っていたが、まもなくくっきりと際立《きわだ》ち、だんだんに近づいて、やがて黙した。しばらくして、荒絹の白衣をまとった、きわめて丈の低い黒人の娘の行列が姿を現わすのが見えた。ぴったりと身体《からだ》に合った赤い胴着を着こみ、その上に色さまざまな歯を並べて造った首飾りをぶらさげた大男の黒人が、それにつていてきた。その男のあとには、ばらばらに、白いピジャマを着た男の一団や、大きくて丈の低い太鼓やトライアングルを持った楽師たちがいる。あれといっしょに行こう、とコックが言った。

河に沿うて、最後の小屋の一群から数百メートル行ったところの、その家は、大きくて、がらんとしていて、内部は漆喰の壁で、比較的居心地がよかった。床は土間で、藁《わら》と葦《あし》で葺《ふ》いた屋根は中央の支柱でささえられていて、壁は裸だ。奥の、棕櫚《しゅろ》を敷いた小祭壇には、蠟燭《ろうそく》がいっぱいのっているが、部屋の半分も照らしていない。祭壇の上にはとてつもなく悪趣味の色つきの石版刷りが架かっていて、聖ジョルジュが、大げさな身ぶりで、太い口ひげを生やした一匹の竜を打ちこらしている。祭壇の下は、壁紙で岩穴をかたどった一種の壁龕《へきがん》で、一本の蠟燭と水の鉢《はち》とのあいだに、角《つの》ある神を象《かたど》る、赤く塗りたてた小さな粘土の像を納めている。その神は残忍な顔で、銀紙を切り抜いて造った刀を振りまわしている。

コックはダラストを一隅に連れてゆき、二人はそこの戸口の近くに、壁にへばりついて立っていた。「こうしてれば」とコックが囁《ささや》いた、「ひとの邪魔にならずに、おもてへ出られる」まったく小屋は男女でいっぱいで、たがいに身体を押しつけ合うほどだった。もう暑くなってきた。楽師たちは小祭壇の両側に陣どった。男女の踊り手は、男を内側にした二つの同心円に分れた。その中央に赤い胴着の黒人の頭《かしら》が来て、席を占めた。ダラストは腕を組んで、壁に背をもたせかけた。

しかし、頭は踊り手の輪を切ってやってくると、重々しい様子で、ふた言み言コックに言った。「腕組をやめてください、船長」とコックが言った、「あんたが身体をしめつけていると、精霊が降りてくる妨げになる」ダラストはおとなしく腕を垂らした。背中は相変らず壁にもたせかけていたが、その長くて鈍い四肢《しし》、もう汗に光っているその大きな顔のせいか、今や彼自身、何か獣じみた心を鎮《しず》める神に似て見える。黒人の大男は彼を眺めた。それから満足して自分の位置に戻った。ただちに、朗々たる声で、歌の最初の一節を歌うと、みんなが合唱でこれを繰り返し、太鼓が伴奏した。すると、男女の輪は反対の方向にまわりだした。踊りとは言っても押えつけられた重苦しい踊りで、むしろただ足拍子を踏むのに近く、二つの輪になって腰が波打つことで辛うじてそれと知られた。

暑さはひどくなっていた。にもかかわらず、休みはだんだんと減り、停止と停止のあいだが開き、踊りは急調子になった。他の連中のリズムもゆるまず、彼自身も踊りやめずに、黒人の大男はふたたび人の輪を切って祭壇のほうへ行った。彼は水を一杯と火のついた蠟燭を一本持ち帰った。彼はその蠟燭を小屋の中央の地面に突き刺した。蠟燭のまわりに、二つの同心円を描いて、水を注いだ。ふたたび身を起して、狂おしい目を屋根へ向けた。身体全体をこわばらせ、じっと動かずに、彼は待っている。

していた。

「聖ジョルジュが降りてくる、さあ、ごらん」こう耳うちするコックは、目がとびだ

　事実、踊り手の何人かは今失神したように見える。失神したままその場に動かず、両手は腰に、足をぴんとつっぱり、目がすわって表情がない。他の踊り手たちはそのリズムを速めながらひきつけを起し、わけのわからぬ叫び声を発しはじめた。叫び声がだんだん高まり、一つの集団的な呻《うめ》きに溶けこんだとき、頭は、相変らず目はあげたまま、自身もまた、息も絶え絶えに、ほとんど言葉にならぬ長い叫びをあげた。そこには同じ単語が繰り返されていた。「自分は神の戦《いくさ》の場《にわ》だと言っている」とコックが耳うちした。ダラストはその声の変ったのに驚いて、コックを見た。コックは身を乗りだして、拳《こぶし》を握り、目を据えて、他の連中と同じ足拍子をその場に踏んでいた。そのとき彼は、自分自身もまたちょっと前から、足を動かしこそしないが、全体重をかけて踊っていることに気がついた。

　しかし太鼓は急に気違いのように鳴り、突然赤い大悪魔は解きはなたれた。炎のような目をして、身体のまわりに四肢をのたくりまわし、膝《ひざ》をまげてはかわるがわる片脚に体重をかける。しまいには四肢がばらばらになるにちがいないと見えるまでに、そのリズムを速めながら。ところが、出し抜けに彼はこの最高潮で停止すると、太鼓

のとどろくなかに、怖《おそ》ろしい威張った様子で、その場の者どもを見渡した。ただちに一人の踊り手が暗い隅から出てきて、跪《ひざまず》き、魔に憑《つ》かれた男に短刀をさしだした。黒人の大男は短刀を受け取ったが、そのあいだもまわりから目をはなすことはなかった。それから頭上で刀をくるくるまわした。そのとき、ダラストはみんなの真ん中で踊っているコックに気がついた。技師は男が踊りに出てゆくところを見かけなかったのだ。空ぼんやりと、赤みがかった光のなかで、息づまるような埃《ほこり》が土間から立ち昇り、空気はそのためいっそう濃くなって、肌にはりついた。ダラストは、だんだん疲労がしのび寄るのを感じていた。いよいよ息苦しくなってくる。踊り手たちがどうやって、あの並はずれて大きな葉巻を身につけていたのかもわからなかった。今彼らはこれを吸っているが、踊りはやめず、その妙な匂いは小屋を満たし、少しくダラストを酔わせた。彼は、相変らず踊りながら、自分のそばを通ってゆくコックしか見えなかった。コックもまた葉巻を吸っていた。「そんなもの吸うな」とダラストが言った。コックはぶつぶつ言ったが、足拍子はやめようとせず、首筋には終りを知らぬ長い戦慄《せんりつ》を走らせながら、ふらふらになったボクサーの表情で、中央の柱を見すえていた。そのかたわらで、ずんぐりした黒人の女が、右左に動物的な顔を動かしながら、絶え間なく吼《ほ》えたてていた。ところで黒人の若い娘たちは特に最も怖ろしい失神状態に陥った。

足は土間にはりつき、足から頭まで、体じゅうを痙攣《けいれん》が走り、それは肩口に近いほどますます激しかった。そのとき、首は、文字どおり首を斬《き》られたというように身体から離れて、前後に揺れ動いた。同時に、皆いっせいに、力ない長々しい叫び声で、小やみなく叫びはじめた。呼吸するとも見えず、抑揚もなく、あたかも、筋肉も神経も、身体の全部が一つにからまり合って、これを限りの一声となって噴きだし、彼ら銘々の内部で、これまで絶対の沈黙を守っていた一つの存在に言葉を与えるとでもいうように。叫び声は絶えぬままに、女たちは一人また一人と倒れだした。黒人の頭《かしら》はその一人一人のそばに跪き、黒い筋肉の目立つ大きな手で、素早く痙攣的にそのこめかみを摑《つか》む。すると、女たちは起きあがって、よろめきながら踊りのなかへ帰り、また叫びはじめる。その声は最初は弱々しいが、だんだんと大きくなり早くなり、ふたたび倒れてしまう。また起きあがってはふたたび叫びはじめ、このようにしてさらに永いことつづき、ついには、声の全体が弱まり、衰えて、そのしゃっくりでただゆすぶるだけのしわがれた声に変ってしまった。ダラストは力尽き、その場に動かぬ長い舞踏で筋肉はこわばり、みずからの沈黙で息がとまって、よろよろするように感じた。暑さと埃と葉巻の煙と人間の臭気で、今はまったく息もつけない空気になっている。彼は目でコックを探した。彼は姿を消していた。そこでダラストは壁に身体を滑らせ、嘔気《はきけ》を抑えて、蹲った。

彼が目をあけたとき、相変らず空気は息づまるようだったが、騒音はやんでいた。太鼓だけが相変らず低音でリズムを打っており、それに合わせて、小屋の隅々で、白っぽい衣をつけた人群れが足拍子を踏んでいる。しかし、部屋の中央は、今はコップや蠟燭はとり払われて、黒人の若い娘の一団が、半ば眠った状態で、しょっちゅう拍子に遅れそうになりながら、ゆっくりと舞っている。目はつぶっているが、まっすぐに立ち、爪立《つまだ》ちながら微《かす》かに前後に揺れているが、ほとんどその場を動かない。そのうちの二人、でぶでぶ肥《ふと》ったのが、椰子《やし》の葉で織った布をカーテンのように顔にかぶっていた。その二人は、すらりと丈の長い、衣裳《いしよう》をつけたもう一人の若い娘を囲んでいる。ダラストは突然これがこの家の主人の娘であるのに気づいた。娘は、緑のローブをつけ、かぶっている青い薄布の女猟人の帽子は、前が立って銃士の羽根がついている。手には緑と黄の弓を握り、その矢の先には極彩色の一羽の鳥が突き刺さっている。その華奢《きやしや》な身体の上で、可愛《かわい》らしい頭が、少しあおむいて、しずかにゆらいでいる。眠りこんだ顔にはおだやかな汚れない憂愁が漂っている。音楽がとまると、娘は、うとうとしながら、よろめく。ただ太鼓のリズムが強まると、娘には一種の目に見えぬ支柱みたいなものが戻って来て、その支柱のまわりに生気のないアラベスクを巻きつけていたが、ついには、音楽と同時に停止すると、平衡を失おうとしてよろめきながら、鋭いしかし調べの美しい、奇妙な鳥の啼《な》き声を発した。

ダラストは、この緩慢な踊りに魅せられて、じっと《黒いディアヌ》を眺めていた。と、コックが前に現われた。そのすべすべした顔も今は引きつっている。その目からは人の好《よ》さは消えていて、見たことのない一種の渇望《かつぼう》のようなものしか映っていない。無愛想に、まるで見知らぬ男に話しかけるように、「もう遅い、船長」と彼は言った、「連中は一晩じゅう踊る。ただあんたがここに残ってるのを好まないのだ」頭が重いが、ダラストは立ちあがった。壁づたいに戸口へ出るコックのあとにつづいた。戸口から、コックは消えたが、竹の扉を押えていた。次いでダラストも外へ出た。彼は振り向いて、動こうともしないコックを見た。「こい。あとで石をはこばなけりゃいけない」

「あとに残る」コックは断乎《だんこ》として言った。

「あんたの約束はどうなる?」

コックは答えずにダラストが片手で押えている扉をだんだん押してきた。二人はしばらくこうしていた。ダラストは肩をすくめて、諦《あきら》めた。彼は遠ざかった。

夜は爽《さわ》やかなよい匂《にお》いに満ちていた。森の上には南の空のまばらな星々が、目に見えない靄《もや》にぼかされて、かすかに光っている。湿った空気は重苦しい。それでも、小屋を出て見ると実に快く爽やかに思われた。ダラストは滑る坂道をさかのぼり、最初の小屋の家並に達し、穴だらけの道に酔っぱらいみたいによろめいた。森は、ついそばで、かすかにとどろいている。河音が大きくなる。大陸の全体が夜の中に浮びでる。ダラストの胸はむかむかしてきた。この大いなる空間の寂寥《せきりよう》、森の青緑の光、荒涼たる大河の夜のざわめき、この国の全体を彼が吐きだしたかったように思われた。この大地はあまりにも大きい。血と季節とはそこに一つに混じり合い、時は溶けて水となる。ここでの生活は大地とすれすれに営まれる。自分をそこに溶けこますためには、何年も何年も、ぬかるみの土、あるいは乾ききった地面にじかに臥《ね》て眠らねばならない。かなた、あのヨーロッパでは、恥辱であり、怒りだ。しかし、ここでは、追放か孤独だ。死ぬまで踊るところの、この憔悴《しようすい》した落着きのない狂人たちに囲まれて……。しかし、植物の匂いに満ちみちた、湿っぽい夜のなかを、眠れる美女の発する、傷ついた鳥の奇怪な啼き声は、なお彼の耳もとにとどいてきた。

ひどい頭痛に悩みながら、ダラストが不快な眠りから目ざめたときには、湿っぽい暑気が町と動かぬ森の上にのしかかっていた。彼は今病院のポーチで待っている。止って時計を眺めても時間がわからず、町から立ち昇るこの烈々たる太陽と沈黙とに驚きながら。空は、ほとんど生《き》のままの青で、明りを消した最初の屋根屋根にすれすれに、蔽《おお》いかぶさっている。黄いろの禿鷹《はげたか》が何羽か、暑さのために釘《くぎ》づけになって、病院の向いの家の上に眠っている。その一羽がだしぬけに奮いたって、口ばしをあけ、これ見よがしに飛びたつ構えをとり、ほこりっぽい翼で二度ばたばたと身体を叩《たた》き、屋根から数センチ飛びあがったが、またすぐに降りてきて眠りこんだ。

技師は町のほうへ降りた。彼が今通って過ぎた大路《おおじ》小路《こうじ》と同じように、中央広場に人影はなかった。遠くの、河の両側から、低い靄が森の上に漂っている。暑さは垂直に落ちてくるので、ダラストは影になった一隅をさがして、隠れようとした。そのとき、ある家の軒下で、小柄な男が合図するのが見えた。近寄ると、ソクラトだとわかった。

「ダラストさん、例の儀式は気に入ったか?」

ダラストは、小屋のなかは暑すぎる、空と夜のほうがましだ、と言った。

「そのとおり」とソクラトが言った、「お国ではミサだけで、誰も踊らない」

彼は両手をこすり、片足で跳ね、ぐるりとまわり、息がとまるほど笑いこけた。

「奴らはとてつもないんだ」

それから彼は好奇心に駆られてダラストを見た。

「それであんたはミサへ行きますか？」

「行かない」

「それでは、どこへ行くんです？」

「どこへも行かない。私にはわからない」

ソクラトはまだ笑っている。

「まさか！　教会のない貴族、何にもない貴族なんて！」

ダラストも笑った。

「そうだ。あんたの言うとおり。私は自分の場所が見つからなかった。だから、国を出たんだ」

「われわれといっしょにここにいなさい。ダラストさん、私はあんたが好きさ」

「そうしたいよ、ソクラト。でも私には踊れない」二人の笑い声は人気《ひとけ》のない町のしじまに響きわたった。

「ああ、忘れてた」とソクラトが言った、「町長が会いたがっている。クラブで食事してる」それから挨拶《あいさつ》もせずに病院のほうへ出かけた。「どこへ行く？」とダラストが叫んだ。彼は鼾《いびき》をかくまねをして、「眠るさ。もうすぐ行列だ」半分駆けだしながら、彼はまた鼾を繰り返した。

町長は、ダラストに、行列を見るのに特別席を与えたいとだけ言った。彼は、中風患者を奇蹟《きせき》的に直すための、肉と米との一皿をいっしょにすすめながら、そのことをダラストに説明した。まず、判事の家で、教会の前のバルコンに陣取って、行列の出発を見る。その次には、教会の広場に通ずる大通りを通って町役場へ行く。告解者たちは帰りにこの道をとる。町長は儀式に加わらねばならぬから、判事と警察署長がダラストを案内することになる。署長は実際クラブの広場にいて、絶えずダラストのまわりにつきまとい、唇には疲れを知らぬ微笑を浮べて、何かわけがわからぬが、明らかに好意を示す長話をしきりに述べたてた。ダラストが下に降りるとき、署長は走っていって、彼のために道をあけ、前方の扉という扉はあけっぱなしになっていた。旺《さか》んな陽ざしを浴びて、相変らずがらんとした街のなかを、二人の男は判事の家へ向った。二人の足音だけが静けさのなかに鳴り響いた。ところが、突然、近くの通りで爆竹が鳴って、家という家から重たい入り乱れた群れをなして、頸《くび》の禿げた禿鷹どもを空へ飛びたたせた。すぐに、何十もの爆竹があらゆる方角で破裂した。扉が開いた。家々から人が出はじめ、狭い通りをいっぱいにした。

判事はこのつまらぬ家にあなたを迎えるのは自分にとって光栄であるとダラストに

言い、青い色に塗ったバロック風のりっぱな階段で二階へのぼらせた。ダラストの通り路《みち》の踊り場のところで、扉が開くと、子供たちの茶色の頭が急にのぞき、また笑いを押し殺して消え失《う》せた。貴賓室は、美しい建築で、内には籐《とう》の家具と耳も聾《ろう》せんばかりに囀《さえず》っている大きな鳥かごしか入っていない。彼らが腰を据えた露台は教会の前の小広場に面していた。群衆が今やここに集まりだしたが、妙に黙りこんで、ほとんど目に見えそうな波となって空から降る暑さのなかに、身動きもしない。ただ子供たちだけが広場のまわりを駆けまわって、急にとまっては爆竹に火をつける。相ついでその爆発の音が響く。露台から見ると、漆喰《しっくい》塗りの壁と青く塗った十段ほどの階段と、青と金との二つの塔のある教会は、いつもより小さく見えた。

突然教会の内部でオルガンが鳴りだした。群衆は、ポーチのほうへ向き、広場の両側に並んだ。男たちは脱帽し、女たちは跪いた。遠いオルガンは、ながながと幾つもの行進曲を奏した。それから、奇妙な鞘翅《さやばね》の音が森からきた。透明な翼ともろい骨組をもったちっぽけな飛行機が、この齢《よわい》の知れぬ世界にはいかにも突飛に、樹々《きぎ》の上にいきなり現われ、広場のほうに少し降り、大きなガラガラみたいな音をたてて、あおむいた頭の上を通り越した。飛行機は方向を転じ、河口のほうへ遠ざかった。オルガンは沈黙ところで、教会の陰の、何か曖昧《あいまい》な騒ぎがふたたび注意をひいた。

していて、今は、ポーチの下の目に見えぬ、金管楽器と太鼓にとって代られた。黒い祭服を羽織った告解者たちは、一人ずつ教会から出て、前庭に集結し、次いで階段を下りはじめた。そのあとに、赤青の旗を持つ白衣の告解者がつづき、それから、天使に扮装《ふんそう》した男の子のささやかな一群、黒いまじめな顔をした、マリア子供会の仲間やらが来て、最後に、黒っぽい服を着こんだ有力者たちが汗をかきかき荷なう、極彩色の遺物櫃《シャッス》の上に、イエス様ご自身の御像《おすがた》が現われた。それは葦《あし》を手に持ち、頭には荆《いばら》をかぶり、前庭の階段にあふれる群衆の上で、血を流してよろめいている。

遺物櫃《シャッス》が階段の下に到着すると、しばらく休止の時間があって、そのあいだに告解者たちは順序のようなものに従って並ぼうとした。ダラストがコックを見つけたのはこのときである。彼は前庭に出たばかりで、上半身裸だった。長方形の巨大な石をひげづらの頭の上にのせていた。その石はコルク樫《がし》の板の上に据えられて、それが頭の鉢《はち》にじかにのっているのだ。その短い逞《たくま》しい腕の弓形のなかで、正しく石の平衡を保ちながら、彼はしっかり足を踏みしめて教会の階段を降りた。彼が遺物櫃《シャッス》の後ろに達するやいなや、行列は動きだした。そのとき、強い色の上着を着て、リボンを結んだ金管楽器で息を切らしている楽師たちがポーチから現われた。歩度を二倍にする曲調にあわせて、告解者たちは歩みを速め、広場に面した通りの一つに達した。それにつづいて遺物櫃《シャッス》が姿を消したときには、もうコックと最後の楽師たちしか見えなかった。そのあとから、爆竹の音のなかを群衆が動きだした。一方、飛行機は、ピストンをひどくガタガタ言わせながら、最後の人群れの上へ戻ってきた。ダラストは今通りに消えようとするコックだけを見ていた。と急にその肩が曲ったように思われた。が、この距離では、よく見えなかった。

がらんとした街筋を通り、閉じた商店と締った門とのあいだを抜けて、判事と警察署長とダラストとはこのとき町役場に達した。ラッパの吹奏と爆竹から遠ざかるにつれて、沈黙がふたたび街をとり返し、すでに禿鷹の幾羽かは舞い戻って屋根の上の場所にとまり、それはずっと前からその場所を占めているかと見えた。町役場は長細い通りに面していた。その通りは、郊外の区域の一つから教会広場へと通じている。そこに今人通りはない。役場の露台から見ると、目路《めじ》の限り、穴だらけの道路一筋しか見えない。最近の雨がそこに水溜《みずたま》りを残しているのだ。太陽は今は少し降りてきたが、通りの向う側の家々の閉ざされた正面を、まだ蝕《むしば》んでいる。

彼らは永いこと待った。あまり永かったので、ダラストは、正面の壁に太陽が反射するのを眺めすぎて、ふたたび疲労と目まいがたち返るのを感じたほどだった。人気のない家々の並ぶ、うつろな街筋は、彼の心をひきつけると同時に、胸をむかつかせた。改めて、彼はこの国から逃げだしたいと思った。同時にあの巨大な石のことを考えた。あの試練はもう終りであってほしかった。彼は様子をさぐるために降りてゆこう、と申し出ようとした。そのとき教会の鐘が力いっぱいに鳴りひびいた。その瞬間に、通りの向うの端、彼らの左手で、騒ぎが起った。気違いのようになった群衆が現われた。告解者も巡礼も入りまじって、遺物櫃《シャッス》のまわりに群衆が凝集するのが、遠くから見えた。彼らは、爆竹と喜悦の叫びのなかに、狭い通りに沿うて進んでくる。数秒にして、彼らは通りの縁まで溢《あふ》れて、筆舌につくしがたい混乱のなかに、年齢も種族も衣裳《いしよう》も、ただ大声でわめきたてる口と目だけになった、色さまざまな一つのマッスに溶けこんで、町役場へ向って進んでくる。そのなかから、数多くの蠟燭《ろうそく》が槍《やり》のようにとび出してきて、その炎は、白昼の激しい光のなかに消え失せる。しかし、彼らがそばまで来て、露台の下で、群衆が、（あまりに密集していたため）壁に沿うて登ってくるかと見えたとき、ダラストはコックがそこにいないのに気づいた。

断りも言わずに、ひととびで彼は露台と部屋から脱《ぬ》けだし、階段を転げるように降り、爆竹と鐘のとどろきを浴びて、通りに立った。そこで、彼は上機嫌な群衆、蠟燭の荷い手や頭が狂った告解者たちと闘わねばならなかった。しかし、夢中になって、身体《からだ》全体を人間の潮《うしお》にうちつけて遡《さかのぼ》ってゆくと、道がひらけた。その動きはひどく荒荒しくて、彼はよろめき、倒れそうにもなった。とそのとき、彼は群衆の背後に、通りのはずれに自由になった自分を見いだした。灼《や》きつくような壁にはりついて、彼は呼吸が回復するのを待った。それからふたたび歩きだした。その瞬間、一団の男が通りに出てきた。先に立つ者は後すざりしていた。ダラストは彼らがコックを取り巻いているのを見た。

コックは明らかにへとへとだった。彼は立ちどまり、巨大な石の下に身を折り曲げて、荷揚げ人夫や苦力《クリー》のいそいだ足どりで、ちょっと走った。貧乏人の小走り、蹠《あしのうら》をべったり土に踏みしめて……。そのまわりで、溶けた蠟と埃《ほこり》とによごれた祭服を着た告解者たちが、止るたびに彼を励ましていた。左手には、兄弟が黙って歩いたり駆けたりしていた。彼らと自分とを隔てる距離を通過するためには、果てしない時間がかかるように、ダラストには思われた。ほとんどダラストの立つあたりに来て、コックはふたたび立ちどまり、どろんとした目をまわりに投げかけた。彼がダラストを見たときにも、それと見分けがついたとも見えず、ダラストのほうを向いてじっと動かずにいた。きたない脂汗《あぶらあせ》が今は灰色になった顔を蔽い、ひげはよだれの筋でいっぱいで、褐色の乾いたあぶくがその唇を閉ざしていた。彼は微笑《ほほえ》もうとした。しかし、重荷を負うて動かずにいても、彼は全身で慄《ふる》えていた。ただその筋肉が一種の痙攣《けいれん》に陥って強直してしまった肩の部分を除いては……。兄弟は、ダラストを認めて、「もうだめだ」とだけ言った。そして、どこからともなく現われたソクラトが、耳もとで囁いた、「踊りすぎだ、ダラストさん、一晩じゅう。疲れてる」

コックはふたたびせわしない速足で歩きだしたが、それは前へ進む者のしぐさではなくて、自分を押し潰《つぶ》す重荷から脱《のが》れるように、動くことによってその重荷が軽くなることを期待するように思われた。ダラストは、どうしてだか知らないが、その右手にいた。彼は、コックの背に片手を軽くかけた。せきこんで重苦しく、小刻みな足どりで、寄り添うて歩いた。通りの向うの端に、遺物櫃《シャッス》は姿を消していた。群衆はおそらく今は広場に溢れていて、もう進むとも見えない。数秒のあいだ、コックは、兄弟とダラストに挟まれて、前進した。やがて、彼が通るのを見るために、町役場の前に集まった人群れから隔たることわずか二十メートルほどになった。ところがふたたび彼は止った。ダラストは手で押した。「さあ、コック」と彼は言った、「もう少しがんばれ」相手は慄えている。よだれがまた口から流れだす。一方身体じゅうから、汗が文字どおり噴きでてくる。彼は深い呼吸をしようとして、息をつき、急に止った。彼はまた動きだした。三歩歩いて、よろめいた。と、急に石が肩を滑り、肩に深い傷をつけ、さらに前に滑って地面に落ちた。コックは平衡を失って、横ざまにぱったり倒れた。コックを励ましながら、先に立っていた者は、大声をあげて後ろにとんでいった。その一人はコルク樫《がし》の板を握り、他の者は石をつかまえて、もう一度コックに荷なわせようとした。

ダラストはコックの上にかがみこんで、血と埃によごれた肩をその手でぬぐった。小男は地面に顔をこすりつけたまま、息をはずませていた。彼には何も聞えない、身動きもしない。息をするたびに、その口は貪《むさぼ》るように開いた、まるでそれが最後の呼吸ででもあるかのように。ダラストは両腕で腰を抱いて、まるで子供みたいに楽々とこれを引き起した。身に引き寄せて、コックを立たせた。その長身を折りかがめて、まるでその力を吹きこむように、顔を寄せて話しかけた。相手は、一瞬の後、血と泥にまみれた、物凄《ものすご》い表情を顔に浮べて、身を引きはなした。よろめきながら彼は、ふたたび、他の連中がわずかに持ちあげている石のほうへ向った。しかし彼は止った。うつろな目で石を眺め、頭を振った。それから身体のわきに両手を垂らして、ダラストのほうを向いた。大粒の涙がくしゃくしゃの顔にしずかに流れた。彼は喋《しゃべ》りたかった。彼は喋ったが、その口からはほとんど言葉らしいものは出てこない。「私は約束した」と彼は言った。それから、「ああ船長！　ああ船長！」涙が声をつまらせた。兄弟がその背後に現われて、抱きかかえた。コックは泣きながら、力尽き、頭をのけぞらせて、兄弟のなすがままになった。

ダラストは、言葉が見つからないので、ただコックを眺めていた。ダラストは群衆のほうを振りかえった。群衆は遠くでまた叫んでいた。突然彼はそれを握っていた手からコルク樫の板を引ったくり、石のほうへ歩いた。彼は他の連中にそれを持ちあげるように合図して、大した努力なしに石を荷なった。石の重みを受けてわずかに身体をかがめたが、両肩を寄せ、少々息をはずませて、彼は足もとを眺め、コックのすすり泣きを聞いた。それから、力づよい足どりで今度は彼が動きだした。通りの端の群衆と自分とを隔てる距離を弱りもせずに歩き通した。断乎《だんこ》として最初の列に割って進むと、連中はわきへ寄った。彼は鐘と爆竹の騒ぎのなかを広場へ入った。しかし、二列になった見物人のあいだを抜けると、驚いたように彼を眺めていたが、急に黙りこんだ。同じ荒々しい足どりで彼は進んだ。群衆は教会にいたるまで彼のために道を開いた。その重荷は彼の頭と首すじを押し潰すかと感じだしたにもかかわらず、彼は教会を見、前庭で彼を待つように思われる遺物櫃《シャッス》を見た。彼はそれに向って歩み、広場の中央をすでに越えていた。そのとき強引に、なぜとも知らず、彼は左に斜行した。教会への道に背を向けて、行列の人たちとあえて面をつき合せた。背後に走り寄る足音が聞えた。彼の前は、いたるところ、口という口が叫んでいた。何を叫んでいるのかはわからなかった。ただ休みなく投げつけられるのは、スペイン語らしく思われた。突然ソクラトが現われ、仰天した目玉をくるくるまわし、とぎれとぎれに喋り、背後の教会への道をさした。「教会へ、教会へ」ソクラトと群衆とが叫んでいたのは、まさにこのことだったのだ。ダラストは、それでも自分の方角へ進みつづけた。ソクラトはわきへどき、おどけて両腕を天にさしのべた。一方群衆はしだいに黙りこんだ。ダラストが最初の通りに入ったときには、——その通りは先ほどコックといっしょにたどった道で、またそれが河の区域に通ずることを知っていた——広場はもはや自分の背後の定かならぬざわめきにすぎなかった。

石は今や重苦しく頭蓋《ずがい》にのしかかっていた。その重みを薄めるにはその太い腕の全力をふるうことが必要だった。その坂道が滑りやすい、最初の幾つかの通りに達したとき、両肩はすでにこわばっていた。彼は立ちどまって、耳をすました。彼は孤《ひと》りだった。コルク樫の台の上の石を確かめ、慎重なしかもまだしっかりとした足どりで、小屋の立ちならぶ区域まで降りた。そこに着いたとき、息切れがはじまり、石のまわりで腕が慄えていた。彼は足を速め、ついにコックの小屋の建っている小広場に到達した。小屋に駆け寄って、足で扉をあけ、一挙に、部屋の中央の、まだ赤い火の上に石を投げこんだ。そうして、にわかに楽になった、全身をまっすぐに伸ばし、彼のよく知っている悲惨と灰との匂《にお》いを、絶望的に幾口も幾口も吸いこんだとき、名づけることのできない、定かならぬ息のはずむような一つの歓喜の波が、自己の内部にわきあがるのを聞いた。

小屋の住民たちが着いたとき、立ったまま、奥の壁にもたれて、目を閉じているダラストの姿を見いだした。部屋の中央の、炉の場所に、石は灰と土とに蔽《おお》われて、半ば埋《うず》もれていた。彼らはしきいのところに立って入ろうともせず、まるで問いかけでもいるように、しずかにダラストを眺めていた。しかし彼は黙っていた。そのとき兄弟が石のそばにコックを連れてきた。コックは土間に倒れた。彼もまた坐《すわ》って、他の者に合図をした。老婆《ろうば》がそこに来た。次いで夜の若い娘が来た。しかし誰一人ダラストを見ない。彼らは石のまわりに円形に蹲《うずくま》って、黙っていた。ただ河のざわめきだけが重苦しい空気のなかを彼らの耳もとまで昇ってきた。ダラストは、闇《やみ》のなかに立ったまま、何も見ようとせず、聞き入っていた。流れの音はざわめかしい幸福で彼を満たした。目を閉じて、彼は心楽しくみずからの力に祝福していた。もう一度はじめられる人生に祝福していた。その瞬間、爆竹が鳴った。それはついそばのように聞えた。兄弟は少々コックから離れて、半ばダラストのほうへ向き、これを見つめることなしに、空いた場所をさした。「われわれといっしょに腰をおろせ」

解説

『転落』

『転落』(la Chute) は一九五六年五月にガリマール社より刊行された。この小説は『異邦人』や『ペスト』といったカミュの従来の作品とたいそう趣が異なるので読者を大いに驚かせることとなった。まず作品の舞台はアルジェやオランの光の世界とは対蹠点《たいせき》にあり、暗い霧に包まれ、「運河のコルセット」をはめられた地獄の輪にも比すべきアムステルダムである。それに俗世の聖人といわれたカミュを彷彿《ほうふつ》とさせる模範的人物であったムルソーやリウーとは裏腹に、主人公クラマンスは全編を通じて冥府《めいふ》下《ふ》りのような暗い体験を通して一種の開き直りのうちに自己の二重性を白日のもとに晒《さら》そうとする人物だからである。

『カミュの手帖《てちょう》』の一九四七年の日付をもつページを見ると、この作品の構想はこの頃すでにできあがっていたようだ。そこには「明日がない」というタイトルのもとにその後の執筆計画が記されているが、三番目のテーマのもとに構想されたものとして、〈第三の系列——『審判』(『転落』)〉の名が上がっている。その後『カミュの手帖』には自殺の理由、民兵の話、残忍なピラニア、姦淫《かんいん》を行いさまざまな新聞を読む現代人、愛国心を掻《か》き立てる野良犬《のらいぬ》とドイツ兵の話など『転落』に使われるエピソードが次々に書き留められていく。だが実際にカミュがオランダを訪れたのは一九五五年のことでしかない。『転落』の第一章に書かれているようなアムステルダムの描写は『カミュの手帖』に書かれているものとほぼ同じである。その後さらに裁きの問題や痰壺《たんつぼ》独房やルカの裏切りについてのメモなどが続いており、この小説の全貌《ぜんぼう》が浮き上がっていく。『カミュの手帖』は、晩年を除けば、カミュの個人的な体験とか告白とかは記されておらず、日記としてではなく、創作メモとしての価値をもつものである。カミュは作品の執筆にあたってそのようなメモの蓄積を自由自在に駆使しており、その意味ではカミュの諸作品の成立過程を知るためには『カミュの手帖』は必要不可欠な存在であろう。『転落』についても例外ではない。

最初『転落』は同時に進行していた短編集『追放と王国』に収められる予定であったが、長くなったので別の作品として刊行されたということらしい。実際に書かれたのは一九五五年であるにしても、『カミュの手帖』から推察されるようにその抱卵期間はかなり長く、一気に書かれた作品とは考えがたい。そのタイトルも『審判』、『最後の審判』、『現代性』、『叫び』と変わっていき、最終的には五月十九日に印刷屋に原稿を渡したあとで、マルタン・デュ・ガールの提案により『転落』に決まったという。これはクラマンスという人物の肖像にまつわる曖昧《あいまい》性を物語るものでもあろう。『転落』の原稿には五種類ある。そしてその第四稿にはレールモントフの『現代の英雄』からのエピグラフがついていたという。『転落』執筆の意図はおそらく現代人の肖像を描くことであったと思われるが、事実この小説には現代のさまざまな歴史的事件への言及がある。独軍占領、レジスタンス運動、広島・長崎への原爆投下、米ソ冷戦、アルジェリア戦争の勃発《ぼっぱつ》などがそれであり、そのいずれもがクラマンスが端的に示しているような現代人の不誠実、残虐《ざんぎゃく》性、欺瞞《ぎまん》性、自己満足をカミュに結論させる縁になったことは確かであろう。そのような事件への言及はヒトラーの残虐性にたいする批判のように直接的であることもあるが、巧みに隠されているため「現代人は姦淫をしさまざまな新聞を読んでいた」という言葉の裏にマルセル・セルダンとエディト・ピアフの関係を、アインシュタインとの会見を断って恋人のもとに走るというようなエピソードからは原爆にたいするイロニックな非難を読み取るといったような作業が必要になってくる。それは他の作品にも認められるカミュの特徴といってもよいかもしれない。例えば一九五二年のコミュニストの「世界平和会議」がウイーンで開かれたとき、同年プラハで共産党書記長以下十一名の処刑が行われたことに婉曲《えんきょく》に反対して、カミュは「ウイーンでは、絞首台に鳩《はと》が止まる」といったアフォリズムに近いような凝縮された表現をある雑誌の記事で使っている。従って読者は難しい解読作業を余儀なくされるのだが、そもそもクラマンスという主人公の言葉の渦に巻き込まれると、話の筋を追っていくこと自体、ともすると危うくなってしまう。しかし多くの批評家がこぞって認めているように、カミュにこの作品を書かせることになった直接的な動機を、饒舌《じようぜつ》なクラマンスのモノローグに惑わされずに指摘することはできよう。

一九五一年にカミュは『反抗的人間』を世に問うたが、革命を排し反抗を擁護するカミュの歴史観を巡り、翌五二年に先《ま》ず気鋭の思想家ジャンソンと、次いで編集長をつとめるサルトルとの間に「現代」誌上で論争が起こった。とくにサルトルとの交遊はカミュがまだフランス中部の寒村ル・パヌリエで孤独のうちに療養生活を送っていた四三年にパリでサルトルの芝居を見たときに始まり、以来はなはだ親密な関係が続いていただけに、その反響はたいそう大きいものであった。しかしサルトル＝カミュの名が実存主義哲学を代表する二つの名前としておおいに喧伝《けんでん》されていたのは表面的なことにすぎなかった。大戦中は反ファシズムという共通点があったが、米ソのどちらかを選ぶという戦後世代においては共通する要素が段々少なくなっていたのである。そしてソ連の収容所にたいする批判、イデオロギーよりも人間の権利を尊重する姿勢、なによりも革命を目指すことは不正を称揚することにしか行き着かないとして歴史的反抗より形而上《けいじじよう》的反抗を標榜《ひようぼう》するカミュの態度は左翼知識人たるサルトルの反感を買うことになった。その結果カミュの歴史観の脆弱《ぜいじやく》さ、また哲学一般についての知識の浅薄さ、内容の乏しい美辞麗句の羅列等が槍玉《やりだま》にあげられることとなった。なによりもカミュにとって驚きであり衝撃であったのは、サルトルが一方的に友好関係を断ち切ったことよりも、カミュは高みに位置し、道学者ぶって、すべての大陸の上を飛翔《ひしよう》する予言者に過ぎないとする非難であった。カミュは「裁かれた」という意識をもち、以来そうした気持ちは変わらず、五四年の『カミュの手帖』には、「人間が最も耐えがたいのは、裁かれることだ」とまで述べている。『転落』の主人公クラマンスにしても、なによりも回避しなければいけないのは裁きであるという。カミュは必ずしも自ら肯定していたわけではないにしても、レジスタンスの勇士、正義の士、誠実な人間、俗世の聖人といった栄光に包まれたそれまでの自分の姿をあらためて見直すことを余儀なくされたようだ。このサルトルの批判はクラマンスの告白のきっかけとなったセーヌ河に響きわたる笑い声と身投げする女がもつのと同じような意味をもっているといってもよいだろう。

発表当時、『転落』は一人称を使った告白小説であるというのが定説であった。確かにクラマンスの物語は自他ともに認める成功した人生からいかがわしいバーの常連という落魄《らくはく》の身にいたるまでの人生を、本当とも嘘《うそ》とも分からぬ言葉の渦をとおして、登場しない聴き手に話して聞かせるというものである。しかしこの小説をルソーやアウグスチヌスのような人たちの告白と同じように考えることはできない。ふつう告白という行為は赤裸々な自己を人目にさらす懺悔《ざんげ》であり、それは改悛《かいしゅん》とか許しを求めることを前提とするものであろう。その意味では、「裁き手にして改悛者」であるクラマンスは、告白をして他者を裁くことを目的とする点で、一般的に受け入れられている告白者とは明らかに異なる人物であり、恩寵《おんちょう》とは対蹠点にいる。裁きを問題とするならば、当然のことながら、西欧の世界では神の裁きに言及することになるだろうし、それは聖書に沿って考察されることになろう。その点ではカミュもまったく同じである。カミュは一九三六年アルジェ大学の卒業論文『キリスト教形而上学とネオプラトニズム』を書いたとき、キリスト教については新旧約聖書は言うに及ばず膨大な資料を読破している。『転落』をじっくり読めばほぼ全編が新旧約聖書に依拠していることが容易に読み取れよう。それゆえ『転落』が発表されたとき、確かにカミュの入信が真面目《まじめ》に取り沙汰《ざた》されたこともあった。しかしクラマンスの告白をはたして字義どおりに捉《とら》えることができるだろうか。

主人公のジャン・バチスト・クラマンス（Jean-Baptiste Clamance）という名前は「マタイ伝」に登場する洗者ヨハネをもじったものであり、クラマンスとは（荒野に叫ぶ声（vox clamans in deserto）の意味である。そして旧約聖書の「イザヤ書」には、「もろもろの山と丘は低くせられ、高低のある地は平らになり、険しい所は平らになる」とある。だがクラマンスは高い所にいないとまったく寛《くつろ》ぎを感じられず、洞穴学者にたいしては特別な嫌悪《けんお》を感じている。そしてキリストの罪を暴《あば》き、「あなたがたは『先生』と呼ばれてはならない」という聖書の教えに反して、「メキシコ・シティー」の主人に自分をドクターと呼ばせている。また本来は純粋さと神の霊の徴《しるし》である鳩のシンボルを逆転させる。他にも枚挙にいとまのないほど、聖書への言及は多いが、そのほとんどがアンチテーゼである。なによりもクラマンスは裁かれることが嫌いで、最終的には人を裁くことを目指すのだが、この態度こそキリスト教の一番大きな教えに背くものである。「マタイ伝」には、「ひとを裁くな。あなたがたも裁かれないようにするためである。あなたがたは自分の裁く裁きで裁かれ、自分の量る秤《はかり》で量り与えられる」とある。クラマンスは一見自分を裁いて見せているようであるが、実際には周囲の人間たちも同じであることを証明することを願っているだけで、ひとに先んじて自分の罪性をあからさまにしつつ、それを鏡として相手に突きつけて、自分はひとり高みにのぼって君臨しようとする。裁かれて改悛するのではなく、順序を逆にして、まず悔い改めてから裁きにかかろうとする。だからアムステルダムの町も「ヨハネ黙示録」で予言されるような新しいエルサレム、「水晶のように輝く命の水の川」のアンチテーゼでしかない。

クラマンスは告白の途中、「わたし」から「われわれ」へと巧妙に視点をずらせていく。この小説の主人公は一人の人物というよりも、混合物《アマルガム》であって、カミュなりの現代人の肖像なのだろう。また裁きの問題をテーマとするこの小説そのものが、「現代」誌をめぐる論争にたいする遅ればせの回答なのかもしれない。

『転落』がひとつの小説であるかぎり、カミュとクラマンスを同一視することはできない。だがクラマンスの語りのなかにはカミュの個人的体験も含まれている。とくにシチリア島、ギリシア、日曜日の競技場などへの憧憬《どうけい》はそっくりそのまま元のままの価値を保っており、陰鬱《いんうつ》なクラマンスの日常世界を越えて、『最初の人間』、『スエーデンでの講演』の光の世界につながっているように思われる。

大久保敏彦

『追放と王国』

『追放と王国』(一九五七年刊)はカミュの第四冊目の小説である。小説として、一九五六年の『転落』に続き、所謂《いわゆる》短編集としては、最初にして最後のものである。

この短編集の基本的な色調は、『転落』のそれに極めて近い。『転落』はもともとこの短編集の一編として構想されたが、長くなり過ぎたために独立に発表されたものだという。カミュ研究者によれば、一九五五年には、『追放と王国』に含まれる各編は、原稿になっていたというから、厳密の意味での制作年代は、『転落』のそれに先立つものであるかもしれない。

短編集の総題は『追放と王国』とはなっているものの、その風土は著しく暗い。アフリカを背景にとった作品はあっても、太陽と風と砂とは、もはや、夏や青春や生の爽《さわ》やかさを意味しない。『背教者』に於《お》ける太陽と塩と岩とは一つの呪《のろ》いであり、劫《ごう》罰《ばつ》に過ぎない。

同じ意味で、あの暗い運河とこごえた光の港、『転落』のクラマンスの隠れ住むアムステルダムの街は、『不貞』のジャニーヌのバスの走る石だらけの北アフリカの高原から、遠くはないのである。

詮ずるところ、この短編集の唯一《ゆいいつ》の主題は、「追放」であって、作者はその同じ主題を六つの仕方で物語ったと言うこともできよう。

「追放」はこの世にわれわれの置かれた情況である。不条理な現実そのものである。これに対して、「王国」は、この「追放」の道の果てに、或《あ》るいは、「追放」の日々のなかに、われわれが見いださねばならぬ何かである。或いは、生みださねばならぬ何かである。ある意味で、「追放」はそれなりに「王国」への道を示してくれる。しかし、その道を見るためには、「追放」への屈従を拒否することを知らなければならないだろう。

捉《とら》えがたく逃れ易《やす》い「王国」の姿は、この六編のうちに垣間《かいま》見えるが永くはとどまらぬ。「王国」とは何か。幸福であるか、愛であるか。邪魔されずに制作することであるか。或いはまた、慈悲深い唯一の神か。他人から理解されることか、何ものかへの献身か。秩序ある世界のなかで、自己並びに他者と折合いよく暮すことか。天使と善を描きだすことはとかくわれわれの能力を越えるが、悪魔と罪とはわれわれが信じているよりも遥《はる》かにわれわれの身近かにある。この短編集のなかでも、われわれを強く打つものは、やはり、人間の「追放」の情況である。更に言えば、人間は本質的に孤独でありながら、他者との連帯を運命づけられている。――この矛盾の情況が、変らぬカミュの小説の主題であったと言えよう。一九四二年の『異邦人』が、「孤独」の面に焦点を置いたとすれば、一九四七年の『ペスト』は、「連帯」の面に焦点を置いたということになる。そして、『転落』と『追放と王国』では、作者は再びもとの地点に戻った、というよりは、救い難い不毛の地点に落ちこんだという感を蔽うべくもない。作品よりも作者の姿勢そのものに表われた癒《いや》し難い疲労。――一九四七年から一九五六年のほぼ十年の間の、彼にとっての重要な事件。……クリチック賞受賞（一九四七年）、一九四九年の南米旅行に端を発する病の再発と療養、『反抗的人間』刊行（一九五一年）、サルトルとの訣別《けつべつ》（一九五二年）、アルジェリア戦争開始（一九五四年十一月）、ブダペスト暴動（一九五六年）、ノーベル賞受賞（一九五七年）等々……。

そして、『追放と王国』のあとはといえば、ジャーナリスチックな短文を除けば、これといった大文章の発表はなく、そのまま一九六〇年正月の自動車事故による急死へとつながるのである。

現実に対する絶望と宗教的な期待との間に立って、カミュはその何《いず》れにも与《くみ》しない、何ものをも希望しないが、また何ものをも諦《あきら》めない。山頂に絶え間なく石を押しあげる、終りのない無益な苦役――同じ主題がまたここにも鳴ってはいるが、シジフォスは老い、その声には力がない。

『不貞』はごく尋常な一人の人妻の物語である。夫は妻をアルジェリアへの商用の旅に伴う。まだ夢を失わぬ妻は、常に何かが自分に欠けていることを感じている。妻は旅先で触れるさまざまな事物に感動する。砂漠の大きなひろがり、闇のなかにひびく嗄《しゃが》れた犬の吠《ほ》え声、かたくなに沈黙を守るアラビア人達、女をじっと見つめる痩《や》せた駐屯兵の深い眼《まな》ざし……その感動が彼女を駆りたてて逃亡へと誘う。暗い夫婦の寝室のなかでの、貧しい手探りの愛撫《あいぶ》以外の何かを求めて……耐えがたい優しさをもって、夜の流れが女を涵《ひた》しはじめるとき、女は空と星とに向って己《おの》れを開く。

『背教者』は最も陰惨で最も残酷な物語である。若い僧がアフリカに布教に赴く。この乾きと塩と恐怖の邦《くに》に捕えられて、恐るべき試煉《しれん》を受ける。僧は舌を切られ、物神《ものがみ》に仕えさせられ、ついには、この悪意の神をこの世の真の救い主として信じ、悪の支配に協力することを誓い、進んで新しく来る宣教師を射《う》ち殺そうとする。夢魔に憑《つ》かれたような残忍怪異な描写は、ボッシュやゴヤのあるものを想《おも》い出させる。

『唖者』は小企業に働く労働者を扱う。ストライキは失敗し、要求ははねつけられる。労働者たちは再び仕事に就くが、面白くない。使用者側に対しては一切口を利《き》かない。

しかし、主人の子供が急病になると、労働者たちの心は動く。目に立たぬほど微《かす》かだが、動く。この人間の不幸に対する憐《あわれ》みの心、この率直な善意が、彼らのこわばった気持を優しくときほぐす。

『ヨナ』はむしろ軽い諧謔《かいぎやく》的な筆致で書かれてはいるが、その主題は重く、諷刺《ふうし》は苦い。ヨナは才能ある画家で、友人があり弟子があり、取巻きに囲まれている。彼は妻を愛し子供たちを愛している。しかし、彼の成功が逆に彼を苦しめる。彼の成功、彼の友達、彼の家族は、皆一致協力して彼の仕事を妨げる。仕事ができなくなって彼が倒れる。見いだされたカンヴァスには、画《え》は何もなくて、小さな文字が残されている。それは solitaire（孤独）と読むのか、solidaire（連帯）と読むのかわからない。

『生《い》い出ずる石』だけはブラジル森林地帯に背景をとる。ヨーロッパ人の一技師は、原住民の男の信仰を扶《たす》け、（自分は信仰を持たない）その男に代って大きな石を荷《にな》って搬《はこ》ぶが、教会には行かず、逆に河岸の原住民部落へ搬んでやる。原住民は自分たちの身うちとして技師を迎える。技師にとって一つの新しい生がはじまる。

『客』はそのゆるぎない布置結構から言って、集中第一の作であろう。雪に閉ざされた北アフリカの高原に、小学校の教師が一人住む。老憲兵がアラビア人の殺人犯を連れて来る。憲兵はアラビア人を隣村の役所へ連れて行けと言うが、教師は断わる。憲兵はアラビア人を残して去る。翌朝、教師はアラビア人に弁当と金を与え、二つの道を示す。一つは東への道、ここには役所と警察がある。もう一つは南への道、これは草原へ通じ、そこで遊牧民に出会って助かるはずだ。ところが選択を委《まか》されたアラビア人は、東への道をたどる。

教師が教室へ戻ってみると、黒板に下手くそな字で書いてある。「お前は己《おれ》の兄弟を引き渡した。必ず報いがあるぞ。」

この文字は誰が書いたか。カミュはこれを言わない。明らかなことは、この誤解は解くすべがないということである。教師は「空を眺め、高原を眺め、さらに、そのかなた海までのびている目に見えぬ土地を眺めていた。これほど愛していたこの広い国に、彼はひとりぼっちでいた。」

窪田啓作

カミュ
窪田啓作訳
異邦人
太陽が眩しくてアラビア人を殺し、死刑判決を受けたのちも自分は幸福であると確信する主人公ムルソー。不条理をテーマにした名作。

カミュ
清水徹訳
シーシュポスの神話
ギリシアの神話に寓して〝不条理〟の理論を展開、追究した哲学的エッセイで、カミュの世界を支えている根本思想が展開されている。

カミュ
宮崎嶺雄訳
ペスト
ペストに襲われ孤立した町の中で悪疫と戦う市民たちの姿を描いて、あらゆる人生の悪に立ち向うための連帯感の確立を追う代表作。

カミュ
高畠正明訳
幸福な死
平凡な青年メルソーは、富裕な身体障害者の〝時間は金で購われる〟という主張に従い、彼を殺し金を奪う。『異邦人』誕生の秘密を解く作品。

カミュ・サルトル他
佐藤朔訳
革命か反抗か
人間はいかにして「歴史を生きる」ことができるか——鋭く対立するサルトルとカミュの間にたたかわされた、存在の根本に迫る論争。

サルトル
伊吹武彦他訳
水いらず
性の問題を不気味なものとして描いて実存主義文学の出発点に位置する表題作、限界状況における人間を捉えた「壁」など5編を収録。

サガン
河野万里子訳
悲しみよ こんにちは

父とその愛人とのヴァカンス。新たな恋の予感。だが、17歳のセシルは悲劇への扉を開いてしまう――。少女小説の聖典、新訳成る。

サン＝テグジュペリ
河野万里子訳
星の王子さま

世界中の言葉に訳され、60年以上にわたって読みつがれてきた宝石のような物語。今まで最も愛らしい王子さまを甦らせた新訳。

サガン
朝吹登水子訳
ブラームスはお好き

美貌の夫と安楽な生活を捨て、人生に何かを求めようとした三十九歳のポール。孤独から逃れようとする男女の複雑な心模様を描く。

サン＝テグジュペリ
堀口大學訳
夜間飛行

絶えざる死の危険に満ちた夜間の郵便飛行。全力を賭して業務遂行に努力する人々を通じて、生命の尊厳と勇敢な行動を描いた異色作。

サン＝テグジュペリ
堀口大學訳
人間の土地

不時着したサハラ砂漠の真只中で、三日間の渇きと疲労に打ち克って奇蹟的な生還を遂げたサン＝テグジュペリの勇気の源泉とは……。

J・ジュネ
朝吹三吉訳
泥棒日記

倒錯の性、裏切り、盗み、乞食……前半生を牢獄におくり、言語の力によって現実世界の価値を全て転倒させたジュネの自伝的長編。

ボードレール
三好達治訳
巴里の憂鬱
パリの群衆の中での孤独と苦悩を謳い上げた50編から成る散文詩集。名詩集「悪の華」と並んで、晩年のボードレールの重要な作品。

ボードレール
堀口大學訳
悪の華
頽廃の美と反逆の情熱を謳って、象徴派詩人のバイブルとなったこの詩集は、息づまるばかりに妖しい美の人工楽園を展開している。

ボーヴォワール
青柳瑞穂訳
人間について
あらゆる既成概念を洗い落して、人間の根本問題を捉えた実存主義の人間論。古今の歴史や文学から豊富な例をひいて平易に解説する。

メリメ
堀口大學訳
カルメン
ジプシーの群れに咲いた悪の花カルメン。荒涼たるアンダルシアに、彼女を恋したがゆえに破滅する男の悲劇を描いた表題作など6編。

堀口大學訳
ランボー詩集
未知へのあこがれに誘われて、反逆と放浪に終始した生涯——早熟の詩人ランボーの作品から、傑作「酔いどれ船」等の代表作を収める。

ラディゲ
新庄嘉章訳
肉体の悪魔
第一次大戦中、戦争のため放縦と無力におちいった青年と人妻との恋愛悲劇を描いて、青春の心理に仮借ない解剖を加えた天才の名作。

新潮文庫最新刊

辻村深月著
ツナグ
吉川英治文学新人賞受賞

一度だけ、逝った人との再会を叶えてくれるとしたら、何を伝えますか――死者と生者の邂逅がもたらす奇跡。感動の連作長編小説。

真山仁著
プライド

現代を生き抜くために、絶対に譲れないものは何か、矜持とは何か。人間の深層心理まで描きこんだ極上の社会派フィクション全六編。

磯﨑憲一郎著
終の住処
芥川賞受賞

二十代の長く続いた恋愛に敗れたあとで付き合いはじめ、三十を過ぎて結婚した男女。小説の無限の可能性に挑む現代文学の頂点。

黒井千次著
高く手を振る日

50年の時を越え、置き忘れた恋の最終章が始まる。携帯メールがつなぐ老年世代の瑞々しい恋愛を描いて各紙誌絶賛の傑作小説。

福本武久著
小説・新島八重 会津おんな戦記

のちに新島襄の妻となった八重。会津での若き日の死闘、愛、別離、そして新しい旅立ち。激動の日本近代を生きた凛々しき女性の記。

福本武久著
小説・新島八重 新島襄とその妻

会津を離れた八重は京都でキリスト教に入信。そして新島襄と出会い、結婚。二人は同志社の設立と女性の自立を目指し戦っていく。

新潮文庫最新刊

香月日輪著
黒沼
―香月日輪のこわい話―
子供の心にも巣くう「闇」をまっすぐ見据えた身も凍る怪談と、日常と非日常の間に漂う世にも不思議な物語の数々。文庫初の短編集。

宮尾登美子著
生きてゆく力
どんな出会いも糧にして生き抜いてきた――。創作の原動力となった思い出の数々を、万感の想いを込めて綴った自伝的エッセイ集。

三浦しをん著
悶絶スパイラル
情熱的乙女(?)作家の巻き起こす爆笑の日常。今日も妄想アドレナリンが大分泌! 中毒患者急増中の抱腹絶倒・超ミラクルエッセイ。

網野善彦著
歴史を考えるヒント
日本、百姓、金融……。歴史の中の日本語は、現代の意味とはまるで異なっていた! あなたの認識を一変させる「本当の日本史」。

木田元著
ハイデガー拾い読み
「講義録」を繙きながら、思想家としての構想の雄大さや優れた西洋哲学史家としての側面を浮かび上がらせる、画期的な哲学授業。

池田清彦著
38億年 生物進化の旅
なぜ生物は生れたのか。現生人類の成長は続くのか――。地球生命のあらゆる疑問に答える、読みやすく解りやすい新・進化史講座!

Title : "LA CHUTE"
"L'EXIL ET LE ROYAUME"
Author : Albert Camus

転落《てんらく》・追放《ついほう》と王国《おうこく》

新潮文庫　カ－2－10

平成十五年四月二十日発行
平成二十四年九月十五日三刷

訳者　大《おお》久《く》保《ぼ》敏《とし》彦《ひこ》
窪《くぼ》田《た》啓《けい》作《さく》

発行者　佐藤隆信

発行所　株式会社 新潮社
郵便番号　一六二—八七一一
東京都新宿区矢来町七一
電話 編集部(〇三)三二六六—五四四〇
読者係(〇三)三二六六—五一一一
http://www.shinchosha.co.jp

印刷・二光印刷株式会社　製本・株式会社植木製本所

ISBN978-4-10-211410-0 C0197